KB059052

~마왕 영애로 시작하는 삼국지~

5

이자키 쿄스케
KYOSUKE·IZAKI
일러스트／칸자린

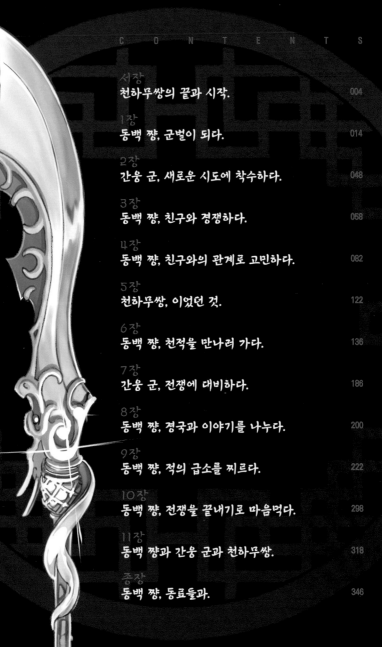

CONTENTS

이자키 쿄스케
KYOSUKE IZAKI
일러스트/칸자린

마왕영애로 시작하는 삼국지~ 5

초선
사사네의 환생에 관여했다.
미모의 소유자.
삼국지에서 가장 빼어난

조운
반동백 연합의 무장.

손상향
손견의 딸. 무표정로라

손견
유비의 의형제.

동백
삼국지 세계에 환생한
전생의 사사네. 마왕.
마음에 병을 앓고 있는

장비
의협의 선비.

관우
지략, 무력을 겸비한

시로카와 사사네
마왕의 동생. 손녀.

유비
창보기에는 평범한 남자.

영
신기한 향로를 지닌 미묘한 아이.

여포
삼국지 최강의 남자.

이각
동백 휘하의 무장.

희정
동백을 모시는 환관.

마초
양주에서 온 여무사.

허저
조조의 호위. 괴력을 지닌 청년.

전위
조조의 호위. 투척무기의 달인.

하후돈
조조의 측근. 냉정한 감시 담당.

원술
여남의 귀족. 원소의 동생.

원소
반동백 연합의 전략가.

조조
난세의 간응.

감녕
조운을 마음에 들어 한다.
전도적 두목.

염행
마초의 소꿉친구.

유협
한 왕조 최후의 황제. 헌제.

채염
기억력이 좋은 시인.
책을 많이 읽고

장안

한수

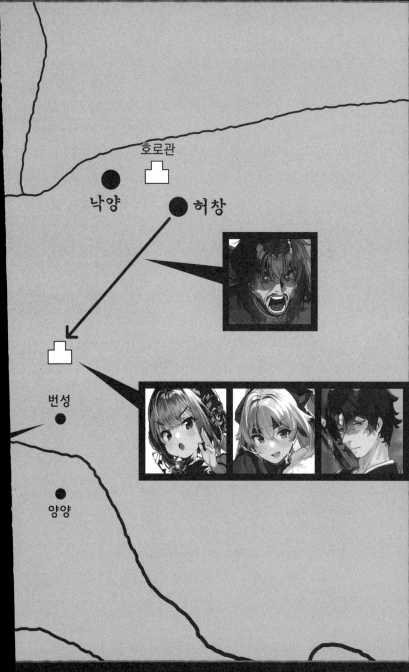

호로관

낙양

허창

번성

양양

서장 천하무쌍의 끝과 시작.

하얀 입김은 피 같은 맛이 났다.

억지로 계속 움직인 탓에 폐 안쪽에 상처가 났을지도 모르고, 그냥 튄 피가 너무 많이 묻어서일지도 모른다.

악력을 잃은 손이 피 때문에 미끄러졌다. 말의 고삐를 제대로 쥐지도 못하고 있다. 무거운 무기를 계속 들고 있을 수도 없었기에 누군가의 살과 머리카락이 달라붙은 도끼를 버렸다.

그 도끼도 원래 내 무기가 아니다. 싸움이 시작되었을 때 들고 있던 무기는 잃어버린 지 오래되었다.

화살이 바닥나자 활을 버렸고, 창은 적을 꿰뚫었을 때 빼낼 수 없게 되었다. 누군가에게 무기를 빼앗은 기억이 있긴 하지만 그걸 몇 번 반복했는지까지는 기억이 나지 않는다.

조금씩 떨던 말의 무릎이 꺾여, 나는 안장 위에서 땅바닥으로 내동댕이쳐졌다. 낙법을 할 여력조차 없어서 죽는 건가 싶을 정도로 머리를 세게 부딪혔다.

죽지 않았다.

싸우는 도중에 죽는 건가 싶은 순간이 몇 번이나 있었는데도, 적과 동료만이 죽고 나는 혼자 살아 있다.

살아서 하얀 입김을 연달아 내뱉으며 하늘을 올려다보

고 있다.

"…………."

뒤쪽에서 말발굽 소리가 들리자 나는 몸을 일으키며 손으로 더듬어 무기를 찾았다. 온몸의 근육과 뼈가 불평하는 것처럼 아팠지만, 누워 있을 순 없다.

상대는 한 명.

나보다 나이가 많은 남자. 당당하게 흑마를 몰고 있는 풍채는 척 보기에도 무인 같은 느낌이다. 얼굴의 피부는 병주의 싸늘하고 메마른 공기로 인해 갈라진 나무껍질 같았다.

"죽진 않았구나, 애송이."

갈라진 입술이 찢어졌고, 남자가 웃었다. 튀어서 묻은 피가 싸늘해져서 떨고 있는 나와는 달리, 남자는 따뜻해 보이는 모피 갑옷을 차려입고 있었다.

"살아남아라. 여기까지 와서 죽는 건 재미가 없지."

"전투는……?"

"너희가 여기서 적을 막아준 덕분에 녀석들의 마을을 박살 낼 수 있었다. 생존자는 아무도 없다. 우리의 대승리라고."

끝났다는 말을 들은 순간에 무언가 치밀어 오르는 걸 느껴서, 나는 위 안에 있던 것들을 쏟아냈다. 구토는 전투가 시작되기 전에 이미 했기에 나온 것은 피뿐이었다.

"……대승리? 이게?"

우리 주위를 둘러보니 시체가 가득 차 있었다. 전투라는 폭풍이 여기서 수많은 목숨을 앗아갔다. 나 자신도 그 폭풍의 일부였다.

"……모두 죽었어."

"약자가 죽을 곳을 얻었으니 기뻐해 줘야지. 적을 죽이고 죽었다면 더더욱 그렇고."

"이 녀석들이……, 진짜로 적이었어?"

"아하하하!"

시체에 둘러싸였다고는 생각하기 힘든 호방한 웃음소리.

"그 의문은 재미있군. 하지만 보면 알 텐데."

땅바닥에는 사람의 머리가 반쯤 깨진 채 굴러다니고 있었고, 남자는 그것을 싸늘한 눈초리로 내려다보았다.

"그걸 봐라. 머리카락을 묶는 방식, 귀걸이, 문신. 전부 한인의 풍습이 아니다. 한인을 섬기지 않는 이민족이지. 우리 동포의 마을을 습격한 원수다."

원수————, 그 말을 듣고도 이제는 그 누구의 얼굴도 떠오르지 않았다. 모두가 전투 중에는 돌아다니며 움직이는 점에 불과했다. 수많은 점은 지금, 얼어붙은 대지에 달라붙은 수많은 얼룩으로 바뀌었다.

"이 녀석들은 유목 민족이다. 가축과 함께 이동하고, 한 지역에 정착하지 않지. 그런 삶이 풍요로웠다면 이 녀석들도 우리의 좋은 벗이 되었을지도 모른다. 하지만 역병 같은 것 때문에 가축이 모조리 죽기라도 해봐라. 이 녀석들은 떨어진 식량 때문에 한인 마을을 습격할 거다."

그건 한인도 마찬가지 아닌가. 그런 생각이 머릿속을 스쳐 갔다. 천재지변으로 인해 작물이 열매를 맺지 못하면 한인도 굶주리고, 한정된 음식을 두고 싸움을 벌이게 된다.

"굳이 싸울 필요 없었을지도 몰라."

"뭐라고?"

"토지가 좀 더 비옥했다면……, 이 평원이 누구도 먹을 것 때문에 곤란하지 않고, 한인의 것을 욕심낼 필요도 없을 정도로 물자가 넘쳐나는 곳이었다면."

정신 차리고 보니 나는 다시 하늘을 올려다보고 있었다. 구름 하나 없이 푸른 하늘은 이 평원을 비추는 거울이다. 아무것도 없는 토지가 한없이 이어져 있고, 거기에 있는 얼마 안 되는 것들을 찾아서 사람들이 헤매고, 싸운다.

여기에 사람들이 싸우지 않아도 될 정도로 많은 것들이 있다면.

"특이하구나. 너."

말 위에서 목소리가 울렸다. 흥미로워하는 듯한 목소리.

"너 같은 자가 어째서 창을 들었지? 무엇을 위해 전장에 왔나."

"……모두의 삶을 지키기 위해서."

웃음소리가 크게 울려 퍼졌다. 한참 웃은 다음, 그 남자가 말했다.

"재미있는 말을 지껄이는구나! 이 사지에 이런 어설픈 남자를 살려둔 것은 천지의 이치인가, 아니면 네가 무쌍의 용사이기 때문인가……."

　이런 곳에 천지의 이치 같은 게 있을까 보냐. 전장에서 생사를 가르는 것은 그렇게 숭고한 것이 아니라 더 단순하고, 사악하고, 부조리한 무언가였다.

　"너, 이름은 뭐지?"

　아픈 몸에 채찍질을 해서 겨우 일어서 보였다. 체력이나 기력이 바닥났는데도 바닥에 쓰러진 채 그런 질문을 들었다는 것을 견디지 못한 나 자신의 긍지가 뜻밖이었다.

　"……나는, 여포. 자는 봉선."

　"나는 정원이다. 이번 전투는 내 지휘로 이루어졌지."

　"알아."

　"죽어야 할 부대에 있었으면서도 적을 모조리 없애고 살아남은 네가 가장 큰 공을 세웠다. 그리고 흥미롭군. 흥미롭다는 건 중요하지."

　정원은 얼굴과 마찬가지로 갈라진 손을 내밀었다.

　"용사 여포여. 진정 흥미로운 남자여. 함께 가자."

◇

　과거의 꿈에서 깨어난 여포는 멍한 머리로 오랜만에 정원을 떠올리고 있었다.

　──그러고 보니 그런 영감이 있었지. 아버지 행세를 하면서 이런저런 것들을 가르쳐주었는데, 죽기 직전의 표

정이 제일 흥미로웠어.

정원을 배신하고 동탁에게 붙었을 때를 떠올리고는 웃으려 하다가———, 여포의 몸이 굳었다. 온몸에서 느껴지는 심한 통증. 경련을 일으킨 근육과 고장 난 관절만으로는 설명이 되지 않는 통증을 통해 여포는 자신의 몸에 일어난 이상 사태가 얼마나 심각한지 이해했다.

입가에 거품을 물고, 땀투성이가 된 몸을 비틀었다.

여기는 어디지———, 밖이 아니다. 어떤 시내다.

어째서 여기 있지———, 생각이 나지 않는다.

어째서, 누구 때문에 이렇게 되었지———, 그 녀석들의 이름은 또렷하게 떠올랐다.

———동백! 마초, 조운! ……그 쓰레기들……!

손견과 원술이 숨어 있던 요새를 공격한 전투 중에 여포는 동백의 부하 두 명과 맞서 싸웠다.

마초와 조운———, 실력만 놓고 보면 훨씬 떨어지는 두 사람이다. 이 몸은 유일무이한 천하무쌍인데도 불구하고, 여포는 중상을 입고 홀로 패주했다.

———……몸이 마음대로 움직이지 않아……! 호흡도 이상해……, 경력이……!

이상하다. 부조리하다.

마왕의 손녀라는 것만으로 까불어대는 꼬맹이를 죽이지 못했다. 말을 잘 타는 것 말고는 능력이 없는 여자와 삼류 이하의 졸개에게 부상을 입었다.

나는 천하무쌍인데.

"……아아아아아아아아아아악!"

절규를 쥐어 짜내자 아픔이 빠져나가는 듯했다. 그럼에
도 불구하고 몸을 일으킬 수가 없다. 윗몸을 살짝 일으키기
만 했는데도 눈이 돌아가서 천에 머리를 들이받아 버렸다.

천———, 여포는 두꺼운 천을 조잡하게 겹쳐서 만든 침
상에 누워 있었다. 촉감으로 보아 짐승의 가죽인 것 같고,
동탁에게 받았던 서역제 양탄자와 비슷했다.

하지만 그런 분석이 머리 한구석을 스친 다음 순간, 고
통과 분노가 여포의 마음속을 모조리 덧칠했다.

"젠장, 젠장, 젠장……!"

원망과 함께 몇 번이나 왼손을 내리쳤다. 붕대로 감긴
왼손은 새끼손가락과 약지가 뿌리 부분부터 없어서 이상
한 형태였다. 여포는 잔불처럼 남아 있던 피로를 견디며
꼴사납게 바닥에 엎드려 크게 숨을 헐떡였다.

———나는 아무것도 실수한 게 없어……, 애초에 동백
이 방해해서, 내가 동탁의 후계자가 될 예정이었는데, 그
녀석이 끼어들어서……!

후욱, 숨을 삼켰다.

여포 바로 옆에 누군가가 있었다. 눈이 마주쳤다.

어린아이다. 긴 머리카락을 늘어뜨린 소녀.

어린 소녀라는 것만으로도 여포는 자신을 쓰러뜨린 소녀
의 모습을 떠올렸다. 온몸에 약간의 긴장이 퍼졌고, 무인

의 본성으로 따지면 그것은 임전태세라는 의미였다. 여포
는 경력을 끌어올리려 했다.

"……끄으으으윽?!"

그 순간, 어디론가 사라진 줄 알았던 통증이 아랫배에서
몸 전체로 퍼져나갔다. 아랫배에 깃든 고통의 씨앗이 온몸
으로 가시넝쿨을 뻗은 것처럼.

발버둥 치던 여포의 머리에 부드러운 무언가가 닿았다.
필사적으로 눈알을 움직였다. 소녀가 걱정스러운 듯한 표
정으로 여포의 머리에 손을 대고 있다.

"더러운 손으로, 만지지 마라, 꼬맹이……, 내가, 누구인
줄 알고……, 죽는다……."

숨을 거칠게 쉬면서도 겨우 목소리를 쥐어짜냈다.

소녀는 여포가 한 말을 듣고도 아무것도 느낀 게 없는
모양인지, 여전히 걱정스럽게 여포의 머리카락을 쓰다듬
고 있다.

"꼬맹이……, 이 자식……."

어린아이는 아쉽다는 듯이 손을 거두었다. 뭔가 의미를
알아들을 수 없는 말을 중얼거린 다음, 여포에게 등을 돌
렸다. 소녀가 문을 열자, 어두운 방에 바깥의 빛이 스며들
었다.

어두워서 눈치채지 못했다. 바깥의 빛을 받은 소녀의 모
습을 보고 여포는 그제야 눈치챘다.

걸치고 있는 옷도, 머리카락 모양도, 한인의 차림새가

아니다. 내가 누워 있는 천 더미도, 방의 구조도.

바깥에서 그 소녀가 기묘한 목소리로 사람들을 불러 모으고 있는 게 들렸다. 잠시 후 어른들의 얼굴이 문 너머에서 이쪽을 들여다보았고, 여포와 눈이 마주쳤다.

그들이 입고 있는 옷도 한인의 차림새와는 다른 데다 얼굴이나 목에는 다들 하나같이 문신이 새겨져 있었다.

그것을 보고 여포의 의문은 확신으로 바뀌었다.

나는 지금, 이민족 마을에 있다.

~마왕 영애로 시작하는 삼국지전~

1장 동백 쨩, 군벌이 되다.

이 시대의 '도적'이 단순한 산적 무리가 아니라는 것은 나도 알고 있었다.

삼국지에는 흑산적이나 백파적 같은 도적이 등장하는데, 규모는 수천 명, 가끔은 만 명이 넘는 경우도 있다. 그 구성원도 황건적 잔당처럼 전장 경험자까지 포함되어 있어 제대로 된 무장 세력이기도 하기에 거의 야생 군대 같은 거나 마찬가지다. 이 정도쯤 되면 지방의 말단 관리가 어떻게 해볼 수 있는 수준이 아니다.

그 지역의 책임을 지는 영주가 군대를 동원해야 한다는 거다.

나는 귀를 막고 신호를 기다렸다.

째앵~, 징 소리가 바로 옆에서 울렸다. 내가 있는 본진으로 몰려든 적의 뒤쪽. 풀숲 속에서 복병이 뛰쳐나왔다. 복병이 들고 있는 '동' 깃발을 보고 도적이 동요하는 모습을 보였다.

나는 곧바로 마차에서 채찍을 들어 올렸다.

"전진."

내가 한 말을 비웅군의 대표격인 홍선이 큰 목소리로 퍼뜨렸다.

"전진이다! 뭉개버려라! 이 자식들아!"

오오!

굵은 목소리가 이곳저곳에서 솟구쳤고, 그것은 함성, 노성이 되어 적을 집어삼켰다.

협공과 병사들의 기백이 적의 사기를 꺾었다. 겁을 먹은 도적들을 병사들이 정면으로 무너뜨렸고, 뒤에서도 복병이 공격을 가했다.

딸랑.

방울 소리가 울린 곳에 피가 튀었다. 도적 무리 속에서 쌍도를 휘두르는 신출귀몰한 그림자가 있었다.

그 그림자의 정체는 장발 청년———, 감녕이다. 최소한의 갑옷조차 차려입지 않았지만, 애초에 적은 그의 모습을 제대로 보지도 못하고 있었다. 옆에 있던 동료가 칼에 베여 죽고, 이변을 눈치챘을 때는 이미 다른 곳에서 방울 소리가 울리고 있었다.

"겁먹지 마라아! 퇴로는 앞에 있다! 무너뜨려서 적장의 목을 쳐라!"

적 중에도 담력이 강한 사람이 있었다. 아마 역전의 병사, 그리고 장수일 것이다. 그들이 동료를 격려하며 홍선의 부대를 뚫고 이쪽으로 다가왔다.

"동백, 내 뒤로."

적과 나 사이를 가로막은 기병 한 명은———, 늠름하게 창을 든 젊은 무사였다.

"마초, 부탁할게요."

크르릉, 엔진음 같은 숨소리와 함께 창이 휘둘러졌다.

적 기병은 그것을 곡도로 받아냈지만, 일격조차 버티지 못했다. 곡도가 부러지자 그와 동시에 마초의 창끝도 깨졌다.

"……음. 경력을 조금 담기만 해도 안 되는 건가."

무기를 잃었는데도 마초는 초조한 기색을 보이지 않았다. 뒤따라온 적을 차례차례 창의 잔해로 후려치고, 떨어뜨리고, 날려버렸다. 그럴 때마다 창이 조금씩 짧아졌고, 기어코 마초는 그걸 내던졌다.

"지금이다! 각오하라!"

적장이 좋은 기회라는 듯이 말을 달려 마초를 향해 돌진했다. 마초가 맨손이 될 때까지 기다렸던 모양이다.

하지만 마초는 태연하게 안장에서 활과 화살을 빼낸 다음, 말 위에서 화살을 메기고 쏘았다. 물 흐르듯 자연스러운 기마 사격에 적장은 얼굴을 맞고 낙마했다.

"동백! 봐줬나!"

마초가 말을 타고 다가왔을 때는 이미 적의 결사의 각오로 뚫은 전선의 구멍도 막힌 상태였다. 이렇게 된 이상 이제 적을 해치우기만 하는 소화 시합이 될 것이다.

"방금 내가 쏜 자는 대장인가? 이 승리를 네게 바치마, 동백."

"……고마워요."

그렇게 나는 형주에서 활개 치던 도적 일당을 해치우고

치안 회복에 공헌한 것이다.

"마초."

"왜 그러지?"

"우리가 왜 이런 걸 하고 있는 걸까요."

"글쎄?"

21세기 일본의 회사원이었던 나———, 시로카와 사사네는 삼국지의 마왕, 동탁의 손녀딸인 동백으로 환생했다. 동탁이 죽은 뒤, 왠지 모르겠지만 동탁의 뒤를 이어받아 상국이 되었고, 장안의 지배자가 되었다.

그 장안에서 조조에게 납치당한 나는 조조의 진영에 숨어들어왔던 손상향에게 다시 유괴 릴레이를 당해서 이곳 형주에 왔다. 나를 구출하기 위해 파견된 마초, 조운 일행과 겨우 합류했고, 여포와 교전하게 되었지만 가까스로 승리했다.

그리고 지금, 장안에서 멀리 떨어진 형주에서 군을 이끌고 도적 퇴치 같은 걸 하고 있다.

———……진짜 뭔데, 이 상황.

◇

형주 북부. 그곳에 원술이 만든 요새가 있다.

원술군이 형주를 공략하기 위해 만든 군사 거점. 여포와 전투를 벌인 무대이기도 했던 이곳이 장안을 대신하는 내 거점이었다.

그 요새로 귀환하자마자 열린 문 너머에서 목소리가 울려 퍼졌다.

"상국 각하께서 돌아오셨다!"

남아서 요새를 지키고 있던 병사들이 맞이해 주었다. 그 목소리에 맞춰 연달아 무기를 들어 올렸고, 무기가 없는 사람은 바구니나 식기를 들어 올리고 있다.

"상국 각하! 만세!"

"만세에!" "만세에!"

———땀내 나네.

"땀내 나네."

감녕이 내 생각을 그대로 소리 내어 말했다.

"여기, 싫어."

감녕은 진심으로 싫다는 듯이 인상을 찌푸리고는 곧바로 유턴했다. 그리고 문을 빠져나가 버렸다.

"아, 감녕! 잠깐만요! 좀 전 전투의 보상 같은 게 있는데요!"

마차 밖으로 몸을 내밀고 말을 걸었지만, 감녕은 돌아보지도 않았다. 말을 타고 내 옆에서 나아가고 있던 마초가 말했다.

"내버려 둬라, 동백. 저런 무인은 상이나 채찍으로도 말을 듣게 하는 게 힘들어. 억지로 따르게 하려다간 오히려 문제가 생길 수도 있다."

"다루기 힘드네……."

아니, 감녕이 내 부하인지는 아직 미묘하다. 일단 나를 따르고 있긴 하지만, 아무래도 그의 마음속에서는 주종관계가 아니라 우정 같은 관계인 것 같다.

전투의 논공행상은 감녕과의 주종관계를 확실히 할 좋은 기회이기도 한데, 감녕을 쫓아가려면 내가 타고 있는 마차도 유턴시키고 모여든 병사들을 밀쳐낼 필요가 있다.

"상국 각하! 만세!"

"아~, 시끄러워……."

나는 땀내 나는 분위기에 질색하며 감녕을 포기하고 마초에게 말을 걸었다.

"애초에 남자들만 있긴 했지만, 이렇게 땀내 나는 분위기였던가요?"

"여포에게 이겼기 때문이야. 천하무쌍을 이겼다는 자부심 때문이겠지."

"그러니까, 여포를 이겨서 신이 났다는 건가요?"

"안 좋은 것만은 아니야……, 아니, 오히려 좋은 경향이지. 고향에서 멀어질수록 병사들의 사기는 떨어지는 법. 멋대로 사기가 올라가 준다면 더 이상 바랄 게 없지."

그런 식으로도 볼 수 있구나, 그렇게 납득이 되긴 하지만, 땀내 나는 건 마찬가지다. 미소년 환관이나 복숭아 향기가 감도는 절세 미녀 곁에 있던 장안의 나날들이 그리워

진다.

———그러고 보니 초선은 어디 갔지?

내가 끌려간 조조의 진지에 나타난 이후로 만나지 못했다. 나를 도와주겠다는 듯이 말했는데, 그러기 전에 나는 손상향의 말재주에 넘어가서 여기로 와버렸다.

그 이후로 초선은 어떻게 했을까. 아무렇지도 않게 순간이동을 할 수 있는 괴물이니 나 같은 걸 내버려 두고 지금쯤 장안으로 돌아갔을지도 모르겠다.

생각하던 도중에 문득 고개를 든 건 맞이하러 나온 남자들 중에서 특별한 음의 오라를 느꼈기 때문이다. 조운———, 장안 천도 때부터 아군이 되어준 그 영걸은 내게 살짝 고개를 숙여 보였다.

"조운. 자리를 비운 도중에 뭔가 특이한 일은 없었나요?"

"당신에게 손님이 와 있어. 원술 본인."

원술———, 이 요새의 원래 주인이다. 이곳은 내게 맡기고 본거지로 돌아가 있었는데.

"알겠어요. 그것 말고 다른 건 없나요?"

"아니, 딱히. ……다른 지시 사항이 없다면 나는 이만."

조운은 무뚝뚝하게 말한 다음 남자들 사이로 사라져갔다. 너무 무뚝뚝한 나머지 위화감마저 느껴졌다. 그런 나를 마초가 재촉했다.

"……가자, 동백. 원술이 기다린다."

"네? 아, 네……."

솔직히 말해 그 위화감은 마초에게서도 느껴졌다.

◇

한바탕 활약한 병사들을 치하하고 눈에 띄던 사람에게 상을 내린 다음, 나는 홍선에게 뒷일을 맡기고 요새 한복판에 솟아 있는 붉은색 누각으로 향했다.

누각 계단을 올라간 나를 맞이해준 것은 미소년 환관인 희정……이 이런 곳에 있을 리가 없기에 그냥 아저씨였다.

"여어~, 상국 각하께서 귀환하셨군!"

"……오셨군요, 원술 님."

"오시다니, 그게 무슨 소린가. 여긴 내 요새인데?"

원술은 실실거리며 거리낌 없이 다가오려다가……, 마초의 눈빛을 눈치채고는 물러났다.

원술———, 명문 원가 출신이고, 반동탁 연합의 맹주를 맡았던 원소는 그의 형이다. 형과 매우 많이 닮긴 했지만, 이쪽은 약간 품격이 떨어진다. 귀공자를 아랫마을 전당포에 맡겨두고 3년 정도 묵혀두면 아마 이렇게 되지 않을까.

원술은 수염을 쓰다듬으며 헛기침을 하고는 위엄을 갖췄다.

"아니, 도적을 퇴치하느라 수고가 많았어. 자네에게 부탁하길 잘했군. 덕분에 이 지역의 백성들은 편안히 잠을 이룰 수 있을 거야. 상인들도 장사에 전념할 수 있을 테고.

으음. 자네 덕분이야, 동백. 고맙다, 동백."

"별말씀을요. 신세를 지고 있는 몸이니 어느 정도 노동은 상관없어요. 하지만……."

내 머리는 아직 전투 모드다. 최대한 위압적으로 보이게끔 표정 근육을 의식하며 원술에게 다가갔다. 채찍을 든 채 바로 앞에서 그를 올려다보았다.

"저는 상국으로서 장안에서 할 일이 남아 있어요. 계속 이런 곳에 있을 수는 없죠. 슬슬 장안으로 돌아갈 방책에 대해 의논하고 싶은데요."

원술은 수염을 쓰다듬으며 고개를 갸웃거렸다.

"그렇게 말해도 말이지……, 이 요새에서 북쪽으로 가려면 조조의 영지를 통과해야만 하고, 남쪽의 장강을 통해 한중으로 빠져나가는 길을 지나가려면 번성에 틀어박힌 유비 코앞을 지나치게 될 거야. 자네, 유비하고는 악연이 있지 않았던가?"

원술은 내가 장안으로 돌아가기 힘든 이유를 잘 알고 있었다. 조조는 나를 장안에서 납치한 사람이고, 유비 삼형제는 툭하면 나를 적대시……, 아니, 그냥 죽이려고만 한다.

"그래서 그것에 대해 원술 님과 의논하고 싶다는 건데요."

"나는 시기상조라고 생각하는데 말이지~. 지금 조조는 분명히 자네를 경계하고 있거든? 자네의 병량 확보를 방해하는 낌새도 보이고. 게다가……, 손견 건도 있잖아."

손견 이름이 나온 순간, 나는 반론할 수가 없어졌다.

여포와의 전투 때 나와 협력했던 손가의 대들보———,
손견은 전투가 끝난 직후에 시체로 발견되었다. 측두부가
깊게 파여 있었으니 그게 치명상인 것 같았다. 흉기는 발
견되지 않았지만, 상처 자국으로 보아 투척무기를 사용했
을 거라 마초가 추측했고 조운도 동의했다.

내가 떠올린 범인의 이름은 전위. 투척무기를 다루는 조
조의 장수다. 원래 역사에서 손견은 형주 공략 중에 적인
황조에게 암살당한다. 전위와의 접점은 없을 텐데.

이것도 내 환생과 동백 생존이 불러일으킨 역사의 이레
귤러인가?

"동백. 자네도 손견을 죽인 게 조조라고 생각하지?"

"……그 이야기, 손상향에게는 하지 않았겠죠?"

"안 했다네. 자네가 하지 말라고 했으니까. 내가 얼마나
의리 있는지 알겠지? 은혜로 생각해도 상관없는데."

"제가 보기에는 원술 님이 의리 있는 것보다는 감이 좋
다는 게 뜻밖인데요."

손견의 시체가 발견되었고, 내가 제일 먼저 조조를 의심
했을 때———, 원술 또한 범인이 조조일 거라 느꼈다고 한다.

"감이 좋다기보다는 경험이지. 나는 조조가 어떤 인간인
지 알고 있으니 의심했을 뿐이야. 요새에 있는 장수를 암
살하고 조용히 철수하다니, 여포군의 잔당 따위가 절대로
부릴 수 없는 재주니까."

원술은 아무렇지도 않게 말했다. 그런 점까지 포함해서

감이 좋은 것 같은데.

"그건 그렇고, 이 정보를 손가 사람에게 알리지 않아도 되는 건가? 그들도 바보는 아니야. 사실이 밝혀지면 자네는 꽤 껄끄러워질 텐데?"

"그렇다 해도 지금은 조조와 싸워선 안 돼요. 손가까지 합세해서 복수전을 벌이게 되면 간단히 빠져나올 수 없는 진흙탕이 될 거라고요."

실제로 손견의 죽음을 알게 된 손가 병사들의 한탄과 분노는 엄청났다. 가장 먼저 의심받은 것은 여포군 잔당이었고, 범인 수색이 이루어졌지만 결국은 찾아내지 못했다. 손견 부인이 나서서 철수 지휘를 맡아 본거지인 강동으로 떠나갔다. 주인의 유해와 함께.

손견의 딸인 손상향과는 손견의 죽음을 알게 된 이후로 만나지 못했다. 아버지의 죽음을 알고 멍하니 서 있던 소녀의 모습을 생각해 보면 용의자에 대한 비밀을 떠안은 채 만나지 않은 게 다행이라는 생각이 들었다.

"뭐, 자네의 추측은 대충 맞을 거야. 우리 장강 동맹은 거의 와해된 상태. 원소의 화북 연합은 조조와 부전 약정을 맺었지. 전투를 벌이게 되면 그쪽은 후방을 신경 쓰지 않고 싸울 수 있지만 우리는 뒤쪽에 유비가 도사리고 있어. 엄청나게 불리하잖나."

"그러고 보니 있었죠. 그런 동맹이나 연합 같은 게."

내가 모르는 역사다. 역사 치트가 통하지 않는 부분이니 더더욱 중원의 세력도에 깊게 개입하고 싶지 않은 것이다.

"원술 님께서 그 정도까지 알고 계신다면 됐네요. 지금은 싸우지 않고 이쪽 태세가 완벽하게 갖춰지거나 화북 연합의 결속에 금이 가기를 기다려야겠죠. 다시 말해, 제가 여기 있어봤자 할 수 있는 건 없다는 뜻이에요. 인원들이 쓸데없이 소비하는 병량이 아까우니 저희를 장안으로 돌려보내야 하잖아요."

"아니, 그렇지만도 않은데? 자네에게 이 요새를 맡긴 덕분에 나는 조조와 맞설 대비를 하는 데 집중할 수 있으니까. 정말 편리……, 아니, 도움이 되는군."

아무렇지도 않게 나를 이용하고 있다는 걸 인정하네, 이 아저씨…….

"이 요새는 당신이 만든 거잖아요. 그렇다면 치안 유지나 교통 확보는 원술 님의 역할 아닌가요?"

"아니? 이곳은 형주고, 유표의 땅이야. 요새는 내가 멋대로 만들었을 뿐이고."

"그러고 보니 그렇네요……, 오히려 내가 침입자……, 도적…….."

생각지도 못한 각도에서 정론이 날아들었다. 잘 생각해보니 나는 현재진행형으로 침략을 돕고 있는 상황이었다. 낙담하던 나를 마초가 격려해 주었다.

"괜찮아, 동백. 너는 상국이잖아. 유표보다 높은 지위이니 침입자도 아니도 도적도 아니다. 당당하게 형주 땅을 돌아다녀도 될 거야.”

“마, 맞아요! 원술 님과는 달리 저는 상국이니까요! 그러니까 세이프!”

“상국 지위를 이용해서 마구 날뛰며 억지로 밀어붙이려 한다……, 어디선가 들어본 이야기로군. 자네 할아버님이었나? 이해가 되긴 해. 가문과 마찬가지로 피는 속일 수 없는 법이니.”

“아아아아아아아, 여기 눌러앉아 버리면 또 마왕이라는 악명이…….”

“히, 힘내라! 동백! 동백은 귀여우니까 괜찮아! 풀 죽은 모습도 귀엽다!”

마초가 엉뚱한 응원을 해줬고, 원술은 수염을 쓰다듬으며 말했다.

“나는 이 근처 지역에 영향력을 만들고 싶다. 자네는 낯선 지역에서 기댈 곳이 필요하고, 악명을 피하기 위해 선행도 쌓아두고 싶지. 예를 들어 도적을 물리치거나, 상인의 교통을 도와준다면 사람들이 고마워할 텐데…….”

그는 일부러 허리를 숙여서 나와 눈높이를 맞추며 말했다.

“……서로, 이해가 일치하는 것 아닐까?”

———이 너구리 같은 영감이……!

“혹시 그렇게 다짐을 받아두려고 일부러 오신 건가요?”

“아니, 그건 덤이고.”

그는 아무렇지도 않게 말하며 허리를 폈다.

"인원을 보충하러 온 거야. 이쪽에 남아 있던 우리 병사들을 철수시킬 거라네."

"그건 딱히 상관없는데요."

원술 휘하의 장수와 병사는 이 요새에 어느 정도 있다. 그들의 역할은 전력이라기보다는 감시역이다. 좀 전에 도적 퇴치도 거의 우리 비웅군이 도맡았다. 그러니 빼가더라도 딱히 문제는 없지만.

"그래도 괜찮으시겠어요? 감시할 사람도 두지 않고 저를 내버려 둬도."

"괜찮아. 왜냐하면 여긴 내 땅도 아니니까."

"그건 뭐, 그렇지만요."

"자네가 나를 배신한다 하더라도 이제 와서 조조나 유표 밑으로 들어갈 것 같진 않고. 그렇다면 나 같은 건 신경 쓰지 말고 마음껏 움직여줬으면 좋겠는데. 병량은 가져다줄 테니 안심하게나."

여기서 내가 멋대로 움직이기 시작해도 자기에게 이익이 될 거라고 내다본 건가? 대담하다고 해야 하나, 허술하다고 해야 하나…….

"뭐, 자네를 신경 쓰고 있을 상황이 아니라는 것도 사실이지. 여기 이민족 병사들이 있지? 그들을 여기서 놀려두기보다는 조조에게 대비할 때 써먹고 싶거든."

이민족 부대……, 그러고 보니 있었지. 생김새부터 한인과는 다르고, 머리 모양이 특이하거나 독특한 문신도 있어서 매우 눈에 잘 띈다.

"좀 전에도 말씀드렸다시피 조조하고는……."

"싸울 생각은 없어. 하지만 본격적으로 싸우기 전에 소규모 충돌이나 척후 같은 걸 생각하면 이민족의 힘이 필요하게 될지도 모르니까. 그들은 정말 쓸모가 있거든."

이야기를 듣고 보니 여포와 싸웠을 때도 활약했던 것 같은 기억이 있다. 장안에서 도착한 지 얼마 안 된 비웅군과 연계할 수 있을지는 미묘했기에 도적을 퇴치할 때는 데리고 가지 않았지만.

"이쪽은 알아서 할 테니까 자네는 이 동백 요새에 집중해주게나."

"남의 이름을 멋대로 지명으로 삼지 말아주세요!"

"동백 요새……, 멋진 이름이군."

"마초는 좀 조용히 하고요."

"저기, 상국 각하, 그 벌꿀과 과실 음료를 추가로 받을 수 없겠나? 술에 타 먹으면 최고던데."

"드릴 테니까 이제 좀 돌아가 주세요."

◇

"이해관계에 완전히 걸려든 꼴이네요, 저."

원술이 돌아간 뒤, 나는 넓은 의자 등받이에 몸을 기대며 중얼거렸다. 호화로운 건 의자뿐만이 아니었다. 원술이 만든 요새의 누각은 낙양에 있던 동탁 저택과 비교해도 손색이 없을 정도로 사치스러웠고, 아무래도 황제 즉위를 노리고 있었던 모양인 원술은 이 의자를 옥좌라고 생각했던 것 같다.

원술의 황제 즉위는 실제 삼국지에서도 있었던 이벤트다. 그 결과로서 원술은 자멸하는 길을 걷게 되지만, 이 세계의 원술은 그런 이미지와는 달리 묘하게 끈질기고 뻔뻔하다.

───아니, 삼류 군주라는 이미지가 있는 원술보다도 환생자인 시로카와 사사네가 삼류 이하라는 뜻인가? 아니, 그래도 원술은 그럭저럭 희귀도가 높은 편이니까…….

"너를 이용할 생각이 뻔히 보이긴 했지만, 아무튼 전투 준비를 해둬야 할 거야. 남쪽에는 그 가면 쓴 남자───, 관우도 있어. 여포가 탈락한 지금, 중화 최강에 가까운 무인은 그 녀석이다."

"그렇죠……, 그렇겠죠……."

천하의 오호대장군 입에서 중화 최강이라는 말이 나와버렸다. 내게 살의를 잔뜩 품고 있는 적장인데도.

"조조도 무슨 짓을 할지 알 수가 없고, 물자는 원술의 엉덩이를 때려주면 나올 테니까 괜찮다고 치고."

내가 지금 해야 할 일은 이곳에서 힘을 비축하는 것이다. 마초, 조운, 감녕, 그리고 비웅군이라는 카드를 써서 장강 유역의 새로운 세력, 동백 군벌을 일으킨다. 무력과 정치를 통해 방해하는 자들을 밀쳐내고 장안으로 개선, 또는 정치적인 허를 찔러 탈출하는 게 목표다.

다시 말해, '상국으로서 천하에 군림하는' 모드에서 '지방 세력으로서 할거하는' 모드로 게임의 사양이 바뀌었을 뿐이다. 처음부터 강력한 장수가 여러 명 있다는 걸 감안하면 환생 직후보다는 그나마 나은 상황일지도 모르겠다.

"우선은 전력을 정리하고 싶은데요……."

그때 나는 마초의 허리춤을 볼 수밖에 없었다. 그녀가 허리에 차고 있는 것은 매우 평범한 직검이다. 그녀가 지금까지 쓰던 대도와 비교하면 미덥지 못하게 보이지만, 그 대도는 여포와 싸우다 부서졌다.

마초도 내 낌새를 눈치챈 모양이었다.

"……음. 그렇군. 나도 슬슬 무기를 골라야만 하는데……, 이것저것 시험해보고는 있다만……."

대도를 메고 다니던 등에는 지금 작은 화살통과 짧은 활을 메고 있다. 경장 궁병이라고 할 만한 차림새다.

"뭐, 무기 선택에 대해서는 제가 할 말이 별로 없으니 맡기겠지만요."

내가 해야 할 일은 따로 있다. 전력 확충이다. 거기에는 유능한 인재의 스카웃도 포함되어 있고, 이곳 형주이기에 뽑을 수 있는 영걸 탐색도 있을 것이다.

예를 들자면 황충. 유비를 지탱해준 오호대장군 중 한 명인 그는 이 시기에 형주에 있었을 것이다. 마초, 조운에 이어 오호대장군 멤버를 추가로 획득할 수 있다면 장안 귀환이라는 목표가 코앞으로 다가올 것이다. 장안으로 돌아간 뒤에 전력으로 삼는다 해도 믿음직스러울 테고.

──자세한 행방을 알지 못하는 황충의 수색은 홍선 같은 사람하고 의논한다 치고……, 우선은 가까운 인재부터 찾아야겠다.

아직 나를 섬기지 않았고, 삼국지에 이름을 남길 정도로 유능한 사람. 그리고 지금 어디 있는지 알고 있어서 설득하러 갈 수 있는 사람.

그러한 조건에 들어맞는 영걸이 이 요새에 딱 한 명 있다.

내가 마초와 함께 간 곳은 요새의 부지 안에 있는 지하 계단.

그 너머, 지하 감옥에 갇혀 있는 사람에게 볼일이 있는데……, 가는 도중에 병사들이 계속 말을 걸었다.

"상국 각하! 다음 전투는 언제입니까?!"

"각하! 여포를 쓰러뜨린 저희가 죽여줬으면 하는 녀석은 없습니까!"

"요새 벽에 '천하무쌍'이라고 적고 싶은데, 어떤 글자인지 몰라서요."

"절대적인 강자라는 건 따분한 법이군……, 여포, 강적이라 부를 수 있었던 당신이 그립다고…….."

…………..

——너무 우쭐대는 거 아니야?

여포를 이겼으니 들뜬 심정은 이해가 되는데, 지금 이 녀석들 쓴맛을 보게 될 것 같은 느낌만 드는데? 그렇게 플 래그를 세우고 싶어?

모든 병사들이 이런 느낌인 건 아니었지만, 조직 중 대 부분이 들떠 있는 상황이니 불안해진다. 참고로 들뜨지 않 은 아군은 지하로 내려가는 계단 옆에서 왠지 모르겠지만 눈을 감고 좌선을 하고 있는 조운 같은 사람이 있다.

조운은 내가 말을 걸기도 전에 일어섰다. 경계하는 듯한 눈빛으로 이쪽을 보고 있는데.

"……무슨 볼일 있어?"

"그렇게 싫은 티 내지 말아 주세요. 제 기척을 파악하기 힘들어서 싫다는 이야기는 들었지만요."

"그건 이제 상관없어졌어."

"상관이 없어져요?"

"몸 상태의 변화 같은 거 안 느껴져? 지금도 동백은 기 척이 옅지만, 그게 다야. 처음 만났을 때는 정말 전혀 느껴 지지 않았어. 거의 죽은 사람이나 마찬가지였는데."

죽은 사람 같았다는 이야기에 떠올린 것은 장안에 있었 을 때 초선에게 들은 말이었다. 초선은 내 혼을 동백의 시 체에 이어붙였다고 했다. 그 때문에 내 몸은 사후 경직이

일어난 상태여서 관절 같은 곳이 딱딱했다. 혼이 몸에 적응하면서 그것도 풀리기 시작했는데, 설마.

"설마, 조운……, 지금 제게도 여자를 싫어하는 지병이 발동되고 있나요?"

병적으로 여자 알러지가 있는 조운은 여자가 다가오기만 해도 거부 반응을 보였다. 예외로 여자의 기척이 느껴지지 않는 나만은 다가가도 괜찮다고 했었는데———, 설마 이제 와서 조운의 병 때문에 주종관계에 금이 가게 되는 건가?

"아니……, 딱히. 이유가 뭘까. 동백은 지금도 괜찮아. 호흡이나 걸음걸이 같은 게 여자지만 여자답지 않다고 해야 하나, 오히려 친근감이 든다고 해야 하나……."

"그럼 왜 아까부터 경계하고 있는 건데요."

"뒤에 있는 그 녀석 때문이지."

조운은 내 곁에 있던 마초를 손가락으로 가리켰다. 마초가 험악한 기색을 드러냈다.

"트집 잡지 마라. 동백 앞에서 나를 폄하할 셈이냐?"

"먼저 시비를 건 건 그쪽이잖아."

"잠깐만요, 두 분 다 진정하세요. 어째서 그렇게 툭하면 싸우는 건데요."

두 사람의 분위기를 보고 나는 당황하면서도 놀라고 있었다. 여자라는 것만으로도 마초를 껄끄러워하던 조운이 먼저 마초에게 시비를 걸고 있다. 예전이었다면 그 반대였을 텐데. 그리고 무엇보다 여포와 벌인 전투를 통해 두 사

람의 관계는 동료라고 할 수 있을 정도로 개선되었다. 그
런 줄 알았다.

"어째서고 뭐고. 갑자기 죽이려 드는데 방긋방긋 웃는
쪽이 이상하지."

"죽이려 들다니, 무슨 호들갑을————."

나는 그렇게 말하려다 마초를 돌아보았다.

"죽이려 들었나요?"

"아니? 기억나지 않는다."

"그렇다는데요."

"이 자식, 까불지 말라고!"

조운은 신기하게도 대놓고 화를 내고 있었다. 마초를 손
가락으로 가리키면서.

"요새 안이든 밖이든, 나를 볼 때마다 화살을 날렸잖아!
그것도 다른 사람의 사각을 통해서 누구에게도 들키지 않
게끔 매번! 그 정확한 활 솜씨는 대체 뭔데! 항상 곁에 동
백이 있으니까 나는 반격도 못 하고!"

"아니, 아니, 아니, 그렇게 인사 대신 화살을 날리는 사
람이 있을 리가————."

마초를 돌아보았다.

"화살을 날렸나요?"

"응? 뭐, 가끔."

그렇구나. 날렸구나. 가끔.

"진짜로 죽일 생각으로 날린 건 아니다만? 저 녀석 정도

실력이라면 여유롭게 쳐낼 수 있는 화살이었고, 실제로 한 번도 맞지 않았어. 동백은 무술과는 인연이 없으니 이해가 잘 안 될지도 모르겠다만……."

무술 경험의 유무 문제가 절대 아니라고 생각한다. 양식이나 윤리 문제인 것 같은데.

조운은 머리카락을 마구 헝클어대며 뭔가 중얼거리고 있었다.

"그래, 진짜, 여자는 정말 이렇다니까. 마음을 조금 터놓으려 하면 장난이라도 치듯이 골치를 썩인단 말이지. 난 너희에게 심심풀이가 되어 주려고 살아가고 있는 게 아닌데. 너희들 진짜 뭐냐고. 진짜 싫다. 이제 안 되겠어. 저는 한계입니다."

──모처럼 진전된 것 같은 무언가가 후퇴해버린 듯한 느낌이네…….

"……잠깐만요, 마초. 이번에는 조운에게 사과해 주세요. 지금 같은 시기에 인간관계에 불씨가 남는 건 바람직하지 못하……, 저기, 마초?"

마초를 올려다보니 따분하다는 표정으로 인상을 쓰며 딴청을 피우고 있었다. 왠지 볼을 부풀리고 있는 것 같기도 한데, 나는 처음 보는 표정이었다.

"……애초에 조운이 나와 대련을 해주지 않았기 때문이잖아. 여포와 싸운 후유증 때문이라고 이해도 안 되는 변명을 하면서 도망쳐 다닌 게 잘못이야. 화살이 날아와도 어쩔 수 없지."

"……마초 씨?"

──듣자 하니, 설마 당신, 조운이 신경 써주지 않았다고 삐져서 화살을 날리신 건가요……?

이렇게 살상력이 높은 어리광도 있나? 폭력으로만 관계를 쌓을 수 있는 슬픈 몬스터야?

"뭐어?! 그게 무슨 소리야!"

조운이 절규했다. 무슨 심정인지는 알겠다.

"대련을 해주지 않아서? 그것참 죄송하게 됐네요! 저는 내공이 졸개 수준인 범부라서요! 천재님께 휘둘린 뒤로는 호흡 조정을 제대로 해두지 않으면 제대로 경력도 끌어올리지 못하게 된다고요! 아~, 이거 참 폐를 많이 끼쳐드렸네!"

"들었나? 동백. 또 저렇게 영문 모를 소리만 하면서 둘러댄다……, 저 정도의 무인이 그렇게 한심한 내공을 지니고 있을 리가 없잖아?"

"아아아아아아아, 열받아아!"

조운은 다시 머리를 쥐어뜯기 시작했고, 마초는 입을 삐죽대며 발끝으로 지면을 연달아 걷어차고 있다. 대체 이 엇갈린 공간은 뭐지? 새콤달콤해질 것 같으면서도 전혀 그러질 않네.

"너 진짜 뭐야! 재능이 좀 있다고 해서 잘도 남을 깔보는구나! 그럼 나 같은 범부랑 대련 같은 거 할 필요도 없잖아! 혼자서 하라고, 멍청아!"

조운은 돌아서서 우리 옆을 지나치고는 그대로 뛰어가기 시작했다.

뿌득, 무언가를 잡아당기는 듯한 소리를 듣고 돌아보니 마초가 단궁에 화살을 메기고 있었다.

"아."

멈출 틈도 없이 날아간 화살이 조운을 향해 날아갔고, 조운은 등에 눈이 달린 것처럼 정확히 그것을 차서 떨구었다.

"죽어! 멍청아!"

그런 말과 함께 화살을 짓밟은 다음, 조운은 병영 쪽으로 사라졌다.

"봤지? 저 녀석, 여유롭게 막았잖아?"

──남에게 화살을 날린 뒤에 어째서 그렇게 바로 웃을 수 있는 건데.

마초는 내 앞에서는 기본적으로 내 응석을 받아주는 언니 캐릭터로만 있으려 해서 몰랐는데, 떼를 쓰면 이렇게 되는구나…….

"조운이 말은 저렇게 하지만, 몸 상태는 거의 다 회복되었어. 전력으로서 기대해도 돼."

"……뭐, 인간관계 때문에 의욕을 잃지만 않았으면 말이죠."

그런 부분은 나중에, 가능할 때 반드시 챙겨줘야겠다. 나는 그렇게 결심하고 지하로 내려가는 계단에 발을 내디뎠다.

지하의 분위기는 싸늘하고 딱딱했다.

이 딱딱한 공간은 지하 감옥이라는 형태를 취하며 여러 군데로 나뉘어 있고, 그중 몇 군데는 누군가를 가두는 데 쓰이는 중이다. 죄인의 주요 죄목은 군기 위반자와 포로. 여포를 따르던 병사들은 대부분 도망쳤고, 투항한 병사들은 이미 원술이 끌고 갔다.

여포군의 장수 중에서 남은 사람은 단 한 명. 싸움이 시작되기 전에 붙잡힌 고순뿐이다.

"동백 님인가."

지하의 분위기처럼 딱딱한 목소리. 하지만 성실한 느낌이라 불쾌하진 않다.

목소리의 주인은 얼굴에 화상을 입은 남자———, 고순. 한동안 만나지 못한 사이에 머리카락이 난잡하게 길어진 상태였다.

"오랜만이에요, 고순 님. 생활하는 데 뭔가 불편하신 점은 없으신가요."

"없다. 굳이 말하자면 그 감녕이라는 남자. 그 녀석이 여기에 오지 않게끔 해줬으면 좋겠군. 가끔 와서 영문을 알 수 없는 이야기를 하고 간다."

'아…….'

———그러고 보니 고순이 마음에 든 모양이라고 조운이 말했었지.

"불가능하다면 상관없다. 어차피 귀공에게도 다루기 벅찰 테니."

"······뭐, 그렇죠."

감녕을 제어하지 못하고 있다는 걸 확실하게 파악당했다. 내가 떠안고 있는 약점이긴 하지만, 그걸 고순에게 드러내는 것에는 저항감이 없다. 내가 여기 온 이유는 그를 스카웃하기 위해서니까.

"고순 님. 단도직입적으로 말할게요. 장수로서 제게 협력하실 생각은 없으신가요?"

"실망시키지 마라, 동백 님. 내 목숨을 끊어주러 온 줄 알았다만."

"처형은 안 해요. 당신처럼 대단한 용장을 죽게 만드는 건 아까우니까요."

"'함진영'이라 불리던 고순은 죽었다. 여포 님과 함께."

"정정할 게 있는데요, 여포의 생사는 불명이에요. 살아 있을 가능성도———."

"하지만, 무인으로서는 끝났지. 상황은 들어보았다. 만약 여포 님이 무사하다면 이미 뭔가 움직임이 있었을 거다. 그렇지 않다면 천하무쌍은 영원히 사라졌다는 뜻이지. 천지를 찢어발길 듯한 방천화극은 이제 두 번 다시 전장에서 볼 수 없을 거다."

"그런데도 저를 섬기는 걸 거절하시는 건가요?"

"거절한다."

고순은 내 제안을 딱 잘라 거절했다.

"무인은 정치가들에게 부려 먹히다 쓸모가 없어지면 처분당한다. 하지만 여포 님은 정반대로 행동하는 남자였다. 흠잡을 데 없는 무를 체현한 무인, 그것이 바로 내가 무를 맡기기에 걸맞은 주인이다. 마왕의 후계자가 되는 것조차 망설였던 귀공에게 그걸 기대할 수는 없다."

고순은 그렇게 단언한 다음, 눈을 감았다.

──뭐, 거절할 건 이미 예상하고 있었지만.

삼국지에서 고순은 여포 밑에서 힘을 떨치긴 했지만, 동료인 장료만큼 유명하진 않다. 그 이유는 간단하다. 여포가 죽은 뒤, 장료는 조조를 섬기는 길을 선택했고, 고순은 거절하고 처형당했기 때문이다. 그 충성심은 내 지식 치트 범위 안에 있다.

지금부터는 또 다른 치트가 나설 차례다.

다시 말해, 동백 쨩의 혀 놀림 스킬로 고순을 꼬드기는 거다!

심호흡을 하면서 혀에 의식을 집중시켰다. 예전에 초선이 내 혀에 새긴 문양이 열기를 띠었다.

초선은 이 스킬을 종횡가의 혀라고 불렀다. 춘추전국시대를 휘둘렀던 달변가의 스킬이 있다면 고순의 충성심을 돌려놓는 것도 불가능진 않을 것이다.

언제 벌어져도 이상할 게 없는 전투를 대비해서 지금은 실력이 좋은 무인이 한 명이라도 더 필요하다.

나는 내 운명을 이 동백의 혀에 맡기기로 했다.

"……왜 그러지? 동백 님. 볼일은 끝났을 텐데. 어서 이 목을———."

"촌스럽긴."

혀뿐만이 아니라 표정까지 멋대로 움직이고 있었다. 나, 동백은 미간을 있는 힘껏 찡그리고, 불쾌한 느낌을 제대로 드러내며 고순을 내려다보았다.

"상상했던 것들 중에 제일 하찮은 이유네요. 두 군주를 섬기지 않는다, 처럼 충절 같은 이유일 줄 알았는데……, 정말 흥이 가셨어요. 실망이라고요."

동백의 분위기가 완전히 바뀌자 고순은 말문이 막힌 모양이었지만, 그동안에도 혀는 말을 이어나갔다.

"당신이 여포에게 의리를 지키는 이유가 설마 개인적인 감정이었다니. 그 인격파탄자에게 반해서 마지막까지 운명을 함께 하고 싶다는 거죠? 우와, 아저씨들의 축축한 유대감, 기분 나쁘네."

"귀공이 여포 님에 대해 뭘 안다는 건가!"

고순이 분노하는 표정으로 소리쳤다.

"여포 님이 성인군자와 거리가 멀다는 건 인정하지. 허나, 그 유학이나 덕을 떠받든 결과가 지금 같은 난세일 터인데! 그러니 나는 무엇보다 무를 중시하는 것이다! 만약 여포 님의 성격이 그 무를 얼룩지게 만든다면 간언을 통해 그 얼룩을 닦아낼 것이야! 그게 내 역할이라 생각하며 여포 님을 따라왔다. 그 역할이 사라진 지금, 내 삶도 의미가 없어진 것이다!"

"그러니까아."

동백은 그렇게 말하며 몸을 앞으로 내밀고는 감옥 창살 너머로 도발적인 눈초리를 보이며 고순을 올려다보았다.

"사이좋게 지냈고 정말 좋아했던 여포 쨩이 사라져서 재미없다고 삐진 거죠? 친구가 없어지니 쓸쓸한가요오? 불쌍하네~."

"지금은 멋대로 매도하도록 해라. 귀공의 유치한 혀 놀림이 마지막에는 어떤 하소연을 내뱉을지, 저세상에서 여포 님과 함께 지켜보도록 하지."

"그런 꼴이라 여기 있는 거라고요, 당신."

동백은 싸늘한 말투로 그렇게 말하고는 시시하다는 듯이 창살에서 물러났다.

"한없이 어중간한 자. 존경하는 주군이 위기에 처했는데 달려가지도 못하고 여기에서 썩고만 있는 이유가 그거라고요. '천하무쌍이 없어져서 의욕이 없네요, 이제 죽여주셔도 됩니다'······. 그런 한심한 말, 여포가 할 것 같나요?"

"내 역할은 여포라는 천하무쌍의 얼룩을———."

"간언을 통해 닦아낸다고요오? 여포가 나쁜 짓을 하면 당신이 혼내며 말린다고요? 그 여포가 부하의 말을 듣고 반성할 만큼 얌전한 사람이었다니 놀랍네요. 분명히 제가 모르는 여포의 훈훈한 일면이겠죠. 의외로 꽃을 보내주면 기뻐하면서 화해해줄지도 모르겠는데, 어떻게 생각해요?"

고순은 말문이 막혔다. 동백의 목소리는 더욱 더 싸늘해졌다.

"제가 알고 있는 여포가 지금 당신 같은 입장이었다면, 분명히 목숨을 구걸했을 거예요. 자신의 이용가치를 호소하면서 염치없이 충성을 맹세하고……, 그리고 언젠가 배신하겠죠. 저를 사로잡아서 목숨 구걸을 하게 만들고, 크게 웃으면서 저를 죽일 거예요. 천하무쌍의 지위가 공백이 되었다는 이야기를 듣고 지하 감옥에서 얌전히 있을 남자가 아니라고요. 제 말이 틀렸나요?"

"…………."

"마왕의 후계자가 되는 걸 망설이던 내게는 기대할 수 없다고 했던가요? 그 남자의 곁다리 주제에 용케도 저를 비난했네요."

고순은 대답하지 않았다. 대답하지 않는 걸 보고 동백은 곧바로 돌아섰다.

"여기에 볼일은 없어요. 돌아가죠, 마초."

고순을 등지고 걸으며 말했다.

"천하무쌍의 지위를 메꾸는 것도 원하지 않고, 경애하는 주군의 보복도 원하지 않고, 순순히 죽음을 원한다. 정말 훌륭한 마음가짐이네요. 여포의 원수인 저로서는 매우 다행이에요. 정말 감사합니다. 그럼 안녕히."

지하에서 계단을 올라와 햇빛을 받자마자 나는 제자리에 주저앉았다.

"……저질러버렸다."

설마, 그렇게까지 고순을 도발해버리다니. 황제인 유협을 꼬드기거나 오두미도의 장로를 다그쳤을 때처럼 잘 꼬드길 줄 알았는데, 처음부터 끝까지 도발하기만 했다.

초선 녀석이 괜찮을 거라 해서 기대했는데. 안 좋은 버릇 시절하고 별로 다를 게 없잖아.

"왜 풀 죽은 거야, 동백. 고순에게 멋지게 한 방 먹여줬잖아."

"한 방 먹여주면 안 된다고요, 한 방 먹여주면. 아군이 되어주게끔 설득해야만 하는데."

"괜찮지 않을까? 그런 말을 들으면 이각은 기뻐할 텐데."

———고순이 이각 같은 사람이라면 딱히 동료가 되어주지 않아도 괜찮을 것 같다…….

오랜만에 안 좋은 버릇이 폭주했기에 고순의 호감도는 최악일 것이다. 동료 루트는 포기할 수밖에 없지만, 그것과 맞바꾸어 배운 게 있다고 생각해야겠다.

혀 놀림 스킬로 고순이 여포를 뒤따라 죽는 루트를 왜곡시키는 미션, 실패.

◇

고순은 감옥 속에서 홀로 창살을 바라보고 있었다.

이미 동백은 없다. 하지만 소녀의 잔상과 계속 이야기를 나누는 것처럼, 고순은 움직이지 않았다.

천하무쌍———, 고순의 인생을 이끌었고, 뒤틀어놓은 네 글자. 무인 고순이 단 하나, 자신의 긍지보다 우선시했던 것.

그의 곁에 있는 자신을 당연하게 받아들이고 있었다. 진궁처럼 무의 이상을 더럽히는 녀석이 불쾌했다. 여포의 죽음은 인생의 의미를 상실한 사건이었다.

내가 최강의 무인이라면. 그렇게 상상한 적은 있지만, 여포가 자기 입장이라면 어떻게 할지는 생각해 본 적도 없었다. 여포는 동경하는 존재였지 인생의 지침은 아니었다.

당연한 것은 무너졌다. 유치한 줄 알았던 어린 소녀의 혀 놀림으로 인해.

고순은 움직이지 않았다.

이미 동백의 환영은 없다. 그는 여전히 대화를 계속 나누고 있다.

자신 안에 있는 무와 대화를 나누며, 그것이 존재할 곳을 찾고 있다.

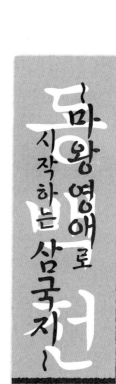

~마왕 영애로 시작하는 삼국지전~

2장 간웅 군, 새로운 시도에 착수하다.

허창.

조조가 세력의 본거지로 선택해서 눈부시게 발전시킨 도시. 시장에는 많은 사람들과 물건들이 모여들었고, 오가는 파도가 끊기지 않았다.

활기의 소용돌이는 사람들을 더욱 많이 불러들였고, 물건들을 모아들였고, 새로운 거래가 이곳저곳에서 싹트기 시작했다. 그렇게 활기찬 시장을 헤엄치듯이 나아가는 남자가 세 명 있었다.

한 명은 안대를 낀 남자. 엄하고 굳센 기척을 두르면서도 그것을 과시해서 주위 사람들을 위압하려 들지는 않는다. 질실강건을 그림으로 그려놓은 듯한 외눈 무인.

다른 한 명은 금속제 곤봉을 메고 있으며 온몸이 상처투성이인 청년. 어린 느낌이 남아 있는 얼굴은 미형이라 할 수 있지만, 얼굴에 새겨진 베인 자국이 다가가기 껄끄러운 박력을 만들어내고 있었다.

그리고 마지막. 그들을 좌우에 거느린 채 귀인의 풍격이 감도는 몸집 작은 남자. 호위를 데리고 거리를 산책하는 상인…… 같았지만 그에게서는 왠지 살기가 느껴졌다.

"장사 열기가 바람직하군. 이 열기를 느끼기 위해서 나는 이 도시를 키우고 있는지도 모르겠어."

조조는 꽃과 나무를 어여삐 여기는 풍류시인처럼 중얼거렸다. 안대를 낀 하후돈은 외눈으로 시장 노점을 바라보면서, 풍류와는 거리가 먼 무인 같은 얼굴을 더욱 찡그렸다.

"이럴 수가. 정말로 종이로 만든 돈을 쓰는 녀석이 있는데."

"지폐———, 나도 반신반의했다만, 의외로 어떻게든 되는 법이군."

"나는 지금도 믿기지 않아. 저런 종이를 받고 상품을 내주는 상인의 속내가 이해되지 않는다고."

"장사를 할 기회에 밝은 자들은 어디에나 있지. 지금도 이 장사 모판에서는 내가 상상도 하지 못한 장사가 새롭게 싹트고 있을 거다. 새로운 열기가 지금까지 쓸모없던 재능에 삶을 부여한다. 즐거워지겠어, 돈."

"또 수상쩍은 걸 만들 셈인가? **그 여자**가 가르쳐준 지혜는 전혀 이해할 수 없는 것들뿐이야. 돈의 가치를 정하는 거래라느니, 미래의 거래를 사고판다느니……."

"거기에 손을 대긴 아직 이르지. 지폐도 한동안은 이 도시에서만 유통될 거야. **우리 회사**의 사업을 진행하기 위해 정리해야만 하는 장애물이 너무나도 많으니까. 종이 공급도 문제다."

"음……."

또 다른 호위가 끙끙댔다. 곤봉을 어깨에 메고, 단정한 얼굴은 여러 상처로 뒤덮여 있어서 얼룩무늬처럼 보이기도 했다. 상처투성이로 생각에 잠긴 표정을 좌우로 흔들면서.

"저기, 주군님, 저 종이조각이 돈인 거지?"

"그래. 지배자가 가치를 보증하고, 상인이 그것을 신뢰하며 쓰기 시작했기에 진짜배기 돈이 되었다. 허저, 네가 돈에 흥미를 보이다니 신기하군."

허저는 상처투성이 얼굴로 실실거렸다. 입가에 손을 가져다 대고 크흐흐, 웃고 있다.

"좋은 생각이 났어~, 나는 천재일지도 몰라~."

하후돈은 허저의 얼굴에 난 상처가 움직여서 인상이 더욱 험악해진 것을 보지도 않고 말했다.

"저 종이에는 '위조한 자는 사형'이라고 적혀 있는데."

"사……, 어?"

깜짝 놀란 허저를 보고 조조가 웃으며 말했다.

"사적으로 돈을 만드는 걸 단속하는 건 당연하지. 종이와 먹만 있으면 얼마든지 늘릴 수 있을 테니까."

"실제로는 어떻게 할 셈이냐, 맹덕. 허저는 바보니까 상관이 없겠지만, 잔머리가 잘 돌아가고 손재주가 좋은 악당이 눈독을 들인다면."

"뭐~? 누가 바보야, 임마."

"그렇게 간단히 위조할 수 없는 부분이 있다. 위조할 수 있는 기술이 있다면 사주한 사람을 알아내는 것도 쉽지."

그리고, 조조는 그렇게 말한 다음 설명을 즐기는 듯이

덧붙여 말했다.

"지폐도 실험 중 하나에 불과하다. 내가 시험해보고 싶은 기술 말이지."

"활판 인쇄라고 했던가? 기괴한 이야기야. 전혀 감이 오지 않는다고."

"용맹한 하후돈 장군은 무기가 더 알아보기 쉬운가? 안타깝게도 무기에 대한 지식은 거의 알아내지 못했다. 그 여자, 화약 이야기가 나오자마자 입이 무거워졌거든."

"화약?"

"아마 지금까지의 전투 상식을 뒤바꿔버릴 기술일 거다. 그 이름을 말했을 때, 실수했다는 표정이더군."

"이봐, 맹덕, 역시 그 여자———."

하지만 그때, 세 사람은 이미 목적지에 도착해 있었다. 조조는 어떤 저택 문앞에 서 있었다. 주위를 압도할 정도로 큰 저택은 아니다. 왠지 고풍스럽고 차분한 여인숙 같은 곳.

부호가 남에게 알리고 싶지 않은 첩을 지내게 하는 저택 같은 느낌이 들었다.

"환영합니다, 조조 님."

문이 열리자 이미 초선이 고개를 숙인 채 기다리고 있었다. 미리 조조가 찾아올 것을 알고 있었던 것처럼.

"그 녀석 상태는 어떻지?"

"상처는 걱정하실 필요 없습니다."

그렇게 말하며 그녀가 고개를 들었다. 절세의 미모를 본 허저는 멍하니 입을 벌렸고, 하후돈은 더욱 인상을 찌푸렸다.

"지금은 깨어나셨습니다. **이제 곧 조조 님께서 오실 거라고** 알려드렸기에 이미 기다리고 계십니다."

"그런가, 고맙군."

하후돈이 대놓고 혀를 찼지만 조조는 돌아보지도 않았고, 허저는 고개를 갸웃거릴 뿐이었다.

응접실에 대머리 남자가 누워 있었다. 까무잡잡한 피부에 키가 크고, 옆에는 거대한 가죽 두루마리가 놓여 있었다. 그 안에는 다양한 형태의 투척무기가 들어있다는 사실을 세 명 모두 알고 있다.

"고생 많았다, 전위."

조조는 전위를 내려다보고———, 그의 몸통에 감긴 붕대를 보았다.

"그런데 내 그림자인 네가 이런 부상을 입다니, 뜻밖이군."

"면목이 없습니다. 그것까지 포함하여 보고하겠습니다."

"전국 옥새는 받았다. 잘 가져다주었구나. 애를 먹었나?"

"아뇨. 가지고 있던 건 여포의 군사였고, 호위도 삼류뿐이었습니다."

"여포의 군사……, 진궁인가. 그대로 내버려 두었다면 **내 영역을 어지럽히게 되었을 테니** 어쩔 수 없다만, 가능하다면 수하로 두고 싶었다."

"맹덕, 악취미도 정도껏 해라. 그 녀석은 너를 저버린 배신자란 말이다."

하후돈이 질책하자 조조는 눈을 감았다.

"배신자, 그리고 사람을 사람으로 여기지 않는 남자지. 군사의 본질은 사람을 사람으로 이해하고 움직이는 것이다만……, 그것을 이해하지 못한 채 잃게 된 재능은 옥새보다 더 큰 가치가 있었을지도 모른다."

"전국 옥새라고 하면 왕조의 정통성을 나타내는 보물일 텐데. 써먹기에 따라서는 황제 즉위조차 가능할지도 모르는 물건이기에 네가 전위에게 회수하려는 명령을 내린 거 아니었나?"

"그랬지, 하지만 그러면 파멸할 공산이 크다는 이야기를 들어서 말이다. 역사의 수정력이라는 거라더군. 써먹을 방법을 생각해 보았는데, 한 왕실에 넘기는 게 타당한 조치일 거다. 문제는 어느 쪽 황제에게 돌려줄지인데. 장안의 황제인가, 아니면 원소가 옹립하려는 유구인가……."

"……또 묘한 이야기를 꺼내는군."

하후돈이 푸념하자 허저가 팔꿈치로 그를 찔러댔다.

"이봐, 이봐, 이것도 이해 못 해? 옥새라는 건 도장이라고, 도장. 황제의 도장을 옥새라고 부른다고. 그걸 주웠으니까 주인에게 가져다주자는 거잖아. 제대로 공부를 해두지 않으면 어려운 이야기를 따라잡지 못하게 되어버릴걸~?"

"……내 머리가 너랑 비슷한 정도였다면 인생이 편했을 지도 모르지."

"갑자기 칭찬하지 말라고, 쑥스럽잖아~."

떠들썩한 뒤쪽을 훈훈하게 바라보던 조조는 다시 전위를 돌아보았다.

"동백에게 가던 원군을 남쪽으로 유도하는 것. 옥새를 빼앗는 것. 그리고 손견을 처치하는 것. 너는 그 세 가지 지시를 무사히 이루어냈다. 그 부상, 옥새 때문이 아니라면……, 손견인가?"

"네."

"그렇다면 손가는 지금쯤 나를 원수로 보고 있겠군."

"아마도 그럴 겁니다."

조조는 조금 과장스럽게 호위들을 돌아보며 두 팔을 벌렸다.

"곤란한데, 하후돈. 강동의 호랑이라 불리던 남자 일당을 적으로 만들어 버렸다."

"무슨 소릴 지껄이는 거야. 처음부터 원술과 손가의 동맹은 없앨 생각이었잖아. 여포가 탈락했다는 정보도 있다. 전부 네 계산대로냐."

"아니. 그건 아닌데."

조조의 눈빛이 바뀌었다. 눈에 보이는 것을 모조리 집어삼키려 하는 그 눈동자는 허무한 구멍 같아서, 오랫동안 알고 지낸 하후돈조차 완전히 익숙해지지 않았다.

"나는 손견만을 두려워했고, 그 녀석의 죽음을 원했다. 그 남자만 없어지면 강동 따위는 단숨에 집어삼킬 수 있을 줄 알았다만……, '강동의 호랑이'는 그 녀석 한 명이 아니었던 거지. 내 예측 따위는 역사라는 큰 강에 떠 있는 나뭇조각에 불과한 모양이야."

"……그것도 그 여자가 가르쳐준 거냐?"

"그래. 역사란 정말 재미있군."

조조의 대답에는 왠지 모를 분노가 담겨 있었다.

어쩌면 조조는 초선을 증오하고 있는 것 아닐까———, 하후돈의 머릿속에 그런 상상이 떠올랐다. 그 여자를 잘 대접해주고 있는 이유는 호색이나 지식 때문이 아니라 그 여자가 말한 '역사'라는 것에 대한 복수 때문일지도 모른다.

"자, 둘 다 여기 온 이유를 기억하고 있나?"

조조가 호위 두 명에게 물었다. '뭐였지?', 허저는 그렇게 되물었고, 하후돈은 '당연하지'라고 대답했다.

"전위의 보고를 듣고 남쪽으로 진군하는 데 참고한다. 그렇지? 맹덕."

"아니. 마음이 바뀌었다."

"뭐?"

조조는 눈에 보이지 않는 무언가를 베어버리는 것처럼, 팔을 휘둘렀다.

"방금 정했다. 지금부터 우리 진영의 목표는 남방 공략. 남양의 원술을 공격한다."

"대의는?"

"동백이다. 원술은 파렴치하게도 한 왕조의 상국을 납치했고, 지금도 가두어두고 있다. 강동의 손가는 그 음모를 방조했다. 그러니 나오면 친다. 나오지 않는다면 손책이 아버지의 동맹을 저버린 겁쟁이라는 소문을 퍼뜨린다."

"손책이라는 건 손견의 장남인가? 이제 막 가문을 이어받은 애송이에게 자비심이 없군."

"무명인 건 지금뿐이다. 내버려 두더라도 요절할 남자이긴 하지만, 나중에 남기게 되는 게 너무나도 크다. 무시할 순 없다."

"……이해가 잘 안 된다만, 알았다."

순순히 대답한 하후돈을 보고 허거는 상처투성이인 얼굴에 불만을 드러냈다.

"어~, 전위 이야기는 참고만 하는 거 아니었어? 멋대로 정해버리면 순욱이 또 화내지 않을까?"

"싸울 것 자체는 처음부터 정해져 있었다. 그 땅은 말이다, 허저. 산더미처럼 쌓인 보물이다. 유비가 형주로 들어갔다는 정보가 들어온 이상 방치할 수는 없다. 빼앗을지, 모조리 태워버릴지……, 어느 쪽이든 서둘러야 한다."

"그래도 형주에는 전위에게 부상을 입힐 정도로 강한 장수가 있는 거지? 귀찮네~."

"강적과 맞서 싸우는 건 무인의 영예일 텐데."

"그래도 주군님은 강한 적을 보면 바로 '죽이지 말고 사로잡아라'라고 하잖아."

'그것 말씀입니다만', 전위가 그렇게 말하며 끼어들었다.

"제게 상처를 입힌 건 손가의 장수가 아닙니다."

"그럼 원술네 녀석이야?"

"아뇨, 손가 사람입니다만……, 실례. 사람도 아니라……."

"뭐? 사람이 아니라면 뭔데?"

"그게……."

항상 냉정하고 무표정한 전위가 신기하게도 말을 얼버무리다가, 잠시 후 포기한 듯이 말했다.

"저를 습격한 것은 사람이 아니라……, 하얀, 호랑이였습니다."

3장 동백 쨩, 친구와 경쟁하다.

　내가 보고를 받은 건 마침 요새 근처의 마을을 돌아다니고 있었을 때였다.

　이웃 마을과의 다툼에 대한 처리를 의뢰받고 늙은 촌장으로부터 사정 이야기를 듣고 있던 참에 요새에서 달려온 병사가 내게 보고———, 요새에 나를 찾아온 손님이 있다고 했다.

　그 손님의 이름을 들은 나는 마초와 함께 서둘러 요새로 돌아왔다.

　"손상향!"

　자그마한 손님이 누각에서 기다리고 있었다. 내가 자리를 비운 사이에 말리는 병사들도 아랑곳하지 않고 들어온 모양인지, 무기를 겨눈 병사들이 도와달라는 듯한 눈빛으로 이쪽을 보았다. 이유는 척 보면 알 수 있다. 손상향이 백호인 미미와 함께 왔기 때문이다.

　"동백."

　돌아본 손상향은 내가 마지막으로 만났을 때와는 전혀 다른 분위기를 풍기고 있었다. 온몸에 박력을 두르고 있다고 해야 하나, 호랑이인 미미와 마찬가지로 야성미를 뿜어내고 있는 것처럼 보였다.

　내가 상상했던 건 헤어졌을 때 아버지의 죽음을 알고 멍하니 서 있던 소녀였다. 예상과는 달리 사나운 분위기였기에 나는 그냥 겁만 먹고 있었다.

"아, 오랜만……."

뒤늦게나마 인사를 할 틈도 주지 않고 손상향이 성큼성큼 다가왔다.

"어, 뭐야, 잠깐……, 어어?"

그녀가 곧바로 나를 끌어안았다. 내 가슴에 닿은 손상향의 머리카락에서는 숲의 풀냄새와 동물의 체취가 뒤섞인 냄새가 감돌고 있었다.

"만나고 싶었어. 내 친구."

"아, 네……, 나도, 그런데……."

이번에는 내가 도와달라는 듯이 주위를 둘러볼 차례였고, 마초가 나를 보며 묘한 제스처를 취했다. '너도 안아줘라'라는 뜻인 것 같았다.

그 말대로 하자 손상향은 고양이처럼 목을 울리는 소리를 냈고, 마초는 만족스러운 듯이 고개를 끄덕였다. 넌 대체 무슨 시점에서 보고 있는 거야.

다른 사람들을 물린 뒤 누각의 어떤 방으로 안내해주고 음료수까지 준비하고 나서, 나는 손상향과 마주 보고 앉았다. 인사로 포옹을 한 다음에도 그녀가 뿜어내는 야성미는 가시지 않았고, 그 뒤에는 백호의 거대한 몸이 도사리고 있다. 장수와 맞서고 있는 듯한 긴장감이 느껴졌다.

"이런 곳에서 뭐 하고 있는 거죠? 당신은 강동으로 돌아간 줄 알았는데⋯⋯."

"안 돌아갔어."

"네?"

"아버지의 원수를 추적하고 있었어. 미미의 코를 이용해서."

잠깐 사고가 정지되었다.

"⋯⋯아버지의 원수라니, 손견을 죽인 범인을 추적하고 있었던 건가요? 강동으로 돌아가지도 않고 지금까지 계속."

"맞아."

"호랑이의 후각을 이용해서."

"맞아."

─어디부터 태클을 걸어야 되는 거야.

"범인의 수색은 이미 끝났잖아요. 원술에게 근처 지역 병사까지 빌리면서까지 샅샅이 찾아봤잖아요. 아버님의 불행에는 저도 책임이 있고, 무슨 심정인지는 알겠지만⋯⋯."

"찾았어."

"뭐⋯⋯, 뭘요?"

"범인. 키가 크고 대머리인 남자."

긴장감이 더욱 묵직해졌다.

나는 손상향이 말한 범인으로 짐작되는 사람을 안다. 조조의 부하, 전위다. 무거운 투척무기를 다루는 괴력의 소유자.

그리고 내가 손견 암살의 최유력 용의자로 추측하고 있

는 남자.

"숲속에서 발견해서 곧바로 미미에게 공격하게 시켰어. 그리고 부상을 입힌 대신 내 위치도 들켜서 공격당했어."

손상향은 그렇게 말하며 등에 메고 있던 막대기를 내려놓았다. 막대기 두 개를 사슬로 이어놓은 무기. 내 기억으로는 사이즈가 큰 쌍절곤이었을 텐데, 막대기 중 하나가 완전히 부서져 있었다.

"뭔가를 던졌는데, 이게 방패가 되어주었어. 미미가 나를 걱정하면서 돌아왔고 범인은 그 틈을 타서 도망쳤어. 조금만 더 공격했으면 죽일 수 있었을 텐데, 이 녀석."

그녀가 주먹으로 머리를 살짝 때리자 미미는 미안하다는 듯이 귀를 내리깔았다.

그와 동시에 근처에서 이야기를 듣고 있던 마초가 손을 탁, 쳤다.

"생각났다."

"갑자기 뭐죠?"

"그 대머리 이름 말이야. 전위야. 나도 호로관에서——."

"앗, 바보——."

이미 늦었다. 원수를 갚기 위해 불타오르고 있는 손상향이 귀중한 증언을 놓칠 리가 없다.

"전위. 그 녀석 이름이 그거였구나. 정체가 뭔데?"

"…………글쎄?"

내가 '입 다물고 있어라'라는 제스처를 보내자 마초가 대답했다——완전히 눈을 이리저리 굴리면서. 그랬지. 마초는 거짓말 같은 걸 잘 못하는 애였어.

당연히 손상향이 그런 대답에 만족할 리가 없었고.

"정말로? 저기, 내 눈을 봐. 대답해."

"잠깐만, 후훗, 그만둬, 앗, 나는 동백의 호위인데, 아앗, 이럴 수가, 손이, 손이 부드럽구나."

마초가 뭔가 정신이 나간 것 같았기에 나는 손상향을 떼어놓으며 끼어들었다.

"전위는 투척무기를 사용하는 괴력의 소유자인 무인이에요. 안타깝지만 다른 정보는 없고요."

"누구를 섬기고 있는지 알아?"

"아뇨, 전혀."

"미미가 그 녀석의 피 냄새를 기억해두고 쫓아갔어. 냄새는 허창 안으로 이어져 있었고. 조조가 있는 도시야."

——이런.

그것까지 알아냈구나. 아니, 호랑이가 그런 경찰견 같은 재주를 부릴 수 있다고?

"하지만 미미를 데리고 도시 안으로 들어갈 순 없어. 부상을 입혔으니까 기다리고 있어봤자 금방 나오지도 않고."

"어떻게 해볼 수가 없겠네요. 전위가 누구를 섬기고 있는지도 모르고요. 아, 정말 방법이 없겠는데요."

"그래서 나는 허창 근처에서 잠복한 다음에 여행자를 습격해서 조조의 정보를 모으기로 했어."

"잠깐만요, 좀 자세히 설명해줄 수 있어요? 어째서?"

손상향은 내가 내준 레모네이드를 마시고 목을 축인 다음, 다시 이야기를 시작했다.

"허창에 드나드는 행상인을 미미가 습격해. 내가 달려가서 미미를 쫓아내. 행상인은 내게 고마워하면서 식량하고 정보를 제공해. 모두 행복하지."

──손견은 진짜 교육을 어떻게 시킨 거야.

"그러면서 조조에 대해 이것저것 알아냈어. 동백하고도 정보를 공유하고 싶어. 친구니까."

"배려해주신 건 기쁜데, 저는 조조에 대해서는 잘 알고 있어요. 그리고 아버님을 죽인 흑막이 조조라는 보장은──."

"조조는 허창에 회사라는 걸 만들고 있어."

"……뭐라고요?"

"상인을 모아서 힘을 합쳐 장사를 하는 구조. 보수로 이런 걸 나눠주고 있어. 나는 의미를 모르겠어. 동백이라면 알 수 있을지도."

손상향이 보여준 것은 종이 한 장. 무엇보다 먼저 눈에 들어온 것은 은과 무게를 나타내는 글자. 그 아래에는 작은 글자들이 나열되어 있었다. 내용을 요약하자면, 이것을 가지고 허창에 있는 어떤 특정 기관을 방문하면 여기에 적혀 있는 무게의 은과 교환할 수 있다, 단, 위조하면 참수당한다.

그 밖에도 자잘한 규칙이 적혀 있긴 하지만, 다시 말해 이건———.

"———은태환 지폐……?!"

종이로 만든 돈———, 지폐의 채용은 세계 역사에서도 중국이 선두주자였다. 하지만 내 기억이 분명하다면 그건 송 왕조 시대. 지금으로부터 800년 정도 뒤 이야기다.

고대에 지폐가 존재했다는 이야기는 들어본 적이 없다.

"아니, 애초에 있을 수 없어……, 제도로서 성립될 리가 없어! 이런 시대에, 경제 감각조차 제대로 발달되지 못했는데……! 아니, 그럴 리가…….."

충격을 받은 나는 눈치채지도 못한 사이에 손상향의 어깨를 붙잡고 있었다.

"……조조가 회사를 만들어서 이걸 보수로 주고 있는 건가요?"

"그렇게 들었어. 처음에는 다들 이걸 은으로 바꿨는데, 그 수고를 줄이기 위해서 거래할 때 종이를 이용하고 있대."

———그런 건 근대 이후의 회사원이나 마찬가지잖아.

있을 수 없다. 아무리 조조가 중국 역사에 이름을 남긴 천재라 해도, 동백의 생존이라는 이레귤러가 나비 효과를 불러일으켰다 해도. 이렇게까지 오파츠가 연달아 생겨날 리가 없다.

"……손상향, 조조 주변에 여자 소문은 없던가요? 미녀 이야기요."

"………….."

손상향은 내게 어깨를 붙잡힌 채 볼을 붉히며 고개를 돌렸다.

"한창나이인 소녀에게 중년 남자의 여자 관계에 대해 묻다니……."

"그건 왠지 미안하지만 말이에요!"

"내가 들은 건 조조가 전투를 벌이고 돌아왔을 때 이야기야. 미녀 한 명이 곁에 있었다든가."

타이밍으로 보아 분명히 초선이다. 그렇다면 앞뒤가 들어맞아 버린다.

내 삼국지 환생의 범인인 초선이 조조에게 붙었다면.

미래의 지식을 조조에게 전해주고 이용하게 만들고 있다면.

———대체 무슨 짓을 저지른 거야, 그 여자……!

그 녀석, 분명히 동백으로 환생한 내게 '난세를 평정해달라'고 하지 않았나?

동백처럼 영걸과는 거리가 한참 먼 엑스트라 같은 인물로 환생시켜놓고, 조조에게 역사 치트를 주려 하고 있다고? 천하통일 일보 직전까지 다가선 영걸, 조조에게?

"왜 그래, 동백. 얼굴이 무서워."

"……아뇨."

마음속의 분노를 억눌렀다. 상대는 삼국지 톱클래스의 두뇌와 야심의 소유자다. 거기에 초선이라는 역사 치트까지 더해졌다. 이길 방법이 전혀 보이지 않는다.

어째서 지금 초선이 나에서 조조로 갈아탄 건지는 모르겠지만, 이렇게 된 이상 조조와의 대결은 온 힘을 다해 피할 수밖에 없다. 손상향의 복수심은 내게 있어서 폭탄이나 마찬가지다.

그녀에게 조조가 원수라는 확신을 줄 수는 없다. 나는 감정이 얼굴에 드러나지 않게끔 마음을 다스리고 돌아보았다.

"저기, 네. 손상향, 당신이 여기 있는 사정은 알겠어요. 허창에 당신에게 있어서 원수가 있다는 것도요."

"응. 그래서 원수를 찾는 걸 도와줬으면 좋겠어. 우선은 허창을 조사하고 싶어. 역시 조조가 수상하니까."

나는 마음속의 동요를 숨기며 신중하게 단어를 선택해서 말했다.

"하지만, 지금 단계에서는 조조에 대한 의심은 가설에 불과해요. 혹시나 자객인 전위는 부상을 치료하기 위해 근처에 있던 허창에 들렀을지도 모르니까요. 그렇죠?"

"그건 그래."

"그렇다면 지금 해야 할 일은 우선 강동으로 돌아가서 어머님께 무사하다고 얼굴을 보여드리는 거 아닐까요?"

"어머님께는 원수를 찾기 위해 여기 남겠다고 말씀드렸어. 멋지게 해내라고 하셨어. 상향은 힘낼 거야."

손상향은 꼬옥, 두 손으로 주먹을 쥐어 보였다. ──손견 부인, 얌전한 숙녀처럼 보이던데 딸에게 그렇게 말하다니. 각오를 제대로 다졌네……, 난세야…….

아니, 감탄(?)하고 있을 때가 아니다. 손상향이 여기 있으면 곤란하다. 얼른 강동으로 돌려보내야지.

"손상향. 어머님은 그렇다 치더라도 당신 오빠는 어때요? 그는 지금쯤 힘든 상황에 처했을 텐데요."

내 말을 듣고 손상향이 눈썹을 움찔거렸다.

"손견 님께서 돌아가신 지금, 손가의 후계자는 당신의 오빠, 손책 님이시죠? 하지만 손책 님께서는 가문을 이어받기에 아직 너무 젊으세요. 실제 능력이 어떻든 간에 주위 사람들은 역량을 의심하겠죠. 지금 손책 님께서는 원수를 갚고 싶어도 강동을 움직이지 못하고 계시지 않나요?"

"맞아. 그러니까 내가 오라버니 대신———."

"아뇨, 그건 잘못된 생각이에요."

"잘못……?"

나는 일부러 표정과 목소리로 싸늘한 인상을 만들어내며 손상향에게 말했다.

"당신이 손견 님을 죽인 원수를 찾는 건 손가의 명예를 위해서죠? 그렇다면 우선 가문의 안정을 무엇보다 우선시해야 해요. 원수를 갚는 건 효도이긴 하지만, 가문을 방치하다 멸망시키는 건 불효니까요. 원수를 갚는 건 손가의 발판을 다지고 나서, 제대로 손가의 주인이 된 손책 님과 함께 해내야 할 일이라고요!"

내가 소리치자 손상향은 고개를 떨구어버렸다.

반론하지도 못하고 고개를 숙이기만 하는 소녀를 보며

예상보다 쉽게 넘어가네……라는 생각을 하던 순간이었다.

"……동백. 뭔가 숨기고 있지 않아?"

"……아닌데요?"

"정말로? 나를 돕고 싶지 않은 이유가 있는 거 아니야?"

슬쩍 올려다보는 눈빛에는 의심이 잔뜩 담겨 있었다. 원술도 그렇고, 왜 다들 이렇게 감이 좋은 거야? 내 거짓말이 그렇게 서투른가? 아무튼 둘러대야지.

"손상향. 의심하기 전에 제가 한 말에 대해 생각해 보세요. 당신이 지금 여기 있는 게 정말로 손가를 위해서, 당신의 오빠를 위해서 도움이 될까요?"

내 말은 다시 손상향을 침묵시켰다. 역시 뼈아픈 지적이긴 한지 눈을 돌리고 입을 삐죽대며 힘없는 표정을 짓고 있다. ──흥, 애먹게 하기는.

"그래도. 나는 힘없는 아이니까, 오라버니에게 도움이 되려면 원수를 찾는 것 정도밖에 못하고, 적어도 나는 이런 형태로 오라버니에게 도움이 되어주고 싶어서……, 으앙~."

손상향은 주먹으로 얼굴을 연달아 비벼대며 그렇게 말했다. 하지만 목소리는 평소 그대로였기에 우는 시늉이라는 건 뻔했다. 나를 얕보고 있네.

"아시겠어요? 손상향, 그렇게 시시한──."

"너무 쌀쌀맞은 거 아니야? 동백."

끼어든 사람은 손상향이 아니었다. 내 호위로서 옆에서 처음부터 끝까지 지켜보고 있던 마초였다.

"그녀가 여기 있는 건 아버지를 애도하고 오빠를 생각하는 한결같은 마음씨 때문일 텐데. 그걸 무시할 필요는 없지 않나."

그 순간 보인 손상향의 날카로운 눈빛을 통해 나는 모든 것을 이해했다.

──방금 그 우는 시늉은 나를 설득하기 위한 게 아니었다……, 전부 마초의 원호를 끌어내기 위한 연기……!

"아니, 왜 그렇게 홀라당 넘어간 건데요. 우는 시늉이라고요, 저거."

"어리고 순진한 소녀가 그런 짓을 할 리가 없잖아. 애초에 어린애의 연기에 속을 정도로 내 눈은 흐려지지 않았어."

"완전히 속고 있는데요. 어린애 연기라고 치더라도 꽤 조잡한 연기에."

이쪽을 돌아본 손상향과 눈이 딱 마주쳤다. 하지만 그녀는 곧바로 등을 돌리고 다시 우는 시늉을 시작했다.

"친구가 나를 믿어주지 않아. 슬픔. 이야기가 잘 통하는 어른 언니가 있으면 도와줄 텐데."

흑흑흑, 하며 몸을 기댄 손상향을 마초가 끌어안았다.

"괜찮아, 손가의 공주님. 내가 너와 동백 사이에 생긴 오해를 풀어……, 아, 어깨 작네……."

"마초, 알아보기 쉽게 농락당하지 말아주세요. 당신은 제 호위잖아요."

"하, 하지만, 소녀의 눈물을 보고 가만히 있는 건 내 신조에 어긋나고……, 요즘 동백은 내게 별로 응석을 부려주지 않는 것 같기도 하고……."

마초는 그렇게 말하며 이쪽을 힐끔거리고 있었다.

───이런 타이밍에 뭘 기대하는 거야, 이 녀석.

아니, 뭘 기대하고 있는지는 알고 있다. 하고 싶지 않을 뿐이지.

하지만, 자칫하다가 마초가 손상향에게 속아 넘어가서 조조 진영에 쳐들어가기라도 하면 큰일이다. 리스크를 피하려면 지금은 마초의 비위를 맞춰줘야만 할 것 같다. ……어떤 희생을 치러서라도.

"마초……, 제가 싫어진 건가요……?"

"으읍!"

마초가 가슴을 누르며 신음했다. 곧바로 평소보다 높은 톤의 목소리를 동백의 혀가 자아냈다.

"마초만큼은 마지막까지 제 편이 되어줄 줄 알았는데에. 그렇겠죠. 저보다 귀엽고 솔직한 애가 있다면 그쪽을 더 좋아하게 되겠죠……."

"아, 아니야! 동백! 나는───."

이쪽을 돌아보려던 마초의 고개를 손상향이 뜻밖의 완력으로 되돌렸다.

"어디 가. 마초는 내 거일 텐데."

"큭, 기, 기다려 봐, 아가씨. 그렇게 말해주는 건 정말 기쁘긴 한데……."

"그렇구나. 마초는 이미 손상향의 것이 되어버렸구나. 저는 친언니처럼 따랐는데, 마초는 그렇지 않았던 모양이네요."

"아, 아니야! 내 말 좀 들어줘! 동백!"

"뭐가 아니라는 거죠? 제 눈을 보고 설명해주세요."

목에 달라붙은 손상향의 팔과 동백이 끌어안은 왼팔 사이에서 마초가 끙끙댔다.

"큭, 진퇴양난이라는 게 이런 거였나! 이것이야말로 하늘이 내게 내린 시련……, 아니, 포상인가……………, 으흐, 으흐흐흐흐."

아니, 괴로워하고 있는 것 같진 않네. 그래도 일단 숨소리는 거칠어졌다. 미미는 인간들의 몸싸움을 흥미 없다는 듯이 바라보고 있다. 주인을 도와줄 생각은 없는 것 같다.

"마초."

손상향이 그렇게 말하며 매달리듯이 마초의 목을 끌어당겼다. 나도 질 순 없기에 팔을 잡아당겼다. 힘 승부로는 손상향이 더 유리해서 완력만으로는 뺏길 것 같다. 등의 근육과 체중을 이용해서 당겨야만 했기에 나는 마초의 팔을 온몸으로 끌어안았다.

"마초는 내 편. 그렇게 말했을 텐데." "마초, 어째서 저를 봐주지 않는 거죠?"

줄다리기가 치열해지자 마초는 전혀 움직이지 않게 됐다. 어느새 중얼거리던 것도 멈추고 '아으아으'라는 말만 하고 있다. 마초의 지능이 떨어지든, 말문이 막히든, 질 수 없는 싸움이 여기 있다. 자기가 더 귀엽다는 자부심을 걸고 벌이는 운명의 듀얼.

"……뭐 하고 있는 겁니까, 당신들."

그런 목소리가 방에 허무하게 울려 퍼졌다.

홍선은 마치 요괴라도 마주친 듯한 표정으로 굳어 있었다. 마초 양쪽 옆에서 속삭이며 ASMR 대결에 열중하고 있던 나와 손상향은 그가 왔다는 사실을 전혀 눈치채지 못하고 있었다. 마초는 행복한 표정으로 눈이 뒤집어진 상태였다.

"……딱히."

나와 손상향은 동시에 마초에게서 물러났고, 마초는 비틀비틀 바닥에 쓰러졌다. 호위 실격이라 해도 어쩔 수 없는 꼴이지만 지금은 상관없다. 나는 앞머리를 다듬으며 홍선에게 대답했다. 얼굴이 뜨겁다.

"무슨 일이죠? 미리 연락도 없이."

"의논하고 보고드릴 게 있어서요. 우선 황충이라는 분이 어디 있는지 말입니다만."

"찾아냈나요?"

무심코 몸을 앞으로 내민 나를 보고 홍선은 말하기 껄끄럽다는 듯이 머리를 긁었다.

"찾아냈다고 해야 하나, 아무래도 유표 곁에 머무르면서 그를 섬기고 있는 것 같아서요. 유표라고 하면 이곳 형주

의 주인. 게다가 동백님을 원수처럼 여기는 유비와 사이좋게 지내는 분이죠? 접근하는 건 간단하지 않을 겁니다."

"그런가요……."

유표는 원술과 적대하고 있고, 그 원술이 만든 요새에 눌러앉아 있는 나도 마음에 들지 않아할 것이다. 유표와 우호 관계를 맺으려 해도 골치 아픈 문지기가 있다.

───형주에 깊게 개입하려면 눈앞에 있는 유비를 어떻게든 해야 한단 말이지…….

유비가 있는 번성을 뚫지 않으면 유표가 있는 도시까지 갈 수가 없다. 내가 유비를 무시하려 해도 상대방이 나를 가만히 두지 않을 것이다. 분명히 무서운 수염남이 올 거다.

형주의 영걸 중에는 이 시기에 유표 세력 소속이었던 사람이 꽤 많으니, 이런 상황에서 형주 픽업 인재 뽑기는 돌리는 것조차 힘들지 모르겠다.

"동백 님께 보고드릴 건 그 정도입니다. 그리고 의논드릴 거 말인데요. 원술 님이 이민족 녀석들을 데리고 가버려서 그 구멍을 어떻게 메꿀 것인지입니다."

"그거라면 저랑 의논할 필요는 없어요. 조운하고 의논해서 정해주세요."

그렇게 대답한 순간, 옆에서 '이민족?'이라며 미심쩍어하는 목소리가 들렸다.

"무슨 소리야, 동백. 이민족이 있어?"

"지금은 없어요. 원술이 데리고 갔으니까요."

"그렇구나……."

표정이 바뀌진 않았지만, 왠지 안심한 듯한 분위기였다. 손상향은 척 보기에도 이민족을 탐탁지 않아 하는 것 같았다. 배경을 고려하면 이상할 일도 아니다.

삼국 정립 이후의 손가는 오나라의 주인으로서 장강 주변에 사는 이민족과의 전투를 여러 번 경험하게 되기 때문이다. 그 악연이 이 무렵부터 시작되었다 하더라도 이상할 건 없다.

그렇다면 이건 기회일지도 모르겠다.

"홍선. 보충할 병사에 대한 인사는 맡기겠지만, 그거하고는 별개로 병사를 모으는 걸 생각해볼래요?"

"네? 징병이라도 하라는 겁니까?"

"딱히 병사가 아니라도 상관없어요. 이민족의 협력을 얻어보려는 거니까."

내 예상대로 손상향이 반응을 보였다. 굳은 표정으로.

"이민족의 힘을 빌릴 생각이야?"

"네. 지금 제 목표는 이 지역에 세력을 구축하는 거니까요. 이 근처 사람들의 힘을 빌릴 수 있다면 출신은 상관없어요."

"그 녀석들은 위험해. 교섭조차 힘든 부족도 있고, 한인을 싫어하거나……, 믿어선 안 되는 녀석들도 있어."

"그건 교섭을 해봐야 알죠. 그리고 전투를 벌이게 되었을 때 도움도 될 테고요. 만약에 당신이 말한 것처럼 조조가 수상하다면 그를 쓰러뜨리기 위해 힘을 빌릴 필요가 있는 거 아닐까요? 이민족의 힘요."

손상향이 인상을 찌푸렸다. 예상했던 대로다. 손상향에게 있어서 이민족은 지뢰인 모양이다. 그녀의 아버지, 손견은 강동의 관리로서 도적과 싸웠다는 기록이 있다. 한인과 대립하는 이민족과의 전투 경험이 있더라도 이상할 게 없고, 손상향이 그걸 알고 있을지도 모른다.

손상향은 여전히 굳은 표정으로 내게 말했다.

"동백. 정말로 이민족의 힘을 빌릴 생각이야?"

"네, 그럴 생각이에요. 정 뭐하면 여기로 부르죠. 잔뜩 불러서 연회 같은 걸 하죠. 장안에서는 다들 그래요."

"……알겠어."

"네? 뭘요?"

"나도 각오할래. 아버님의 원수를 갚기 위해서라면 전투든, 이민족이든."

──어라?

"또 올게."

손상향은 그렇게 말한 다음, 미미를 불러서 등에 올라타고 누각에서 뛰쳐나갔다. 호랑이가 뛰어오른 모습을 본 병사들이 웅성대는 목소리가 들렸다.

"……실수했네."

무심코 손톱을 깨물어버렸다. 손상향의 의지가 저렇게까지 확고할 줄이야……, 가족의 도움도 받지 않고 형주에 남은 오기를 과소평가했는지도 모르겠다.

입을 떡 벌리고 있던 홍선이 조심조심 물었다.

"저기⋯⋯, 좀 전에 그 지시는 어떻게 할까요?"

"진행해 주세요. 우선 요새 주변에 살고 있는 이민족에 대해 알아보고, 가능하면 접촉할 방법도 알고 싶네요."

"네에⋯⋯, 그게 다입니까?"

"그게 다냐니⋯⋯, 또 무슨 문제가 있나요?"

홍선은 말하기 껄끄럽다는 듯이 머리를 긁고 있었다.

"아뇨, 동백 님께서도 눈치채셨겠지만, 요즘 저희 녀석들이 기세등등해져서⋯⋯, 그 왜, 여포를 쓰러뜨렸으니까요."

"네, 이제 대놓고 우쭐대고 있죠. 자기들이 다음 천하무쌍이라고 하면서."

"헤헤, 네, 그 말씀이 맞습니다. 다들 어깨에 힘을 주고 돌아다니니까 싸움이 벌어지는 경우도 많고, 훈련 중에 부상자도 끊이질 않거든요. 저번 도적 퇴치처럼 당당하게 날뛸 수 있는 기회를 주시면 저도 녀석들을 이끄는데 수고를 덜 수 있을 것 같은데, 생각 좀 해주실 수 있을까요?"

다시 말해 대승을 거두고 남성 호르몬이 지나치게 많이 분비되고 있는 병사들을 위해 남아도는 힘을 쓸 기회가 있었으면 좋겠다는 거구나. ───혹시 손상향의 이야기를 듣고 전투를 기대한 건가?

"무슨 이야기인지는 알겠지만⋯⋯, 싸우지는 않을 거든요? 손상향은 그렇게 말했지만, 우리 방침은 그게 아니에요. 무사안일주의라고요."

"그냥 노병의 하소연입니다. 귀에 담아주시기만 하면 그걸로도 충분하고요."

"알겠어요. 바로 뭔가 할 수 있는 건 아니지만, 생각은 해볼게요."

"네에. 부디 잘 좀 부탁드립니다."

홍선이 인사를 하고 나가자 기다리고 있었다는 듯이 마초가 몸을 일으켰다. 좀 전까지 넋이 나가 있던 추태를 보인 게 마치 거짓말인 것처럼 늠름한 목소리로 중얼거렸다.

"손상향……, 그 아버지에 그 딸이라고 해야겠군."

"우리 쪽에서는 골치 아프기만 하다고요. 지금은 조조와의 사이에 불씨를 만들고 싶지 않은데요."

"그리고 그녀가 다치지 않았으면 하기도 하고. 그렇지?"

"그런 말은 안 했는데요."

"하지만 그 아이가 전투에 휘말려서 터무니없는 짓을 하다가 죽어버리는 걸 우려하고 있어. 아버지와 마찬가지로. 그래서 늦기 전에 멀리 보내려 하는 거지?"

어느새 나는 입을 꾹 다물고 있었다.

그녀의 지적은 정곡을 찔렀다. 나도 알고 있다. 분하긴 하지만.

형주 공략 도중 손견의 죽음은 역사대로 진행된 이벤트였다. 범인이 황조에서 조조로 바뀌었을 뿐. 그래서 그의 죽음에 대해 나는 죄책감이 그렇게 크지 않다.

하지만 이제부터 역사 개변이 일어난다 치고, 거기에 손상향이 휘말리기라도 하면 나는 자신을 책망하지 않을 수가 없을 것 같았다. 손상향이 지금 동백보다 연하이기 때문일까. 아니면 **친구**이기 때문에? 설마.

그런 관계가 생겨난 것은 환생 이후로 처음 있는 일이었기에 나 자신도 잘 모르겠다. 마음이 어수선해서 오랜만에 머리카락을 만지작거렸다.

"동백은 그 아이가 아버지의 원수를 갚으려고 위험한 짓을 하지 않았으면 좋겠고, 안전한 곳에 있었으면 좋겠다는 거구나. 착한 아이야."

"……그렇게 눈치 빠른 거, 정말 기분 나빠요. 열받아요."

"뭐, 동백이 걱정할 필요는 없을지도 모르겠어. 전위를 습격했는데 살아 돌아온 것만으로도 대단한 실력이니까. 그리고 여차하면 내가 너와 그 아이를 지켜줄게. 조운도 있고."

마초가 내 어깨에 손을 얹고 말했다. 왠지 어린애를 달래는 듯한 말투 같아서 나는 분한 마음에 고개를 돌렸다. 괜히 심술도 부렸다.

"그런 믿음직스러운 모습을 손상향이 유혹했을 때도 유지해주셨으면 좋겠는데요."

"뭐! 그, 그런 건 따지면 안 되지!"

"저도 그런 건 마음에 담아둔다고요. 마왕의 손녀니까."

"너도 적극적이었잖아! 애초에 요즘 동백은 내게서 한 발짝 물러난다고 해야 하나, 조금 거리를 두는 것처럼 느껴진다고! 쌓여 있던 게 폭발해도 어쩔 수 없잖아!"

"네에~? 제가 잘못했다는 건가요?! 아니, 현재진행형으로 조운과 거리를 좁히고 있는 마초에게 그런 말을 듣는 건 좀 마음에 안 드는데요!"

"으윽?! 따, 딱히, 그런 녀석 따윈 어찌 되든 상관없다만?!"

——반응은 딱 그럴싸하지만, 하는 짓이 사람에게 활을 날리는 거라니.

왠지 갑자기 머리가 식었다. 내가 지금 뭐 하고 있는 걸까. 손상향하고 미인계 대결을 벌인 데다 사랑 싸움 같은 말다툼까지.

아니, 마초의 포지션에는 원래 내가 들어가야 하지 않나? 관심을 끌려 하는 여자애 두 명 사이에 끼는 건 환생자가 체험해야 하는 이벤트 아니야? 나보다 마초가 하렘 적성이 더 뛰어나다니, 대체 어떻게 된 거야?

한숨이 새어 나왔다.

"……이제 됐어요. 끝난 일이니까요. 저보다 강하고 호랑이와 함께 있는 손상향보다는 조조를 신경 쓰도록 하죠."

"너는 그 녀석이 손견을 죽였다고 의심하고 있었지. 안 그래도 영지가 인접해 있는 세력이야. 조조가 못된 야심을 품고 있더라도 이상할 게 없겠군."

"뭐, 그것도 그런데요……."

상황으로 보아 암살의 흑막은 조조라고 생각해도 틀림없을 것이다. 하지만 지금은 손견 암살의 용의자라는 것만으로 넘어갈 수가 없게 되어버렸다.

  손상향이 한 이야기가 사실이라면……, 그 녀석 옆에는
나를 환생시킨 여자, 초선이 있으니까.

4장 동백 쨩, 친구와의 관계로 고민하다.

이민족 노인이 여포의 오른 다리를 들어 올리고 있었다.

새하얀 눈썹과 수염, 기묘한 문신이 새겨진 얼굴로 여포의 다리를 둘러보고는 누워있던 여포에게 말했다.

"감각은 있나?"

"아니."

"……오른쪽 다리는 포기하는 게 낫겠군."

껄끄러운 듯이 말한 노인은 여포의 다리를 내렸다. 오른쪽 다리는 여포에게 아무런 감촉도 전해주지 않았다.

"몸도 그렇고 기맥도 완전히 흐트러졌다. 선천적으로 튼튼한 몸만으로 목숨을 부지하고 있는 상태야. 보통 사람이었다면 피를 토하며 괴로워하다 죽었을 거다."

"아, 그래."

"오른쪽 다리만으로 끝난 게 다행이라고 생각할 수밖에 없겠지."

그걸 어떻게 알아, 여포는 그렇게 생각했다. 이런 이민족 영감이 뭘 안다고. 이 빌어먹을 마을에서 의사 행세를 하고 있는 건 알겠지만, 나는 천하무쌍이다. 이름만 들어도 중원의 무인들이 모두들 벌벌 떠는 남자다. 자기 주제도 모르고 실력을 자랑하던 녀석들을 얼마나 많이 찢어발겼는지 알아?

"……결심했다."

힘이 돌아오면 우선 영감을 죽여야겠다. 갈기갈기 찢어서 이 오두막 지붕의 일부로 만들어주지. 하는 김에 동료 이민족들도 죽이자. 지금 내 모습은 천하무쌍이라는 별명과는 어울리지 않는다. 그런 걸 본 자들은 살려둬선 안된다.

"결심했다니, 뭘 말이지?"

"그냥, 도와준 은혜를 갚아야겠다 싶어서."

"나는 필요 없다."

"사양하지 말라고. 한인은 너희와는 달리 의리를 중시하거든. 특히 나 같은 사람은 의리를 소중히 여기니 신세를 진 보답을 하지 않으면 잠도 제대로 못 잔다고."

"길바닥에 쓰러져 있던 너를 도와주고 싶다고 한 건 그 아이다."

노인이 말한 '그 아이'는 여포의 손을 들어 올려서 맥을 짚고 있었다. 여포가 깨어나서 제일 먼저 본 이민족 소녀——, 장난을 치는 것처럼 보일 뿐이지만, 표정은 진지함 그 자체였다.

"……아까부터 뭐 하는 거야, 임마."

여포가 팔을 움직이며 묻자 소녀가 비난하는 눈초리로 바라보았다. 일을 방해하지 말라는 것 같은 느낌이기에 여포는 영문을 알 수가 없었다.

"그 아이는 한인의 말을 하지 않는다. 알아들을 수는 있다만."

"뭐어? 들을 줄 알면 이야기하는 것도 쉬울 거 아냐. 이러니까 이민족은……, 야!"

소녀는 여포의 손을 내팽개치고는 여포 따위는 잊어버린 듯이 일어서서 곧바로 오두막 밖으로 나갔다.

"여자 꼬맹이는 진짜 질색이라고."

"얌전히 누워 있도록. 감정을 거세게 움직이는 것도 바람직하지 못하니."

노인은 머리맡에 있던 그릇과 수저를 치우며 말했다.

"잘 먹고 있으니 한동안 죽진 않겠군."

노인은 여포를 안심시키기 위해 그렇게 말했겠지만, 역효과였다.

여포의 몸은 발휘할 수 있는 힘에 비례해서 다른 사람의 두 배 이상의 식사를 한다. 때로는 군대의 병량을 압박할 정도로 강한 식욕을 지닌 여포가 배고픔을 느끼지 못하고 있다. 맛없는 잡곡죽을 조금 먹었을 뿐인데.

기분 나쁜 느낌이 등을 타고 기어 올라왔다. 비대해진 여포의 자아는 그것이 공포라는 사실을 인정하기를 거부했다. 여포는 그것을 인정하는 대신 심술궂은 말을 토해냈다.

"그 죽, 엄청 맛없던데. 한인이 키우는 돼지가 더 괜찮은 걸 먹지 않을까?"

"약죽이다. 부상자가 아니면 먹을 일도 없지."

"안심이 되네. 새로운 고문인 줄 알았다고."

실제로 그 죽은 혀가 오므라들 정도로 맛이 없었지만, 여포는 별로 신경 쓰지 않았다. 전장에서 맛있는 음식을 찾아 먹을 수 있는 경우는 별로 없으니 배만 부르면 충분하다.

하지만 무인의 본성 때문인지 손에 익숙한 무기가 근처에 없으니 불안했다. 깨어난 뒤로 계속 다양한 불안함과 짜증 때문에 시달리던 여포는 그제야 자신이 맨손이라는 걸 자각하고 물었다.

"이봐, 영감. 내 무기는? 그리고 말은?"

"글쎄다."

"죽여버린다! 너!"

"너를 여기까지 데리고 오느라 마을 사람들의 힘을 빌렸다. 무기는 그들 중 누군가가 가지고 있겠지."

"방천화극하고 활이야. 하나라도 빠지면 진짜로 죽여버린다."

"그건 네 태도에 달렸겠지. 마음을 담아 부탁하면 돌려줄지도 모른다."

"그런 건 네가……, 이봐, 어디 가려는 건데. 내 이야기는 아직 안 끝났거든?"

"마을 사람들이 불안해하고 있다."

"흥. 다친 사람에게 겁을 먹는 쓰레기만 있나? 이 마을."

"너 때문에 그런 게 아니야. 병사들 때문이다."

여포의 안색이 바뀌었다.

"한인 군대가 산을 어슬렁거리고 있는 모양이다. 어떻게 해야 할지 장로들이 내 의견을 듣고 싶어 하더군."

"……나를 팔아넘길 셈이냐?"

"그럴 거였다면 진작에 그랬겠지. 그런데 패잔병 사냥치고는 숫자가 많다. 전투가 벌어지면 이 마을도 휘말리게 될지도 모르겠군."

"잠깐만. 많다니, 숫자가 얼마나 되는데. 어디 깃발이었어?"

"얌전히 있어라. 바깥에서 새하얀 호랑이를 봤다는 사람도 있으니까."

"뭐? 호랑이라니……, 이봐! 거기 서라고! 영감!"

예전의 여포였다면 쫓아가서 반죽음으로 만들어놓았을 것이다. 하지만 지금 여포는 몸을 일으키는 것조차 마음대로 할 수가 없다. 혀를 세게 차며 천장을 올려다보았다.

여포는 노인이 말했던 '산'이라는 말을 그냥 넘기지 않았다. 아마 이곳은 장강 근처의 산 어딘가, 산속 깊이 숨어 사는 이민족들의 마을일 것이다. 이곳 사람만 아는 산길이 있을 테고, 아이를 인질로 잡으면 안내해줄 사람도 마련할 수 있을 것이다.

어찌 됐든, 우선은 무기다. 혼자 움직이기 힘들더라도 적토만 타면 어떻게든 된다. 이민족 전사든 호랑이든 아무 문제 없다.

그런데 어떻게 이민족에게서 무기를 탈환해야 할까. 환자가 협박해봤자 겁을 먹을 리가 없다. 그렇다면 교섭밖에 방법이 없나?

———글자도 모르는 쓰레기들에게 이 천하무쌍이 고개를 숙이고 부탁한다고? 말도 안 되지.

"……아니, 말이 안 통하면 부탁할 방법도 없고."

여포는 천장을 바라보며 중얼거리다 눈을 감았다. 자각하지는 못했지만, 중상을 치유하기 위해 식사를 한 여포의 몸은 휴식을 필요로 하고 있었다. 잠깐 눈을 감았을 뿐인 여포는 곧바로 잠들었다.

천하무쌍이 꾸는 꿈은 언제나 전장이다.

자신이 제압한 전장. 공을 세우기 위해 죽인 적의 얼굴. 비위에 거슬려서 죽인 아군의 얼굴, 피, 살, 뼈, 목숨을 구걸하는 목소리와 단말마. 방천화극이 휘둘러진 곳에 피를 그리고, 강궁이 가리킨 곳에 죽음이 생겨난다. 천하무쌍이란 폭력의 화가였고, 꿈은 그 결정체로서 나타났다.

꿈속에서 여포는 웃고 있다. 적토마를 타고 도망치는 적을 쫓아가 해치운다. 한없이 이어지는 적 병사들의 행렬을 마치 밭을 경작하듯이 죽여나간다.

영원히 이어질 것 같았던 추격전은 갑작스럽게 끝났다. 꿈 특유의 황당무계한 느낌으로 무대가 완전히 바뀌었다. 그곳은 전장이 아니라 꽃밭이었다.

여포는 그곳을 알고 있다. 고향 마을 근처에 그런 곳이 있었다.

평원 안에 화려하게 피어나듯이 나타난 꽃밭———, 옆

에 있던 물가에는 사람들이 자주 모여들었다. 마을의 가축을 돌보는 아이들, 소와 말을 쉬게 하려는 짐꾼, 그리고 이민족.

아마 흉노였을 것이다. 옷이나 머리카락이 한인과는 다른 생김새를 보이는 사람들.

그들과는 말이 통하지 않았지만, 서로가 뭘 원하는지는 알 수 있다. 자연스럽게 물건을 주고받게 되었고, 물물교환이 발전하여 정기적인 시장이 되었다.

마을의 아이들은 어른들이 거래하는 모습을 꽃밭에서 바라보고 있다. 그중에는 어린 여포도 있었다.

어느새 꽃밭은 나이가 많은 아이가 어린아이를 돌봐주는 곳이 되었고, 거기에 이민족 아이들이 끼어들게 되기까지는 그리 오랜 시간이 걸리지 않았다.

아직 마을이 평화로웠던 무렵.

우호적인 줄 알았던 이민족이 마을을 습격하기 전의 기억.

눈을 떴다.

여포는 자신이 잠들어서 과거를 꿈꾸고 있었다는 게 생각났다. 한인과는 다른 세계에 있는 자신 또한 떠올랐고, 혀를 차는 소리가 매우 크게 새어 나왔다———, 나답지 않은 꿈, 천하무쌍답지 않은 꿈을 꾸었다.

돌아누우려다가 묘한 무게를 눈치챘다.

소녀가 여포 가슴 위에 앉아 있었다. 좀 전처럼 진지한 표정으로 여포의 쇄골 사이에 손가락을 움직이고 있었다.

"이 자식, 무슨———."

깜짝 놀란 건 소녀가 손가락 사이에 끼우고 있던 침을 보았기 때문이다. 한인 의사가 쓰는 바늘보다 두꺼웠고, 왠지 모르겠지만 까만색이었다. 소녀는 그것을 여포의 가슴팍에 찔러넣었다.

하마터면 새어 나올 뻔한 비명을 억누르고(천하무쌍은 비명 따위 지르지 않기 때문이다), 여포는 제자리를 박차고 일어났다.

"쳐죽여버린다, 이 꼬맹이!"

데굴, 소녀의 자그마한 몸이 뒤쪽으로 굴러갔다. 어린아이 특유의 재빠른 움직임과 유연함을 보이며 그대로 여포를 올려다보았다. 자기가 만든 작품의 완성도를 확인하는 기술자 같은 눈초리로 여포를 살펴보고는 방긋 웃었다.

여포는 일어서 있었다. 몸을 조금 일으키기만 해도 현기증이 났던 게 마치 거짓말인 것처럼, 두 다리로 확실하게 서 있었다. 하지만 오른쪽 다리에 감각이 없는 건 여전했고, 마음대로 움직이지 않는 다리가 몸을 지탱할 수 있었던 건 한순간뿐이었다.

"……어이쿠."

여포는 엉덩방아를 찧었다. 역시 현기증은 나지 않았다. 그러고 보니 호흡도, 몸 이곳저곳에 생겨나던 통증도 가벼워졌다.

설마, 그런 생각으로 여포는 자신의 가슴에 박힌 까만

침을 보았다. 이런 치료법은 들어본 적이―――, 그때 소녀가 다가와 아무렇게나 침을 잡고는 빼냈다.

"야!"

불평을 하고 싶어질 정도로 난폭한 움직임이었지만, 신기하게도 아프진 않았다. 여포는 그 사실까지 포함해서 소녀에 대한 의문을 입에 담았다.

"……너, 의사냐?"

"영."

"뭐?"

'영', 소녀는 그렇게 말하며 자신을 손가락으로 가리키고 다시 말했다.

"……영이라니, 네 이름이라고?"

방긋, 다시 어린애 같은 미소를 보인 다음 소녀가 등을 돌렸다. 바닥 위에 낡은 청동 그릇이 늘어서 있었고, 소녀는 거기서 목제 잔에 뭔가 액체를 붓기 시작했다.

"아니, 질문에 대답하라고."

대답은 돌아오지 않았다. 하지만 여포는 자신의 추론이 틀림없다는 걸 느끼고 있었다. 미지의 점혈을 찌르는 침술인 건지, 아니면 주술로 역귀를 다스린 건지는 모르겠지만, 저 흑침에 찔리고 나서 몸이 편해진 건 사실이다. 이 이민족 마을에서는 어린애가 의사인 건가?

여포는 애초에 의사 같은 건 한인도 거기서 거기라고 생각했다. 낫기만 한다면 이민족 침술사든 주술사든 상관없

다. 그 노인은 오른쪽 다리를 포기하라고 했지만, 그냥 아는 척하는 문외한일 것이다.

누구의 힘을 빌리더라도 우선은 몸을 치료하고 그 건방진 영감도 마을과 함께 해치워줄 것이다.

"응."

코를 찌르는 듯한 자극적인 냄새가 감돌았다. 영이 나무 그릇을 내밀고 있다. 그릇에는 맛없는 죽과 똑같은 색의 액체가 담겨 있었고, 죽이 약죽이라고 했으니 이건 약탕일 것이다.

"응."

"⋯⋯마시라는 거야?"

예전의 여포였다면 그릇을 깨버리고, 그러는 김에 영도 두들겨 팼을 것이다. 하지만 지금 그는 천하무쌍과는 거리가 멀기 때문에 원래의 자신을 되찾기 위해서라면 수단을 가릴 상황이 아니다.

"응!"

순순히 약탕을 마시기 시작한 여포를 보고 영이 웃었다. 어린애에게 어린애 취급당하고 있는 것 같아서 여포의 비위에 거슬렸지만, 일단은 다 마셨다.

"맛없네⋯⋯! 야, 물⋯⋯, 야!"

영은 조제에 쓴 청동 그릇을 떠안고 방에서 나갔다. 여포에게 약을 먹였으니 이제 볼일이 없다는 듯이.

"야, 어디⋯⋯⋯⋯⋯⋯⋯, 망할 꼬맹이가."

의사 주제에 간병은 서투르냐, 여포는 그렇게 마음속으로 독설을 내뱉었다.

하지만 지금은 상관없다. 몸이 원래대로 회복될 때까지만 참으면 된다. 손가락을 잃든, 어느 정도 장애가 남든 상관없다. 발톱이 몇 개 빠지더라도 호랑이는 호랑이다.

"……천하무쌍이 이런 빌어먹을 마을에 있을 순 없지."

여포는 자신의 몸만을 생각하며 누운 다음 눈을 감았다.

◇

남양군.

원술이 지배하는 이 지역은 산과 숲이 많지만, 가끔씩 생각난 듯이 평지가 나타나곤 한다.

그러한 지형에서는 군대를 움직이는 게 쉽지 않고 척후의 중요성이 커진다. 지형과 적의 위치를 파악하는 척후는 군대의 목숨줄이고, 그렇기 때문에 적의 척후는 적극적으로 없애야만 한다.

"살아 돌아갈 순 없을 거다, 중원의 얼간이놈들! 양주의 말에게서 도망칠 수 있을 것 같냐고! 멍청아!"

원술군의 척후는 두 명. 말을 타고 절벽 옆으로 이어지는 길을 따라 필사적으로 계속 도망치고 있었다.

그 뒤를 쫓아가는 사람은 염행———, 양주의 유력자 한수의 부하이자 마초와 악연이 깊은 무인이며 지금은 조조군의 객장이다. 고양이과 육식 동물처럼 사납고 중성적인 외모. 나기나타와 비슷하게 생긴 파사미첨도의 칼날은 붉게 물들어 있으며, 그것은 적의 척후가 세 명이었다는 증거다.

"이봐~, 이쪽은 나 한 명뿐이거든? 동료의 원수를 갚겠다는 기백도 없어? 야, 듣고 있긴 한 거냐고! 거기 졸개 두 마리!"

그 모욕을 견디지 못한 건지, 척후 중 한 명이 고삐를 당겼다. 말머리를 돌리자마자 허리에서 검을 뽑아 들고 염행을 간격 안에 포착했다. 살아 돌아가는 게 임무인 척후에 어울리는 뛰어난 승마술.

기사회생의 경력이 담긴 역전의 일격, 그것이 파사미첨도의 자루에 파고들었다. 짐승 뼈로 만들어진 자루는 칼에 담긴 경력을 흡수하고 휘어져서 곧바로 그 공격을 흘려보냈다.

"바보가 낚였네."

자루 안에서 경력이 터지자 파사미첨도가 솟구쳤다. 상단에서 내려친 일격이 투구를 좌우로 갈랐고, 시체가 된 기수를 태운 채 말이 달려갔다. 승부는 한순간의 교차로 끝났다. 염행의 말은 속도를 늦추지 않은 채 마지막 기병 한 명을 쫓아갔다.

"못 도망갈 거라고 했잖아."

무기를 옆으로 들어 올리고 뒤쪽에서 추월하며 베어버리

려던━━, 염행에게 다른 각도에서 화살이 날아왔다.

"……쳇."

화살은 척후가 타고 있던 말의 엉덩이에 맞아, 놀란 말이 앞발을 들어 올렸다. 떨어진 기병은 겨우 낙법을 한 상태였다. 일어서면서 검을 뽑아 들긴 했지만 그것도 툭, 떨어졌다. 척후의 팔꿈치에는 다른 화살이 꽂혀 있었다.

염행이 소리를 질렀다.

"늦게 온 주제에 방해하지 말라고. 내 먹잇감이란 말이다."

"맹덕이 명령을 내릴 때까지 기다리지도 않고 앞질러 간 녀석이 무슨 소릴 하는 거냐."

왼쪽 눈에 안대를 낀 장수가 경사를 넘어왔다. 하후돈은 연노를 척후에게 겨눈 채 염행에게 말했다.

"이 녀석은 살려서 진으로 데리고 간다. 정보를 알아내야 하니까."

"이봐, 내 먹잇감이라고 했잖아. 중원에서는 공을 가로채는 것도 당연한 행동인가?"

하후돈은 염행이 눈앞에 들이댄 칼날 끄트머리를 귀찮다는 듯이 연노로 밀어냈다.

"척후 목 두 개면 공으로서는 충분할 텐데."

"충분하니 뭐니를 말하는 게 아니라고."

"그럼 무슨 뜻이지?"

치켜 올라간 염행의 눈과 하후돈의 외눈이 교차한 그 순간.

하후돈이 연노를 쏘았다.

발사된 화살은 염행을 지나쳐서 뒤쪽을 향해, 풀숲에서 뛰쳐나온 병사의 가슴팍을 꿰뚫었다. 기습을 가하려던 병사는 한 명이 아니었다. 특이한 장비를 걸친 병사들이 동료의 시체를 뛰어넘으며 차례차례 창을 들고 뛰쳐나왔다.

외눈은 전혀 동요하는 낌새 없이 연노로 적 병사들을 꿰뚫어 나갔다. 모든 화살이 급소를 뚫었고, 빗나간 화살은 하나도 없었다. 화살이 바닥난 연노를 버리고 다음 연노를 허리에서 뽑은 그가 이번에는 다른 각도를 쏘았다. 검을 주워 들려던 척후가 복사뼈에 화살을 맞고는 비명을 지르며 넘어졌다.

그동안에도 풀숲에서 적이 덤벼들고 있었지만, 파사미첨도를 돌파한 병사는 한 명도 없었다. 칼날에 묻은 피를 털어낸 염행은 하후돈에게 감탄과 비아냥이 뒤섞인 미소를 지었다.

"한쪽 눈을 잃은 직후라고 보기는 힘들겠는데. 원근감이 어긋날 거 아냐. 어떻게 조정했지?"

"노력을 했다."

염행은 휘파람을 불며 고개를 저었다. 그리고 겹쳐져서 쓰러져 있는 시체들을 살펴보았다.

"이 묘한 차림새……, 이 녀석들, 한인이 아닌데."

"맹덕이 말했던 이민족 전사겠지. 이 지역에 대해 잘 알고 있는 데다 사기가 높고 강하다. 골치 아픈 적이야."

"이 녀석들은 다 죽여도 되는 건가?"

"애초에 말이 통할지 여부도 모른다. 게다가 이 녀석들에 대해서는 맹덕이 이미 손을 써두었다. 내버려 두라더군."

염행이 어깨를 으쓱이며 코웃음을 쳤다. 하후돈은 아랑곳하지 않고 팔꿈치와 복사뼈에 화살이 박힌 척후 곁으로 향했다. 새파랗게 질린 남자 앞에서 그는 품속에서 작은 목간을 꺼냈다.

"너를 포박하기 전에 확인하고 싶은 게 있다. 이걸 봐라."

펼친 목간을 척후 앞으로 내밀고 물었다.

"네 이름이 여기 있나?"

"……아니."

"그럼 살해당한 네 동료들 중에는."

"없을……, 거다. 거기 있는 이민족 녀석들은 모르겠지만."

'그렇군', 하고 하후돈은 곧바로 목간을 뭉쳐서 품속에 집어넣었다.

"묶을 테니 팔다리를 앞으로 내밀어라. 상처 때문에 힘들면 내밀 수 있을 만큼만."

염행은 칼날에 묻은 피를 시체의 옷에 닦으며 말했다.

"운이 좋은 녀석이군. 목간에 이름이 적혀 있었다면 그렇게 자상하게 대해주진 않았을 텐데."

"그 반대다. 맹덕은 여기 이름이 적혀 있는 인물을 부하로 맞이하고 싶어 한다. 그래서 결코 죽이지 말라는 명령을 내렸다. 못 들었나?"

"부하가 되라고 했을 때 고개를 끄덕이면 정중한 대접을 받긴 하겠지. 하지만 거절한다면? 그래도 정중하게 대해 줄 정도로 자상한 남자인가? 조조라는 게."

"너는 맹덕을 모른다."

"그러셔. 하지만 내가 보기에 조조에게는 원술과 서둘러 싸울 이유가 없어. 있다면 그 목간이겠지. 사람을 얻기 위해 형주로 진출하려 한다. 지나가는 길에 있기에 원술을 없앤다. 그런 이유로 싸움을 시작하다니, 들어본 적도 없어. 맛이 간 녀석이군, 조맹덕이라는 녀석은."

"슬슬 닥쳐라."

큭큭, 염행은 그렇게 웃고 나서 말머리를 돌렸다.

"하하하하하!"

염행은 조조의 진을 향해 말을 몰며 그런 웃음소리만을 남겼다.

조조 쪽에 붙은 것은 마등 일족에 대한 심술이지만, 조조라는 남자는 생각보다 흥미롭다. 여자나 원수 때문에 싸움을 벌이는 경우는 양주에서도 가끔 있었다. 하지만 조조는 만난 적도 없는 미래의 부하를 위해서 싸움을 벌인다고 한다.

대체 그 사람들 이름은 어디서 나온 걸까. 적힌 이름이 어떤 의미를 지니고 있을까. 염행은 상상도 할 수 없었다. 대체 어떤 녀석들일까. 특히 명부 최상단에 적힌 남자는 어떤 인물일까.

"제갈량. 자는 공명이란 말이지. 척 보기에도 중원답게 허약한 이름이야."

◇

손상향이 나를 찾아온 뒤로 열흘이 넘게 지난 어느 날.

요새 지하 최심부에는 예전에 요새를 가로채려 했던 여포가 원술을 가둬둘 때 이용했던 방이 그대로 남아 있다. 쓸데없이 넓고 호화로운 그곳은 감옥이라기보다는 VIP 전용 지하실에 가까웠고, 그런 곳에 나와 마초가 있다.

건너편에서 방의 돌문을 두드리는 소리가 들렸다. 마초가 문에 어깨를 대고 속삭였다.

"팔문."

'금쇄'라는 대답이 들리자 마초가 문을 열었다.

지하의 어둠을 등지고 당혹스러워하는 조운이 거기 서 있었다.

"대체 뭐야, 이 암구호는……."

조운은 불평하면서 지하실 안으로 발을 내디디려 했지만, 마초가 막아선 채 비키지 않았다.

"……뭔데."

"딱히 아무것도 아니다. 내게서는 도망치는 남자가 순순히 왔길래 놀랐을 뿐이지."

마초가 토라진 듯한 표정으로 조운에게서 등을 돌리고

이쪽으로 돌아왔다. 조운은 죽을 만큼 짜증 난다는 표정으로 그녀를 따라왔다가, 약간 어두운 눈초리로 지하실을 둘러보았다. 침대에 걸터앉은 나, 그리고 그 앞에 늘어서 있는 남자들————, 그들의 문관 같은 차림새를 빤히 바라보며 말했다.

"……못 보던 얼굴인데."

"원술 님이 보낸 사자들이에요. 좀 전에 도착했죠."

서로 인사를 한 뒤 내가 이야기를 꺼냈다.

"사자님. 이 조운과 마초 두 사람은 제 심복이에요. 죄송하지만 다시 한번……, 이야기를 처음부터 들어볼 수 있을까요."

"그건 상관없습니다만……, 어째서 이런 곳에서?"

"비밀을 지키기 위해서죠. 손가의 공주에게는 아직 알리고 싶지 않으니까요."

"……그렇군요. 그럼."

사자들은 내게 예의를 갖추며 고개를 숙였다. 조명으로 설치해둔 촛불이 그들의 그림자를 일렁이게 했다.

"주인, 원술 님의 말씀을 전해드립니다. 원술 님께서는 조조와 싸우러 나가셨습니다. 동백님께서는 남쪽의 유표에 대비하여 동맹으로서 원술님의 배후를 지켜주셨으면 합니다. 이게 원술님의 말씀입니다."

조운이 '응?'이라며 묘한 목소리를 냈다.

"싸움은 아직 안 한다고 들었는데."

"저도 그럴 생각이었어요. 하지만 조조가 먼저 쳐들어왔다고 하네요."

삼국지에서 손꼽히는 영걸, 조조와의 개전———, 두려워하던 사태임에도 불구하고 의외로 냉정할 수 있었다. 바라지 않던 전개이지만, 예상하지 못한 건 아니다. 초선이 조조 쪽에 붙었다면 조조가 나를 내버려 둘 리가 없을 거라 생각했을 뿐이다.

사자 중에서 가장 나이가 많은 남자가 고개를 무겁게 끄덕이고는.

"그렇습니다. 이번 싸움은 결코 원술 님께서 먼저 시작하신 것이 아닙니다. 조조는 원술 님과 손가를 상국 각하 유괴범으로 지명하고 싸움을 걸어왔습니다. 그게 터무니없는 거짓말이라는 사실은 상국 각하께서도 잘 알고 계시겠죠."

"뭐, 네."

나를 제일 먼저 납치한 건 조조지만, 그 이후로 손상향이 연속 유괴를 저질렀기에 완전히 거짓말이라고 하긴 힘들다. 하지만 그런 말은 하지 않고 넘어가기로 했다.

"다시 말해 원술 님하고 손가를 박살 내기 위한 구실로 이용당한 거죠. 제가."

"죄를 뒤집어씌우면서 싸움의 대의명분을 얻는 일거양득의 계책인가."

조운이 납득하는 한편, 마초는 언짢아하고 있었다.

"상국의 신병을 요구하더군. 다시 말해 동백의 몸을 말이다! 말도 안 되지!"

"저도 그렇게 생각하긴 하는데, 말투가 좀 그렇네요."

"조조는 여자를 좋아한다고 들었다. 그런 남자에게 동백의 순진무구한 몸을 내줄 순 없잖아!"

"제 '신병'을 '몸'으로 바꿔 말하지 말아주실래요?"

조조가 그런 요구를 한 건 이쪽이 받아들이지 않을 거라는 전제를 두고 있을 것이다. 실제로도 받아들이고 싶지 않은 요구다.

원래 역사에서 조조는 황제를 꼭두각시로 내세우고 정권을 구축했으니 나도 꼭두각시 인형이 될 것이다. 그 정도로 끝나면 다행이고, 살해당할 가능성도 있다. 개인적으로 조조는 삼국지 등장인물 중에서는 좋아하는 편이지만, 이런 입장에서 가까운 사이가 되고 싶은 타입은 아니다.

"우선, 저로서는 원술을 지지하는 입장인데———."

어흠, 사자 영감님이 일부러 헛기침을 하며 주의를 끌었다.

"원술 님께서 반드시 전하라고 하셨던 말씀이 있습니다. 남양으로 공격해온 조조가 묘한 움직임을 보인다고 합니다."

"묘한 움직임?"

그 정보는 나도 아직 들은 적이 없다. 기분 나쁜 예감이 가속되는 와중에 사자가 말했다.

"네. 조조는 사람을 찾고 있는 모양입니다. 특히 형주의 인재를 찾아다니고 있고, 부하에게 찾아내면 결코 죽이지 말고 데리고 오라는 명령을 내렸다더군요."

"인재……, 설마……."

"일부이긴 하지만, 조조가 찾고 있는 이름을 알아냈습니다. 서서, 방통, 그리고……."

"……제갈량?"

"이럴 수가. 알고 계셨습니까? 역시 젊은 나이에 상국이 되신 분이시군요."

사자들은 서로 얼굴을 마주 보며 제각각 나를 칭찬했다. 하지만 나는 그런 걸 신경 쓸 때가 아니었다.

서서와 방통은 유비를 도왔던 군사들의 이름이다. 제갈량은 굳이 말할 필요도 없을 것이다.

제갈량. 자는 공명.

삼국지를 대표하는 군사이자 정치가. 천하삼분지계를 도입해 조조의 패업을 멈추고, 그때까지 유랑하던 신세였던 유비를 나라의 주인 자리까지 올려주었다. 유비가 죽은 뒤에서 촉을 지키며 한 왕실 부흥의 비원을 이루어내려 했던 충신.

삼국지 소셜 게임 뽑기로 따지면 틀림없이 최고 등급. 전략 게임으로 따지면 지력 만렙. 조조나 유비 삼형제와 마찬가지로 삼국지의 간판이라 해도 될 정도로 거물이다.

그리고 서서나 방통과는 '형주에서 유비와 만난 군사'라는 공통점이 있다.

조조가 남하한 목적이 인재 영입이고, 형주의 유명 군사를 얻으려 하고 있다면, 그건 역사 치트라고 할 수밖에 없다. 분명히 초선이 가르쳐준 것이다.

유명해지기 전의 공명을 미리 얻어두자는 아이디어, 나도 생각해본 적이 있다. 그러지 않았던 건 낙양, 장안에서 형주가 지리적으로 멀고, 시대적 배경을 고려했기 때문이다.

"사자님. 여쭙고 싶은 게 있는데요. 그 공명과 다른 사람들의 나이나 외모 같은 것에 대해 들은 게 없으신가요?"

"그러고 보니 그런 이야기는 전해 듣지 못했군요. 부하들에게 이름만으로 사람을 찾게 하다니, 정말 허술한 행동이기에⋯⋯."

───혹시 조조는 공명 같은 군사들이 활약한 시대는 모르는 건가?

공명은 삼국지 초반부터 등장하는 인물이 아니다. 유비와는 부모 자식뻘로 나이 차이가 있기에 나이는 동백하고 비슷할 텐데. 다시 말해 지금 이 시기의 공명은 지금 나와 비슷한 나이일 것이다. 아무리 천재 군사라 해도 이런 나이부터 지략을 기대할 수 있을 리가 없다.

───아니⋯⋯, 나이를 알든 모르든 상관이 없는 거구나, 조조에게 있어서는.

공명은 조조의 패업을 가로막은 이벤트───, 적벽 전

투에 관여한 사람이다. 그 전투가 벌어지지 않았다면 삼국 정립 이전에 조조가 천하를 통일해도 이상할 게 없었으니까.

조조가 자신의 인생 최대의 방해꾼의 이름을 알아냈다면 내버려 둘 리가 없다. 전쟁을 일으켜서라도 신병을 확보하려 할 것이다. 그 재능을 자신에게 도움이 되는 쪽으로 활용하지 못한다 해도, 역사의 무대 위에서 제거하기만 하면 역사는 바뀐다. 손가를 박살 내려 하는 이유는 그들도 적벽 전투의 승자이기 때문이다.

역사를 바꿔서 삼국지를 박살 낸다———, 그게 조조의 목적이다.

"왜 그래? 동백. 표정이 꽤 심각한데."

"아뇨, 꽤 위험한 상태라서요."

내가 그렇게 말하자 가장 나이가 많은 사자가 살짝 웃었다.

"걱정하실 필요는 없습니다, 동백 님. 조조 군과는 소규모 충돌을 벌이고 있긴 하지만, 적극적으로 공격해 올 낌새는 없습니다. 아마 싸움은 겉치레일 뿐, 원소에게 동맹으로서 움직이고 있다는 증거를 보여주고 싶을 뿐이겠지요. 아니면 원술 님을 동요시키려는 목적일지도……."

"아뇨, 조조는 진심이에요. 남양을 돌파하고 형주를 침략할 겁니다."

"할 겁니다라니, 마치 원술이 질 것처럼 말하네."

조운이 당혹스러워하며 말하자 나는 동료들에게 확실하게 말해줄 생각으로 이야기를 계속 이어나갔다.

"질 거예요. 전쟁은 조조가 이겨요."

"뭐라고요?! 그게 무슨 말씀이십니까!"

사자가 크게 화를 냈지만, 아마 그렇게 될 것이다. 초선이 조조에게 지식 치트를 주었고, 그런 상황에서 전쟁을 일으켰다면 조조에게는 승산이 충분히 있을 게 틀림없다. 게다가 원래 역사에서도 원술은 조조에게 패배했다. 역사의 수정력은 조조 편을 들 것이다.

"사자님. 당신들께서 정말로 원술 님의 충신이시라면 패배한 뒤의 처리도 생각해두셔야 할 거예요. 주군을 구하는 데 도움이 될지도 모르고, 저희로서도 원술군의 패잔병을 흡수할 수 있다면 좋으니까 받아들일 준비를 진행해 둘게요."

"이, 이, 이렇게 무례할 수가! 명가의 주인이신 원술 님께서 환관의 손자 따위에게 질 거라고요? 패잔병이라고 하셨습니까! 도저히 동맹이 할 말씀은 아닌 것 같습니다만!"

"딱히 동맹을 맺진 않은 것 같은데."

조운이 조용히 그렇게 말했지만, 화가 머리끝까지 난 사자들의 귀에는 들리지 않은 것 같았다. 나도 이제 그들을 신경 쓰고 있을 때가 아니다. 조조에게 맞설 방법을 생각해야만 한다.

———이쪽에서 군대를 파견해서 원술과 함께 싸울까?

아니. 원술에게 역사의 수정력 디버프가 걸린 상태라면 이쪽도 휘말리게 될 우려가 있다.

———어떻게든 해서 장안으로 돌아가는 선택지는? 전쟁 때문에 북쪽 육로를 쓰지 못한다면 힘들다. 남쪽으로 도망치려 해도 싸움이 벌어졌다는 정보를 얻은 유비가 내 도주를 예측하고 그물을 쳐두었다면 끝장이다.

———정면으로 조조와 맞서 싸울까? 그러기에는 전력이 불안하다. 원술이 쓰러지면 이쪽은 고립무원 상태다. 정전 협정을 체결하려 해도 피를 전혀 흘리지 않을 순 없을 테고, 그렇다면———.

"동백. 지금은 어떻게 해서든 아군을 늘리는 게 나을 것 같아."

조운이 내가 생각하던 것과 똑같은 말을 했다. 나도 고개를 끄덕이고 대답했다.

"네. 이민족을 아군으로 끌어들이는 걸 서둘러야겠네요. 지금 홍선이 움직여주고 있으니까 도망치든 정전을 노리든 그들의 힘을 빌리면 어떻게든⋯⋯."

"생각해봤는데, 유비의 힘을 빌릴 순 없을까?"

"아니, 그건 힘들죠. 무슨 말씀을 하시는 거예요."

대답이 곧바로 나올 수밖에 없었다. 내가 지금까지 유비 브라더즈 때문에 몇 번을 죽을 뻔했는지.

"그 형제를 아군으로 끌어들이면 전황이 크게 바뀔 거야. 조조의 목적이 형주라면, 협력할 명분은 생기잖아. 그 녀석들은 형주의 도우미니까."

"그야 그렇긴 하지만, 애초에 유비는 원소가 파견한 사람인데요? 원소와 조조는 화북 연합으로 이어져 있으니 저희를 위해서 조조와 싸워줄 리가 없어요."

"그게 이상하단 말이지. 원소는 유비를 파견해서 형주를 지키려 했어. 그런데 연합 동료인 조조가 그 형주로 진군했으니까."

"미리 손을 써두지 않았을까요? 유표 일족을 해치지 않겠다거나……."

"적당히 좀 하시지요!"

지금까지 우리를 지켜보던 사자가 그렇게 말하며 역정을 냈다.

"좀 전부터 가만히 듣고 잇자니 원술 님을 업신여기는 말씀만……, 신하로서 용납할 수가 없습니다! 저희가 귀도 없는 꼭두각시인 줄 아십니까!"

다른 사자들도 맞장구를 치며 화를 내기 시작했다. 그들을 전혀 신경 쓰지 않았다는 건 사실이다. 그제야 실수했다는 생각이 들었다.

"이 사실은 반드시 원술 님께 보고하도록 하겠습니다! 정말, 이 요새에서 편히 지낼 수 있는 게 누구 덕분인 줄 알기나 하는지……."

사자들이 투덜거리며 지하실 문을 향해 성큼성큼 걸어갔고, 내가 혀 놀림으로 어떻게든 둘러댈 구실을 생각하던 그때.

똑, 똑━━━, 건너편에서 문을 두 번 두드리는 소리가 들렸다.

조운이 내 얼굴을 보았다.

"······동백?"

"홍선일지도 모르겠네요. 암구호는 가르쳐줬어요."

마초가 문으로 다가가서 사자들에게 조용히 하라는 제스쳐를 보낸 다음, 문 너머로 속삭였다.

"팔문?"

"······동백, 있어?"

땅속에서 울려 퍼지는 듯한 목소리가 들렸다. 마초가 눈살을 찌푸렸다.

"누구지? ······혹시, 감━━━."

철컥, 건너편에서 자물쇠가 풀렸다. 마초가 가지고 있는 것 말고 다른 열쇠는 없을 텐데, 어떻게 했는지 문을 딴 모양이었다. 열리려 하는 돌문을 마초가 막았━━━지만, 약간 벌어진 틈새로 푸르스름한 손가락이 밀고 들어왔다.

"동백, 여기 있지······."

손가락 끝이 돌문을 긁어서 하얀 선을 남겼다. 우드득, 돌문이 열리고 핏줄이 선 눈이 그 틈새로 보였다.

'으아아악!', 사자들이 비명을 지르며 주저앉았다. 나도 비슷한 반응을 보였다. 공포 영화에나 나올 법한 게 문 건너편에 있다.

더 이상 막을 수 없을 거라 생각한 건지, 마초가 뒤쪽으로 뛰어서 물러났다.

"조운! 자세를 갖춰라! 감녕이 정신 나간 상태다!"

"……진짜로? 창은 안 가지고 왔는데."

끼, 이, 익, 돌문이 천천히 열렸다.

각자 검을 겨눈 두 사람 앞에서 감녕이 두 팔을 늘어뜨린 채 마치 유령 같은 발걸음으로 다가왔다.

"다들 여기서 뭐 해……? 방금 그거, 암구호지……? 혹시."

스윽, 감녕의 고개가 부자연스럽게 올라갔다. 긴 머리카락에 가려진 눈동자는 살아있는 사람의 눈이 아닌 것 같았다.

"나를……, 따돌렸어?"

감녕이 자취를 감추었다──는 생각이 든 순간, 조운의 눈앞에서 불똥이 튀었다. 조운의 직검과 감녕의 쌍도. 나는 전혀 알아볼 수도 없을 정도로 빠른 공방이 펼쳐졌고, 귀에 거슬리는 금속음이 연달아 울렸다.

옆에서 날아든 마초의 검이 허공을 갈랐다. 실이 끊어진 인형처럼 제자리에 몸을 숙인 감녕은 조운의 검을 쳐내며 누군가가 끌어당긴 것처럼 옆으로 뛰었다. 쌍도가 노린 것은, 마초.

"젠장!"

인간 같지 않은 움직임으로 마초에게 날아든 감녕의 칼

을 조운의 검이 가까스로 막았다. 마초의 코앞에서 칼 끄트머리가 멈춰 있다.

"———……크윽!"

마초는 거리를 두면서 활을 겨누었다. 조운도 마초를 감싸느라 행동이 한순간 늦었다. 감녕은 그동안에 기괴한 발놀림으로 사자들 곁에 가 있었다.

"이 녀석들, 누구야? 동백의 새 친구야?"

"그만두세요! 감녕!"

칼을 든 손을 수평으로 뻗고 있던 감녕이 부자연스러운 각도로 고개를 이쪽으로 돌렸다.

"그만, 두세요……? 내게 명령하는 거야?"

조운이 직검을 겨누며 간격을 조금씩 좁혔다.

"동백을 따르겠다고 미성에서 말했었잖아, 너. 여기까지 와서 손바닥을 뒤집을 생각이냐?"

"따른다……, 조운은 내게 동백하고 친구가 되어줬으면 하는 거 아니었어?"

"그런 해석은 이상하잖아."

"과연 이상한 게 어느 쪽일까."

단정한 감녕의 눈썹이 분노하는 형태로 일그러졌다. 감녕은 어린아이가 봤다면 분명히 울음을 터뜨렸을 듯한 표정으로 담담하게 말을 이어나갔다.

"친구가 부탁하면 들어줄 거야. 친구니까. 반짝거리는 조운의 친구라면 친구가 되어도 괜찮겠다고 생각했거든.

그래서 동백이 부탁하는 걸 들어줬어. 하지만 친구에게 명령하는 건 이상해. 이상하지? 따돌리는 것도 이상해. 이상하다고. 이상하네."

그렇게 말하면서도 감녕의 오른손은 마치 다른 생물인 것처럼 움직이고 있었다. 당연히 칼이 허공을 가르며 휘둘러지고 있기에 주저앉은 사자들이 더욱 겁을 먹기에는 충분했다.

―――이 상황에서 어떻게 해야 하는 거지…….

사자를 다치게 하는 건 말도 안 된다. 아니, 칼을 겨누어 버린 시점에서 이미 충분히 위험하다. 그게 계기가 되어 원술이 나를 적대시하고 조조 쪽으로 붙어버리는 전개라도 되면 최악이다.

어떻게든 하려면 사자들의 안전을 확보하면서 감녕을 제압……할 수 있을까. 애용하던 무기를 잃은 마초와 창이 없는 조운이 격노한 감녕을 무력화시킨다고? 아니면 감녕을 구워삶을 수밖에 없는데……, 저 원령 같은 걸?

망설이던 나 대신 입을 연 사람은 조운이었다.

"이봐, 감녕. 너, 반짝거리는 장군이 되고 싶다고 하지 않았어?"

"했지. 조운하고 두 번째 만났을 때. 산속에서. 기억나."

"장군은 혼자서 될 수 있는 게 아니야. 친구가 많다고 될 수 있는 것도 아니고. 따라주는 부하와 자신이 따를 군주가 있어야 한다고. 장군이 되고 싶다면 명령해줄 누군가가 필요한데, 그건 알고 있어?"

감녕은 분노하는 표정을 지은 채 말없이 굳었다. 잠시 후, 얼굴에서 험악한 느낌이 사라지기 시작하더니 뭔가 찾아낸 어린아이처럼 천진난만하게 놀란 표정으로 바뀌었다.

"……그렇구나. 장군이라는 건 그런 거지."

"그럼 동백은 네 뭐야?"

"친구."

"주군은 아니지?"

"응……, 그렇구나. 동백하고 같이 있어도 장군은 될 수 없구나."

뭔가 그냥 넘어갈 수 없는 말을 들은 것 같았기에 나도 잠자코 있을 수가 없었다.

"잠깐만요, 잠깐만요. 장군이 되고 싶다면 제가 만들어 드릴게요, 상국이니까. 조운도 장군으로 삼을 생각이니까, 당신도."

"그래도 동백은 친구니까. 친구를 주군이라 생각할 순 없어. 미안해."

"왠지 차인 것 같은데요……?"

게다가 조금 미안한 듯한 미소까지 보였다. 떠올리고 싶지 않은 전생의 기억이 되살아날 것 같으니까 그러지 말았으면 좋겠다.

곧바로 칼을 집어넣은 감녕을 보고 안심한 한편, 안심할 수 없는 의문도 생겨버렸다.

"지기, 감녕, 혹시 제 곁을 떠나거나 그럴 건가요?"

"음……, 한동안은, 있을 거야."

"한동안이라니."

감녕은 마이페이스이기 짝이 없는 말을 하면서 성큼성큼 나가려 했다. 조운이 검을 칼집에 넣으며 말했다.

"야. 뭐 하러 온 거야? 너."

"고순이 그랬거든. 동백네가 안쪽 방에서 비밀 이야기를 하고 있다고. 그래서 나를 따돌리고 뭐 하나 보러 왔어."

그러고 보니 고순이 있는 감옥은 이 지하실로 오는 도중에 있다. 이쪽으로 등을 돌린 채 아무 말도 하지 않았기에 신경 쓰지 않았다.

"고순, 풀 죽었어. 동백이 뭔가 심한 말을 한 거지? 불쌍해."

"그건 뭐, 네."

조운도 나도 일단락되었다는 심정이었지만, 마초는 그렇지 않았다. 감녕을 겨누고 있던 활을 내리려 하지 않았다.

"잠깐만. 동백을 해치려 해놓고 사과도 없이 돌아갈 생각이냐?"

"동백에게는 아무 짓도 안 했는데? 이야기를 하러 왔더니 조운하고 네가 나오길래 맞섰을 뿐이지."

이마에 푸른 핏줄이 돋아난 마초는 화살을 당겼지만, 잠시 후 투덜대며 활을 내렸다.

"사과하는 게 나을까? 네 눈알을 파내려 했던 거."

"아니. 서로 멀쩡하게 끝났으니 딱히 상관없다."

상관없구나…….

"하지만 동백의 시선이 닿지 않는 곳에서 포로와 너무 사이좋게 지내는 건 바람직하지 않아. 적어도 허락을 받고 나서 그래야지."

"그래?"

감녕이 내게 물었다.

"가능하다면 그렇게 해줬으면 좋겠네요. 무슨 이야기를 했는지도 파악해두고 싶고."

"동백이 어디 있는지 물어봤을 뿐이야."

"그 이야기는 들었는데……, 어, 왜 저를 찾았던 거죠? 무슨 볼일이 있나요?"

"글쎄?"

"글쎄라뇨."

"요새 사람들이 동백을 찾길래 어디 있나 궁금해서."

———요새의 병사들이 나를?

이야기가 묘해졌다. 무심코 마초, 조운 같은 사람들과 얼굴을 마주 보자 감녕이 다시 말했다.

"요새 앞에 말이야. 모르는 병사들이 모여서 진을 쳤대."

"……네? 병사라니, 어디 병사요?"

"글쎄?"

"아니, 글쎄라뇨!"

어떻게 된 거냐며 원술이 보낸 사자들을 보았지만, 감녕이 새파랗게 질리게 만든 얼굴이 더욱 새파랗게 질린 상태였다. 그들도 몰랐던 모양이다. 그럼 설마, 조조군인가?

절박한 사태임에도 불구하고 감녕은 오늘 본 것 중에 가장 밝은 미소로 말했다.

"싸울 것 같으면 반드시 가르쳐줘야 해? 그때도 따돌리면 동백을 먼저 죽인다?"

다시 활을 겨누려 한 마초를 말린 다음, 나는 동료들을 데리고 지상으로 향했다.

지상으로 나가자마자 마주친 병사들이 눈을 동그랗게 뜨고 소리쳤다.

"동백 님?! 이봐, 동백 님께서 오셨다!"

몰려든 병사들이 제각각 상황을 설명했지만, 정리도 안 된 내용인 데다 일제히 떠들어대서 알아듣기가 힘들다. 스피치 학원은 아직 안 생겼나요?

성벽의 계단을 올라가 성벽 위에 섰다. 문 위로 가기도 전에 요새 앞에 진을 치고 있던 병사들이 보였다. 그리고 그들의 목소리도 들렸다.

"동백 쨩~, 노올자아~!" "도와주러 왔다고오~! 문을 열어어~!" "조조의 목을 따러 가자고오~!"

"손가의 병사……."

저 독특하고 짜증 나는 분위기는 틀림없다. 말하는 내용은 우호적이긴 하지만, 말투가 짜증 나기에 요새의 병사들

116 동백전 5 ~마왕 영애로 시작하는 삼국지~

은 받아들이지 않고 '돌아가'라든가 '시비 거는 거냐'라며
저마다 악담을 퍼붓고 있었다.

무엇보다, 선두에는 백호를 탄 소녀가 있기에 어디 소속
인지 한눈에 알아볼 수 있었다.

"손상향! 이게 대체 어떻게 된 일이죠?!"

문 위에서 그렇게 말하며 내려다보자 손상향과 호랑이
가 동시에 이쪽을 올려다보았다.

"동백. 조조하고 전쟁을 벌인다고 들었어. 우리도 끼워줘."

"대체 어디서 그런 정보를······, 아니, 그건 그렇고 왜 병
사들을 데리고 온 건데요!"

"오라버니가 빌려줬어. 원수를 죽이는데 필요할 거라고."

"······조조가 손견을 죽인 원수라는 게 확실하진 않다고
했잖아요."

"하지만, 손가를 대역 죄인이라고 지명했어."

──정보가 빠르네. 어떻게 안 건데.

이 무렵의 손가는 아직 그렇게 큰 세력이 아닐 거라고
얕보고 있었다. 병사들이 있는 걸 보니 요새를 떠난 손상
향은 내가 말한 대로 강동으로 돌아가서 오빠의 허락을 받
고 돌아온 것 같다.

"주유가 그랬어. 동백이 싸운다면 이쪽도 한의 상국을
돕는다는 대의명분으로 대항할 수 있다고."

원수 갚기보다는 오빠를 돕는 걸 먼저 생각하라는 논리
를 써먹지 못하게 되어버렸다. 친가에서 허락을 해버렸고,

병사들까지 빌려왔고.

그럼에도 불구하고 아직 어떻게든 되지 않을까 하는 미련이나, 지금 왠지 오나라의 유명 인사 이름이 슬쩍 나온 것 같다는 당황스러움, 그런 여러 가지 생각 때문에 나는 굳어버렸다. 그런 나를 힐끔거리던 손상향이 큰 목소리로 외쳤다.

"우리 손가, 동 상국께 빚을 졌다!"

그 말은 내게 한 게 아니다. 요새의 병사들이 듣게끔 하고 있다. 실제로 병사들에게 매도를 퍼붓고 있던 비웅군 병사들이 갑자기 입을 다물었다.

"저번 전투 때 우리는 상국 각하께 특별한 은혜를 입었다! 그 은혜는 크디 커서 기나긴 장강 못지않도다! 갚기 힘든 은혜에 대한 보답으로 우리는 부족하나마 다가올 조조와의 전쟁에 힘이 되어드리기 위해 달려온 것이다!"

"조조와의, 전쟁……?"

이쪽 병사들 사이에서 동요가 퍼져나갔다. ――젠장. 일부러 지하로 사자를 불러서 정보를 은폐한 수고도 물거품이 되었다.

"부디 상국 각하께서는……, 께서는…….."

손상향이 옆에 있던 병사를 돌아보았다. 작은 목소리로 뭔가 말하고 있었다.

"그다음, 뭐였지?"

"이런. 나도 기억이 안 나는데~.""젊은 군사가 쓴 대본

이 어디 있지?" "어……, 여기 있다, 여기! 내가 읽어볼게. 공주님, 그대로 말해요." "얼마 안 남았으니까, 공주님, 힘 내요."

병사들이 컨닝 페이퍼를 보며 손상향의 귀에 속삭이고 있다. 손상향은 그 내용을 그대로 큰 소리로 외쳤다.

"강동이 자랑하는 정병을 부디 받아주소서! 그리고 함께 힘을 합쳐 간웅 조조를 해치우게 하소서! 역적에게 벌을 내리고, 동백군이야말로 지상(至上)의 군단이라는 사실을 천하에 알려주소서!"

주위에서 일제히 목소리가 치솟았다. 병사들이 무기를 들어 올리며 외치고 있다. 본 적도 없을 정도로 강렬한 그 열광은 손상향이 아니라 내게 쏠리고 있었다.

"상국 각하, 만세에!"

"만세에! 만세에! 만세에!"

———으아, 플로어 열광…….

병사들이 이렇게 손쉽게 넘어간 이유는 여포와 싸워서 승리했기 때문일 것이다. '천하무쌍 킬러'의 열기는 아직 확실하게 남아 있었고, 뜻밖의 형태로 드러났다. ……아니, 손상향의 각본을 써준 손가의 군사가 우리 병사들의 상황까지 파악하고 이용하는 계책을 생각해냈을지도 모르겠다.

요새 문 안쪽을 내려다보니 홍선과 눈이 마주쳤다. 그래서 제가 말씀드렸잖습니까, 라고 말하고 싶은 듯한 표정으로 쓴웃음을 지으며 볼을 긁고 있었다.

"조조를 피떡으로 만들어줘라아~!"

살벌한 말까지 들리기 시작했다. 좀 전까지 전쟁을 벌이게 될 줄도 몰랐던 상대인데 어째서 그렇게 곧바로 살의를 드러낼 수 있는 건데.

마초가 주위 사람들 몰래 내게 다가왔다.

"괜찮아? 동백. 땀내 때문에 속이 안 좋아지진 않았어?"

"그건 괜찮은데……, 앞으로 어떻게 될지 생각하니 우울하네요."

"그건 각오하는 게 좋을 거야."

조운이 그렇게 말했다.

좀 전까지 함께 있던 감녕은 자취를 감춘 상태였다. 땀내 나는 분위기가 싫어서 도망쳤을 것이다.

내게 있어서 전력이라 할 만한 장수는 이 세 명. 상태가 멀쩡한 건 조운뿐이고, 마초는 손에 익은 무기를 잃은 직후다. 감녕은 내게 우정을 품고 있긴 하지만, 충성심이 없다.

적은 삼국지의 최강 군주 조조. 게다가 그쪽에는 지식 치트까지 있다.

이대로 부딪히면 나는 이기지 못할 것이다. 이기기 위한 손패가 너무 부족하다. 다시 말해 세 장군 말고 다른 아군이 필요하다.

문 바깥쪽을 내려다보니, 손상향이 으스대는 표정으로 부서진 쌍절곤을 들어 올리고 있었다.

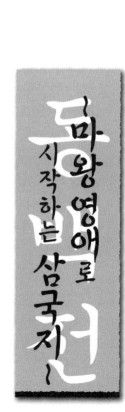
마왕영애로 시작하는 삼국지전~

5장 천하무쌍, 이었던 것.

　자기 다리로 서서, 바깥으로 나가고, 햇볕을 쬔다.

　그 지극히 당연한 것에 대해 여포는 그답지 않게 감동을 느끼고 있었다. 지팡이를 짚어야만 하지만, 몸을 일으키는 것조차 마음대로 할 수 없었던 무렵과 비교하면 거짓말처럼 느껴지는 회복이다.

　여포는 그때 처음으로 마을의 경치를 둘러보았다.

　"의외로 문명이 있잖아."

　개척한 숲속에 나무로 만든 집이 규칙적으로 늘어서 있다. 그것들은 한인의 집과는 분위기가 다르긴 하지만, 전란으로 인해 황폐해진 마을보다 더 질서정연하고 깔끔하게 보였다. 어린아이가 환호성을 지르며 뛰어다니고, 울타리 안에서는 허리가 굽은 노파가 닭에게 모이를 뿌리고 있다. 평화를 그림으로 그려놓은 것 같은 경치다.

　하지만 무엇보다 여포의 상상과 달랐던 것은 냄새. 여포에게 있어서 이민족이란 흉노 같은 북방 유목민이었고, 그들이 풍기던 것은 평원의 냄새였다.

　이곳은 축축한 흙과 풀 냄새, 산 냄새가 난다.

　"지팡이는 어떤가."

　뒤따라 나온 노인이 말했다. 여포는 자기 옆구리에 끼고 있던 지팡이를 내려다보았다. 길이도 그렇고, 중간쯤 달린 손잡이도 그렇고, 마치 여포를 위해 맞춘 것처럼 딱 좋았다.

"하하하, 이런. 너무 딱 맞아서 기분 나쁠 정도인데."

"당연하지. 영이 너를 위해 만든 거니까."

"그 꼬맹이가?"

그러고 보니 자고 있던 여포의 팔과 다리에 막대기를 대고 눈금 같은 걸 나무에 새기고 있었다. 소리를 질러도 그만두지 않길래 무시할 수밖에 없었는데, 지팡이를 만들 때 참고했던 건가?

"그 녀석, 의사 아니야?"

"이 마을의 의사이자 기술자이기도 하다. 그 아이는 특별한 아이니까."

노인은 그렇게 말하며 걸어가기 시작했다. 맨발로 까만 흙을 박차며 나아가다가 돌아보았다.

"따라오거라. 무기를 돌려받고 싶은 게지?"

"남의 물건을 멋대로 가지고 간 녀석이 할 말이야? 내게 가지고 와서 고개를 숙이는 게 예의일 텐데. 이러니까 이 민족은 안 된다니까."

"따라올 만한 체력이 돌아오지 않았다면 무기 같은 걸 가지고 있어봤자 소용이 없겠지. 넘어져서 더 다치기라도 하면 큰일이니."

천하무쌍에게 이렇게 조잡한 배려를 해준 자는 지금까지 없었다. 여포의 마음속에서 이 노인을 죽일 이유가 늘어났다.

　"……영감, 이름이 뭐야?"

　"마을 사람들은 승노인이라고 부른다."

　"아, 그러셔. 딱히 부르진 않겠지만."

　죽일 상대로 머릿속에 기록해두고 싶었을 뿐이다.

　"얼른 가라고. 꾸물대고 있다간 엉덩이를 걷어차 줄 테니까."

　산속이라고는 해도 사람이 밟아서 단단해진 길이 있었다. 마을 안에는 오르막길이 있는 것도 아니어서 걸어가기가 매우 편했다.

　그럼에도 불구하고 여포는 승노인을 잠깐 따라간 것만으로도 숨을 헐떡이고 있었다.

　"……젠장."

　불편한 다리는 이유가 되지 못한다. 평소 여포였다면 물구나무서서 이 마을을 한 바퀴 도는 것도 식은 죽 먹기였을 것이다. 체력이 떨어진 정도가 아니다. 이래선 일반인 이하 아닌가.

　당장에라도 넘어질 것 같은 여포를 보다 못했는지, 승노인이 멈춰 서서 이쪽을 보고 있었다. 여포는 그런 그의 곁으로 다가가는 것만으로도 시간이 꽤 걸렸다.

　"잠깐 숨을 좀 돌릴까."

　승노인이 말했다. 그가 자비를 베풀었다는 사실에 여포

의 머리에 피가 쏠렸다. 하지만 지금 여포에게는 격노할 여력조차 없다. 비틀비틀, 꼴사납게 땅바닥에 주저앉았다.

좀 전부터 승노인과 차림새와 문신이 비슷한 마을 사람들이 기이한 것을 보는 듯한 눈초리로 여포를 바라보며 지나쳐갔다. 아이들은 승노인이 내쫓지 않았다면 계속 여포를 구경하고 있었을 것이다.

굴욕 말고는 아무것도 아니었다.

"자네, 역시 강한가?"

승노인이 문득 말했다. 잡담을 하는 것 같은 말투였기에 여포는 이제 분노를 넘어서서 헛웃음까지 나왔다.

"울던 아이도 그치는 천하무쌍이라고. 이런 빌어먹을 산의 빌어먹을 시골에서는 모르는 게 당연한가?"

"그게 아닐 터인데."

"뭐?"

"천하란 하늘 아래. 하늘과 땅이 나뉘어 있는 곳 전부가 천하. 한인은 자신들이 사는 곳만이 그렇다고 생각하곤 하지만 말이지."

"이민족 영감이 유학자 같은 말을 늘어놓고 있네. 여기가 천하라고? 아무리 봐도 땅끝이잖아."

"흐음."

여포가 한 말을 듣고 승노인은 턱을 쓰다듬으며 생각에 잠겼다.

"땅끝이라는 말은 정확하지 않다만……, 저승과 이승이

명확히 구분되지 않은 곳이라는 의미라면 그럴지도 모르 겠군."

"오오, 이번에는 태평도 신자 같은 말을 꺼내셨어."

"그 정도의 비경이라는 뜻이다. 원래는 외부인이 길을 잃고 들어오는 경우조차 거의 없다. 누군가가 데리고 오지 않는다면 말이지."

승노인은 마을 한구석을 빤히 바라보았다. 그 시선 끝에 는 축사 같은 조촐한 오두막이 있었지만, 거기에는 가축이 없었다. 그저 가공 중인 목재가 방치되어 있을 뿐이었다.

"저것도 그 영이라는 꼬맹이가 맡은 일이야?"

"그렇다. 마차 대신 쓸 새로운 수레를 만들려는 모양이 더군."

영문을 알 수가 없다. 그런데 가만히 바라보고 있자니 바닥에 있던 목재가 점점 나무를 깎아 만든 소나 말로 보 이기 시작했다. 기분이 나쁘다.

"대체 뭐야, 그 꼬맹이. 의사이자 기술자? 대체 무슨 위 치냐고, 그게."

"방금 자네가 한 말 그대로다. 의사이자 기술자. 지혜와 기술로 마을 사람들을 도와주고 있다. 마을 사람들이 의지 하는 존재다."

"아……, 그런 거구나."

여포의 얼굴에 어두운 미소가 드리웠다.

"변경 마을은 그런 경우가 있지. 재능에 몰려들어서 의

존하고, 상대가 어린애라 해도 자비심 없이 부려먹고. 다 큰 어른이 꼴사납게."

"짐작 가는 거라도 있나?"

"딱히? 캐내려 하지 말라고, 죽여버린다."

그때 마침 바구니를 든 젊은 여자가 지나갔고, 승노인은 말을 걸어 바구니 안에 있던 과일을 받았다. 그것을 여포에게 내밀었다.

"목이 마르겠지. 이걸 먹도록."

그것은 딱히 특별한 것도 없는 복숭아였다. 지금이 복숭아를 수확할 수 있는 시기가 아니라는 점을 제외하면. 하지만.

여포는 망설이면서도 그것을 받아들었다. 목이 말랐던 것도 사실이다.

"……기분 나쁜 마을이군."

제철도 아닌 복숭아를 먹자 곧바로 땀이 가시며 신기하게도 체력이 돌아오는 느낌이 들었다. 고맙긴 하지만, 그것 또한 기분이 나빴다.

다시 걸어가기 시작하자 여포는 승노인을 겨우 따라잡을 수 있게 되었다.

"이봐~, 어디까지 걸어가게 할 건데."

"마을 밖이다."

"뭐어?! 까불지 말라고, 미리 말했어야지!"

"붉은 말이 마을 입구에서 어슬렁대고 있다. 그 말은 자네 말이겠지?"

"적토가?"

여포의 애마, 적토마. 천하무쌍이 타기에 어울리는 명마이자 발굽의 힘과 기질은 말이라고 하기에도 힘든 괴물이기도 하다.

"그렇게 눈에 띄는 말이 있으면 하계 사람들의 눈길이 이쪽으로 쏠릴지도 모른다. 어떻게든 해준다면 자네에게 무기를 돌려주지."

여포에게는 오랜만에 가슴이 뛰는 화제였다. 몸이 따끔거릴 정도로 큰 웃음이 솟구쳤다.

"크큭……, 그런 거라면 미리 말하라고. 뜸 들이기는……, 큭, 아, 아야, 그래도 신나네……, 크크큭."

여포는 지팡이를 짚은 채 노인을 손가락으로 가리켰다.

"너희 같은 졸개가 적토를 다룰 수 있을 리가 없잖아! 천하무쌍만 타는 걸 허락하는 말이니까! 크하하하하하하하하, 휴우, 안 되겠네, 배가 아파."

여포는 숨을 고른 다음 웃다가 새어 나온 눈물을 닦으며 말했다.

"알겠어. 어떻게든 해주지. 너희들은 어떻게 해볼 수도 없는 적토를, 내가 말이야."

"그래주면 고맙겠군."

여포가 그렇게 웃어대는데도 승노인은 눈썹 하나 꿈쩍하지 않고 대답했다.

"똑똑한 말이다. 주인을 찾아 온 모양이다만, 이 마을의 경계 안으로는 들어오려 하지 않아."

"그래, 그야 기분 나쁜……."

마을이니까, 여포는 그렇게 말하려다가 입을 떡 벌린 채 깜짝 놀랐다.

늘어서 있는 집들이 끊긴 경계 건너편. 눈부시게 빛나는 분홍색이 넘쳐나고 있었다. 활짝 피어난 복숭아꽃이다. 복숭아나무가 한없이 늘어서서, 겹쳐진 꽃이 부자연스러울 정도로 화려한 분홍색 벽.

마을 옆에 갑자기 분홍색 바다가 나타난 것 같았기에 여포는 그답지 않게 겁을 먹었다.

이건 평범한 자연이 아니다.

"영!"

승노인이 외쳤다. 노인의 시선 끝에는 자그마한 사람 그림자가 있었다. 분홍색 바다에 있던 소녀가 이름이 불리자 움찔거리며 돌아보았다.

"…………."

"여기에는 다가오지 말라고 했을 텐데. 돌아가렴."

그 말을 들은 영은 순순히 돌아왔다. 복숭아나무 쪽을 한 번 돌아보긴 했지만, 곧바로 어디론가 떠나갔다.

"애교가 없는 꼬맹이군. 누구를 닮았는지 물어봐도 되는 건가?"

"나는 아니다. 피가 이어지지도 않았고, 주워온 아이니."

"아, 그래서. 남자 혼자 고아를 키웠구나. 눈물 나네."

"……한 명 더 있었다. 그 아이의 누이에 해당되는 아이다. 마찬가지로 피가 이어지진 않았다만……."

귀찮네, 여포는 그렇게 생각했다. 부상을 견디며 여기까지 왔는데 왜 노인의 하소연에 어울려줘야만 하는 건지.

"그녀는 저쪽으로 가버렸다."

"저쪽이라니……."

노인은 복숭아나무 쪽을 가리키고 있었다. 한없이 이어져 있는 것 같은 분홍색 바다를.

"죽었다는 뜻이야?"

"아니. 저 숲 건너편이다."

노인이 다시 말했다.

"여기에서는 가끔 영 같은 아이가 생긴다. 신들린 것 같은 지혜를 지니고 있는 데다 어디서 배운지도 모를 기술을 다루는 아이다. 그런 아이는 이 마을을 풍요롭게 해주고, 부상자나 환자를 구해주고, 마지막에는 사라진다. 복숭아나무 숲 건너편으로."

"……아니, 그냥 만나러 가면 되는 거 아니야?"

"갈 수 없다. 아무도 갈 수 없지. 저기에는 불청객을 헤매게 만들고 쫓아내는 주술 같은 게 있다. 그렇기 때문에 저 복숭아나무 숲 건너편에 무엇이 있는지는 아무도 모른다. 알 수 있는 건 저 건너편으로 초대받은 아이뿐이다. 영의 누이처럼."

최악의 마을이네, 여포는 새삼 그렇게 생각했다. 빌어먹을 인습까지 생겨났잖아. 태워버리라고.

"믿지 않는 모양이로군."

승노인이 걸어가기 시작했다. 여포도 뒤늦게 지팡이를 짚으며 따라갔다.

"가봐도 상관없다. 안쪽으로 헤매고 들어가진 못할 테니. 잠깐 걷기만 해도 원래 있던 곳으로 돌아오게 된다."

"호오~, 그렇구나, 재미있네."

대충 흘려넘기던 여포의 반항심이 진짜로 가볼까 하는 생각을 하게 만들었다. 영의 누이라는 녀석의 시체라도 찾아내면 이 노인에게 한 방 먹여줄 수 있을 것이다.

그런 생각을 하며 복숭아나무 숲을 곁눈질하다가……, 잠시 후, 눈을 돌렸다.

──그렇군.

노인의 헛소리를 있는 그대로 받아들일 생각은 없다. 하지만, 전장에서 단련된 감이 말해주고 있었다.

저기에는 무언가가 있다.

신이나 요괴처럼 수상쩍은 것들은 아니다. 악질적인 군사가 멍청한 무사를 끌어들여서 사로잡는 함정, 또는 본진의 위치를 숨기며 현혹시키는 수법. 여포는 전장에서 봐온 책략과 비슷한 무언가를 저 복숭아나무 숲에서 느끼고 있었다.

"……뭘 보고 있는 거야, 영감."

"안 갈 건가?"

"주술이라니. 위험하잖아. 그냥 태워버리지 그래?"

"안 된다. 저건 마을을 지켜주는 결계다."

노인은 그렇게 말하며 등을 돌리고 걸어가기 시작했지만, 여포는 실망한 기색을 느끼고 있었다.

의외로 이 외부인이 복숭아나무 숲의 비밀을 파헤쳐줄지도 모른다, 그런 기대를 하고 있었던 걸까.

내가 알 바냐, 여포는 그렇게 생각했다. 네가 원하는 대로 되진 않을 거고, 정 뭐하면 여기를 떠나기 전에 내가 너를 죽일———, 그런 생각을 하면서 앞서가는 노인의 뒷모습을 노려보았다.

'그러고 보니까.'

그때 여포는 코를 움찔거리며 떠올렸다.

장안에는 항상 복숭아 향기를 풍기는 미녀가 있었던 것 같다.

◇

복숭아나무 숲은 마을 전체를 둘러싸고 있었다.

한군데에만 구멍이 뻥 뚫려 있었고, 그곳이 마을의 출입구였다. 잠깐 걸어가기만 했는데도 우거진 산의 녹음이 분홍색을 뒤덮어서 보이지 않게 되었다. 그만큼 진하던 분홍색이 이렇게 간단히 보이지 않게 된 것도 부자연스러웠기에 여포는 그것에서도 뭔가 작위적인 느낌을 받았다.

"저기다."

한동안 걸어간 다음, 승노인이 그렇게 말했다. 보아하니 나무 건너편, 산의 분지에 멋진 붉은색 말이 그 몸을 뽐내듯이 서 있었다. 안장이나 고삐는 그대로 있었고, 마을 사람들로 보이는 남자들이 거리를 둔 채 둘러싸고 있었다.

"적토!"

여포가 애마를 불렀다. 적토마는 주인의 모습을 보자마자 곧바로 달려왔다.

숲속인데도 돌진이라고 해도 될 정도로 빠른 속도. 중간에 부딪힌 나뭇가지를 오히려 꺾어버리고, 울퉁불퉁한 바위를 박차서 부술 기세로 달려오자마자 적토마가 여포의 몸에 코끝을 비벼댔다. 여포는 지팡이로 몸을 지탱하며 그 행동을 받아들였다.

"오래 기다렸지."

"그렇게 사납던 말이 이렇게 사람을 잘 따를 줄이야⋯⋯."

승노인이 중얼거렸다. 여포는 무슨 소릴 지껄이는 거냐고 생각했다. 천하무쌍이 천하의 명마를 거느리는 건 당연한 일이다.

"이봐, 약속했잖아, 무기를 내놔."

여포가 요구하자 노인은 남자들을 불러모았다. 한인과는 다른 언어로 이야기를 나누다가 잠시 후, 한 명에게서 활과 화살통을 받아서 내밀었다.

"쳇, 처음부터 그랬어야지……, 그래서, 방천화극은."

"여기에는 없는 모양이다."

"뭐어?!"

"길이가 딱 좋길래 건조장에서 풀을 말리는 데 쓰고 있다는군."

"……잠깐만."

여포는 미간에 손가락을 가져다 댔다. 감정에 휘둘려 경력을 끌어올리지 않게끔 자신을 타이르며 되새겼다.

"너희들, 내 무기를, 건조대로 썼다고?"

여포의 눈꼬리가 분노로 인해 흉폭한 형태로 치켜 올라갔다. 그 두 눈을 보고 남자들이 당황했지만, 이미 늦었다. 쌓여 있던 여포의 분노는 이미 한계치를 훨씬 넘어선 뒤였다.

"이제 됐어, 건조장이라고? 그곳이 어딘지 말해. 가져와서 모조리 죽여줄 테니까 기다리라고."

"진정해라. 그런 몸으로는————."

"닥쳐."

여포는 적토마의 갈기를 잡고 지팡이를 내팽개친 다음 안장 위로 몸을 끌어올렸다. 경공은 쓰지 않고 운동신경으로만 부린 재주였다. 적토마에 올라타서 남자들을 내려다보았다.

"내 방천화극이야. 너희 같은 원숭이들이 함부로 만져도 되는 게 아니라는 것쯤은 알았어야지. 말이 통하지 않는다면 먼저 한 명쯤 보내줄까?"

여포는 그렇게 말하며 활에 화살을 메겼고———.

그 순간, 적토마가 앞다리를 들어 올렸다. 뒷다리로만 서나 싶더니 앞다리를 내리고 이번에는 뒷다리를 들어 올리고는 산의 흙을 파헤치며 날뛰기 시작했다. 여포가 시킨 게 아니었다. 적토마는 처음으로 여포의 손을 벗어나 폭주하고 있었다.

"적토?! 야, 적———."

여포의 몸이 땅바닥에 떨어졌고, 낙마의 충격이 온몸을 꿰뚫었다. 여포는 힘없는 눈으로 애마를 올려다보았다.

적토마는 이미 날뛰고 있지 않았다. 까만 눈동자는 묘하게 차분했지만, 이제 여포를 보고 있지 않았다.

잠시 후, 적토마는 말머리를 돌리고 마치 질풍처럼 빠르게 산속으로 사라졌다.

"이보게! 괜찮나?"

지팡이를 챙긴 노인과 남자들이 달려왔다. 여포는 땅바닥에 쓰러진 채 고통과 충격으로 인해 꿈쩍도 할 수 없었다.

적토마가 여포를 거부한 것은 분명했고, 지금 여포는 그 이유도 짐작하고 있었다. 알고 있긴 했지만, 인정하고 싶지 않았던 가능성.

적토마는 천하무쌍만 다룰 수 있는 말이다.

6장 동백 짱, 천적을 만나러 가다.

번성.

장강 북쪽에 위치하고 있는 이 성은 전장의 최전선이라 할 수 있는 곳이었다. 장강 동맹 소속인 손견이 포위하고, 함락 일보 직전까지 몰렸던 것은 여전히 주민들의 기억 속에 생생하게 남아 있다.

하지만 그것은 괴로운 기억이 아니라 눈부신 영걸의 기억이 되었다.

위기에 처한 상황에서 달려온 남자들이 손견군을 물리치고 번성을 구해낸 것이다. 전투가 끝난 지 한 달 이상 지난 지금도 그들의 인기는 식지 않았다.

유비, 관우, 장비.

세 영걸은 지금도 번성의 수호신으로서 계속 머무르고 있다.

"아~, 배부르다. 잘 먹었어."

번성의 수호신───, 유비 현덕의 모습은 번성의 성 아랫마을, 지저분한 식당에 있었다.

만족스러운 듯이 숨을 내쉰 그의 주위에서는 식당 이상으로 지저분한 차림새인 아이들이 떠들어대고 있었다.

"야! 너, 아까 관우 했잖아! 가면 내놓으라고!" "싫어! 청룡언월도는 내가 찾아왔잖아!" "저기, 사모는 없어? 나, 장비인데."

자리에서 일어선 유비는 손뼉을 치며 아이들의 주의를 끌었다.

"자, 자, 조용히 해, **관우**하고 **장비**. 여기는 밥을 먹는 곳이잖아."

"닥쳐! 유비! 이 관우에게 명령하는 거냐!"

"이 관우는 참 거만하네."

청룡언월도라는 이름이 붙은 막대기를 배에 대고 밀어대는 아이는 널빤지와 끈을 묶어서 만든 물건을 머리에 뒤집어 쓰고 있었다. 아무래도 그게 관우의 가면인 것 같았다. 유비 역할을 맡은 코흘리개는 친구의 멋진 모습을 멍하니 바라보고 있었다. 제일 나이가 적은 아이가 맏형 역할인 모양이었다.

"저기, 왜 내 역할은 항상 남아도는 거야?"

"웃기는군. 그건 네가 멋지지 않기 때문이다." "전투는 동생들에게만 떠넘기고 말이지~." "촌스러워~."

"아~, 결국 그런 말을 해버렸구나, 너희들. 이제 나도 모른다. 후회해봤자 이미 늦었다고."

"뭐야~." "너 같은 건 무섭지도 않다고~." "동생들보다 평범하고."

유비는 몸을 숙여서 아이들과 눈높이를 맞춘 뒤 입을 다물었다. 아이들의 시선은 유비의 두 눈으로 쏠렸다. 귓불이 매우 큰 것 말고는 어디에나 있을 법한 남자. 체격은 약간 깡마른 느낌이라 번성의 수호신이라는 이름을 짊어지기에는 너무나도 믿음직스럽지 못한 어깨였다.

수호신이 아이들 뒤쪽을 손가락으로 가리켰다.

"너무 시끄럽게 떠들어서 가게 주인 영감님이 식칼을 들고 왔잖아! 너희들을 썰어버릴 셈이라고!"

아이들이 돌아본 곳에는 유비가 말한 사람이 서 있었다. 이 근처에서는 유명한 고집쟁이 영감님이고, 꿀밤을 맞은 악동들의 숫자는 셀 수 없이 많았다. 그는 오랫동안 화덕 앞에서 일을 한 탓에 눈썹과 앞머리가 없어져 버린 무서운 얼굴로 아이들을 내려다보고 있었다.

아이들은 곧바로 꺄악꺄악 비명을 지르며 도망치기 시작했다.

"어떠냐, 개구쟁이 녀석들."

"식칼을 들고 왔다니, 누가."

영감님이 그렇게 말하며 술병을 탁자 위에 올려놓았다. 유비는 싱글거리며 술병 옆에 돈을 내려놓았다.

"뭐, 맛있는 술은 군자에게 있어서 날붙이와 비슷할 정도로 위험한 물건이잖아요?"

"군자는 누가 군자야, 정말."

영감님은 돈을 품속에 집어넣고 주방으로 돌아갔다. 그리고 술병을 챙겨서 가게를 나서려던 유비에게 주방에서 '잠깐만'이라고 말을 걸었다.

멈춰선 유비의 가슴 쪽을 향해 만두가 날아왔다.

"그것도 가지고 가라. 꼬맹이들에게 나눠준 네 밥 몫이다."

"어머나. 이거 놀랍네."

유비는 눈을 동그랗게 뜨고 자기 이마를 찰싹 때렸다. 호랑이 영감님은 무서운 표정을 조금 누그러뜨리고 말했다.

"당신이 온 뒤로 저 꼬맹이들이 얌전해졌어. 얼마 전까지는 어떻게 해볼 수 없을 정도로 못된 녀석들이었는데 지금은 평범한 꼬맹이 같은 낯짝을 보인다고. 그러니 딱히 놀랄 만한 것도 아니지."

"아니, 아니, 놀랍지. 만두를 준 영감님의 얼굴이 아름다운 선녀처럼 보이니 이거, 의사에게 진찰해 달라고 하는 게 나으려나."

"시끄러워! 얼른 가버려!"

영감님이 특기인 꿀밤을 먹이려 했기에 유비는 웃으면서 도망쳤다. 술병과 만두를 떠안고 있던 유비는 가는 곳곳마다 사람들 눈에 띄었고, 다들 말을 걸곤 했다. 마치 이곳에서 태어나 자란 것처럼 친숙해서 유비가 가는 곳마다 웃음소리가 퍼졌다.

"뭐야, 영감님, 오랜만이잖아! 요즘은 못 만나서 쓸쓸했다고. 왜 그래, 당장에라도 죽을 것 같은 표정인데……, 뭐? 배가 고프다고? 그럼 이 만두를 줄게. 사양하지 말라고, 배가 부른데 무심코 사버려서 어쩔까 고민 중이었으니까. 뭐어? 그야 영감님은 이제 살날도 얼마 안 남았지만 말이야. 그래도 맛있는 걸 먹고 나서 죽는 게 낫잖아. 그리고 내가 이곳 번성에 있을 동안에는 힘내서 오래 살아달라고. 응?"

"오? 신기하네, 누님. 이렇게 해가 밝을 때 만나다니. 아니, 해님 아래에서 보니까 더 미인으로 보이는데. 아, 그녀석이라면 걱정하지 않아도 돼. 이제 두 번 다시 당신하고 자식을 곤란하게 만들진 않을 테니까. 쓴맛을 보여줬거든. 아니, 됐어. 고맙다는 인사는 장비에게 해줘. 그 녀석, 인과응보라고 하면서 이렇게 큼직한……, 아니, 이건 대낮에 할 이야기가 아니구나. 하지 말아야지."

"누구야, 너……, 아, 그 도박장을 맡고 있는 건달이구나. 이 돈은 뭐야……, 돌려준다고? 나한테는 돈을 받을 수 없다고 당신네 두목이 그랬다고? ……아하~, 그런데 나는 이런 게 필요없는데. 아니, 화내지 말라고, 잘 써먹을 방법이 있으니까. ……이봐! 여러분! 이 협객 나으리가 당신들한테 밥을 사준대! 자 다들 모여! 선착순이라고! ……헤헤, 어때? 이러면 다들 기뻐하고 인기도 많아지겠지? 두목에게도 그렇게 하라고 전해주라고."

유비는 평소처럼 사람들과 어울리며 번성에 있는 자기 집으로 돌아왔다. 수비를 맡은 장수, 황조가 유비 일행에게 준 저택이자 전쟁이 두려워서 살기 위해 도망친 부호가 머무르던 곳.

마중 나온 노파는 저택과 함께 남겨진 여자들 중 저택의 관리인 같은 존재였다.

"할멈. 다른 사람들은 잘 물렸어?"

"그래. 잘됐어. 근처 사람들에게는 누구도 저택에 다가오지 말라고 해뒀어. 안심하라고. 나도 나갈 테니 이제 손님하고 당신뿐이야."

"덕분에 살았네. 그런데 할멈, 평소보다 꽃단장을 한 것 같은데?"

"알아보겠어? 목수인 육 영감을 만나러 가거든. 남자가 꼬신 게 몇십 년 만인지."

흐흐흐, 그렇게 웃는 노파로부터 차가 담긴 쟁반을 받아 들고 그녀를 보낸 다음, 유비는 곧바로 객실로 향했다. 허리에 차고 있던 술병을 복도에 두고 안으로.

아마 상인이 비밀스러운 거래를 할 때 쓴 것 같은 객실은 좁았고, 복도에서 정원으로 삐져나온 듯한 모양새였다. 감시를 세워두면 도청은 쉽사리 막을 수 있다.

밀담의 상대는 얌전히 앉아서 예의 바르게 기다리고 있었기에 유비가 먼저 말을 걸었다. 친근한 백성들에게 보여주던 얼굴과는 다른 얼굴. 신중하게 거리감을 재어야만 하는 귀인을 대하는 듯한 태도로.

"죄송합니다! 늦었습니다!"

손님은 모두 여자였다. 소녀 한 명과 시종으로 보이는 여자 두 명. 시종들은 부모와 자식으로 보일 정도로 키 차이가 있었고, 양쪽 다 얼굴을 얇은 천으로 가리고 있었다. 주인인 소녀가 먼저 예의를 차렸다.

"유비 님. 만나주셔서 감사하오. 나는 손상향. 강동의 호랑이라 불리던 손견의 딸이오."

◇

얼굴을 가린 얇은 천 너머로 본 유비의 인상은 원소, 조조와의 회담을 가졌을 때 봤던 것과 똑같았다. 여전히 개성이 약하고 평범한 생김새였다.

아무런 해도 끼치지 않을 것처럼 보이지만, 의(義) 몬스터인 관우와 똑같은 사상의 소유자이기에 위험한 녀석이다. 물론 관우와 마찬가지로 나를 적대시하고 있는 것 같기에 가까이 다가가고 싶진 않다.

그럼에도 불구하고 나는 마초와 함께 손상향의 시종으로 변장하고 바로 앞에서 유비와 마주 보고 있다.

지금 이 상황은 손상향이 병사들을 이끌고 요새로 찾아왔을 때, 이미 결정되어 있었다고 할 수 있다.

그 시점에서 손상향은 이미 유비와 접촉했고, 오늘 이

회견을 가지기로 약속했던 것이다. 요새의 누각으로 그녀를 데리고 가자 내게 조조와 싸우기 위해 유비의 힘을 빌려야만 한다고 고집스럽게 주장했다. 물론 그런 아이디어를 내가 찬성할 수 있을 리가 없었다.

"저번에 설명드린 것 같은데, 저는 이민족의 힘을 빌릴 생각으로 움직이고 있어요. 멋대로 행동하시면 곤란한데요."

"협력해줄 부족은 찾았어?"

"아직 못 찾았네요……."

홍선이 맡아서 움직여주고 있긴 하지만, 성과는 탐탁지 않다. 모처럼 이민족의 마을 정보를 얻어도 접촉할 수단이 없거나, 가봐도 텅 비어있거나.

"그, 그렇다고 해서 유비에게 기댈 필요는 없다고요! 장강에서 한수로 배를 타고 거슬러 올라가면 한중까지 갈 수 있어요! 다시 말해서, 장안과 연계를 취할 수 있다는 뜻이고……."

"그거, 유비가 있는 번성 앞을 지나게 될 텐데."

"그랬죠……."

"그럼, 유비랑 이야기할게."

"뭐, 손가와의 동맹이라면 그들도 받아들일지 모르겠지만……, 제 존재를 잘 둘러대 주시기만 하면 승산도……."

"동백도 같이."

"네?"

"미미는 번성에 데리고 갈 수 없으니까. 혼자 가면 쓸쓸해."

"제 이야기 듣긴 했어요?"

"나 혼자서는 무서워서 못 가. 믿음직한 어른 언니가 도와줬으면 좋겠어."

"알겠다! 내게 맡겨라!"

"마초 씨?!"

……그리고 지금에 이르렀다.

손상향의 서투른 연기에 곧바로 넘어간 마초 때문이긴 하지만, 손가와 관계가 있는 내게 있어서 이 회담이 그냥 넘길 수 있는 이벤트가 아니라는 건 분명하다. 손가의 공주인 손상향에게 어떻게 대처할지 유비의 태도를 관찰할 수 있다. 손상향이 속아 넘어가는 걸 방지한다는 장점도 있었다.

그리고 역사의 수정력. 지금 같은 상황은 유비, 손가의 연합군이 조조에게 승리한 적벽 전투와도 비슷하니 양쪽이 손을 잡음으로써 뭔가 버프를 기대할 수 있을지도 모른다.

———……아니, 왠지 겁을 엄청 먹고 있었던 것치고는 냉정하게 생각할 수 있게 됐네, 저 유비를 보고 있자니.

유비는 지금 우리 맞은편에 앉아 있다. 차가 담긴 쟁반을 옆에 둔 채, 낙양에서 처음 만났을 때와 같은 실실거리는 미소를 짓고 있다. 너무나도 빈틈투성이처럼 보여서 내 어깨에 들어갔던 힘도 빠져버렸다. 유비는 어색하게 웃으며 고개를 살짝 숙였다.

"제가 초대했는데 몰래 만나게 되어 죄송합니다!"

"딱히 상관없어. 번성을 공격했던 손가는 주민들에게 있어서 지금도 적이야. 나도 알아. 당신이 준 통행증 덕분에 성문도 쉽사리 통과했어."

"그렇다면 다행이네요! 아, 얼마 전에는 맛있는 과실수를 보내주셔서 감사합니다! 정말 맛있었고, 저기, 맛있었습니다!"

여전히 아부를 떠는 게 서투른 모양이었다. 하지만 손상향에게 이런 태도를 보이는 걸 보니 동맹 이야기도 의외로 기대해볼 수 있지 않을까.

──아니……, 잘 생각해 보니 유비와 손상향은 부부가 되잖아.

정략결혼이면서도 짧은 기간 동안이긴 했지만, 이 두 사람은 원래 역사에서는 그런 관계가 된다. 혹시 손상향은 유비를 만나기 위해서 그들과 동맹을 주장한 게 아닐까, 그런 의문이 생겨났다.

실제로 유비와 만나고 난 이후로 손상향은 차분하지 못한 것 같았다. 초조한 듯이 어깨를 떨기도 하고, 유비의 얼굴을 빤히 바라보다가 갑자기 눈을 내리깔기도 했다.

──설마 아닐 거라 믿지만……, 내가 여기 불려온 건 여자애가 고백할 때 친구를 부르는 그거랑 비슷한 건가?

아니겠지? 동맹 이야기도 확실하게 할 거지?

"저기."

손상향이 각오를 다진 듯이 말했다. 귀를 빨갛게 물들이면서도 목소리를 쥐어 짜냈다.

"관우 님은 어디?"

"……관우 말인가요?"

"맞아. 관우 님도 함께 이야기하고 싶어. 중요한 이야기니까."

"장비는요?"

"다른 사람은 됐고."

말이 참 심하다. 그래도 나로서는 관우가 여기 있지 않은 게 정말 고마운 일이었다. 그 위압감 덩어리 같은 남자 앞에서 정체를 들키지 않을 자신이 없다.

유비는 약간 놀란 기색을 보였지만, 실실거리는 미소는 변함이 없었다.

"관우도 장비도 저와 일심동체. 마음이 똑같은 형제입니다. 이곳에 있든 없든 마찬가지죠."

"관우 님하고 똑같다고……."

손상향이 유비를 빤히 바라보았다. 잠시 후, '전혀 다른데'라고 작은 목소리로 중얼거렸다.

어쩌지. 이 회담, 보고 있자니 감질난다. 끼어들고 싶다. 태클을 걸거나 사회자 역할을 맡아서 이야기를 척척 진행시키고 싶다.

인내심에 한계가 온 나는 유비에게 보이지 않는 각도로 손을 뻗어서 손상향의 등을 찔렀다.

"흐앙!"

손상향이 큰 목소리를 낸 다음, 원망스러운 듯이 이쪽을 보았다. ───보지 마. 정체를 들키게 되잖아. 그리고 얼른 이야기를 진행시킨 다음에 돌아가게 해줘.

내 의도가 통했는지, 손상향은 헛기침을 하고 나서 유비의 미소 가면을 보며 이야기를 꺼냈다.

"……유비 님. 우리 손가와 동맹을 맺어줬으면 좋겠어."

"네? 동맹이라고요?!"

"동맹입니다."

"뭐야, 그럼 미리 그렇게 말해주지!"

유비는 여전히 실실거리는 미소를 지으며 하하하, 웃었다. 내 눈에는 그 웃음소리와 함께 유비의 얼굴에 금이 가고 떨어져 나가는 것처럼 보였다. 딱딱한 미소가 점점 자연스럽게 바뀌기 시작했다.

───왠지, 인상이…….

등을 쭉 펴고 무릎 위에 손을 올려놓은 채 긴장하던 남자의 모습은 이제 보이지 않았다. 어디에나 있을 법한 평범한 외모는 그대로지만, 지금까지 보이지 않았던 여유와 풍격 같은 것이 생겨났다.

한순간에 변신───, 아니, **가면**을 벗은 건가?

"그 이야기를 하기 전에 우선, 손가의 공주님. 확실하게 해둬야지."

"뭘."

"손견 님께서 유해가 되어 장강을 내려가셨다는 소문이 있어. 그게 사실인가?"

손상향이 살벌한 기척을 뿜어냈다. 그것은 분노일까, 살기일까. 아무튼 그런 종류의 기척이었다. 여담의 분위기가 수상쩍어지는 것을 느낀 나는 초조해졌지만, 유비 앞에서 목소리를 낼 수도 없었다. 어떻게 움직여야 할지 결론을 내리기도 전에 손상향이 어두운 감정이 담긴 목소리로 말했다.

"그게 사실이라면, 어쩌게."

"애도를 표하게 해줘. 당신의 아버님은 희대의 영웅이었어."

무뚝뚝한 말투로 예상치 못한 말을 하자, 손상향은 허를 찔린 모양이었다. 겨우 나온 목소리는 너무나도 어린애 같았다.

"……아버님을 알아?"

"황건적의 난과 반동탁 연합. 몇 번이나 같은 전장의 흙을 밟았고, 번성에서는 맞서 싸우기도 했지. 그저 그것뿐인 사이지만, 손견 님께서 강동의 호랑이라는 별명에 어울리는 남자라는 걸 알기에는 그걸로도 충분해. 그렇지?"

"……응."

기묘한 느낌이었다. 지금 내 눈앞에 있는 건 나를 적대시하며 죽이려 하는 위험 인물일 텐데, 경계심이 약해지고 있다. 긴장감을 끌어올리려 해도 뇌가 멋대로 그걸 풀어버리기 때문에 오래 가질 못한다.

유비가 본성을 드러낸 순간, 이곳의 분위기는 그에게 장악당해버렸다. 손상향에게 경고하려 했지만, 정체를 숨기고 있는 나는 말을 할 수가 없다.

"손견 님께서 남긴 자식이 동맹 제안을 해주는 건 영광이지만……, 어째서 지금 내게 그런 이야기를 하러 온 건지 알 수가 없군. 손견 님께서 돌아가셨다면 우선 기반을 굳히는 게 먼저 아닌가?"

"조조가 남하하고 있어. 지금은 원술과 싸우고 있지만, 목표는 형주."

"조조가 형주에? 이유가 뭔데."

"사람을 찾고 있는 모양이야. 공명이라는 사람. 몰라?"

"들어본 적이 없는데. 유명한 녀석이라면 누군가가 내게 말해줬을 것 같은데, 그 녀석, 진짜 형주 사람 맞나?"

손상향은 대답하지 못했다. 내가 공명의 배경까지 설명해주지 않았기 때문이다. 그리고 유비를 경계하고 있던 나는 약간 안심했다. 유비가 공명과 만나는 '수어지교'는 아직 일어나지 않은 모양이었다.

"공명, 공명 말이지……, 안 되겠어. 역시 모르겠네."

그는 두 팔을 벌리며 항복이라는 듯이 말했다. 그렇게 별것 아닌 몸짓에도 독특한 애교가 있었다.

이렇게까지 공명의 정보가 없는 걸 보니 혹시나 역사의 수정력이 작용하고 있는 건지도 모르겠다. 너무 이른 공명의 등장을 방해하고 있기라도 한 걸까.

"하지만 사정은 잘 알겠어. 조조가 형주를 노리고 있다는 정보도 고맙고."

유비는 그렇게 말하며 쟁반 위에서 찻잔에 차를 따라 손상향 앞으로 내밀었다. 같이 가져온 보따리는 다과인 모양이었다.

"하지만 지금 나는 이 번성을 지키는 데 힘을 빌려주고 있는 입장이야. 얼마 전까지 이곳을 공격하던 손가와 손을 잡으려면 다른 사람들을 납득시킬 만한 이유가 필요해. 그런 게 있나?"

"잠깐만 기다려."

기다리게 한 이유는 생각을 정리하기 위해서일까, 아니면 다과를 먹기 위해서일까. 어찌 됐든 손상향은 보따리를 풀고 안에 있던 걸 입에 넣으려 했다.

내가 손상향의 어깨를 잡고 말린 건 그때였다.

"······어?"

"어라?"

둘 다 묘한 목소리를 내며 서로를 마주 보았다. 특히 손상향은 놀랐을 것이다. 뒤에 가만히 있기만 할 줄 알았던 내가 갑자기 어깨를 잡았으니까.

내가 놀란 이유는 내가 유비의 책략에 걸려서 정체를 드러내 버렸다는 사실을 눈치챘기 때문이다.

"미안해, 공주님. 순서를 착각해버렸어."

유비는 손상향에게 말하고 있을 텐데, 눈으로는 나를 보고 있었다.

"그건 과자가 아니야. 비누라는 거지. 장강을 오가는 상인이 가져온 거고, 장안에서 유행하는 물건이라더군. 손을 씻으면 좋은 향기가 나. 세숫물을 가져와서 쓰는 방법을 가르쳐드리려고 준비한 거였는데……, 시종분께서는 이미 알고 계셨던 모양이로군요?"

갑작스러운 존댓말———, 당했다.

손견의 죽음을 알고 있었다면, 손견과 내가 협력해서 여포와 싸웠다는 사실도 당연히 알고 있었을 것이다. 자연스럽게 손상향과 동백의 라인도 짐작할 수 있게 된다. 손견을 애도한 시점에서 나는 그 사실을 눈치챘어야 했다.

"시종 아가씨. 그 걸리적거리는 천을 벗고 당신 얼굴을 보여주면 안 될까."

너무 빠르다. 나는 소용없다는 걸 알면서도 고개를 숙이며 유비의 눈을 피했다. 손상향도 무슨 상황인지 짐작한 모양이었다.

"이 애는 남자를 껄끄러워해. 낯도 가려. 내버려 둬."

"딱히 꼬시려는 건 아니야. 아니면 보여줄 수 없는 이유라도 있나?"

"얼굴을 보이고 싶어 하지 않는 사람도 있어. 여자의 얼굴은 그렇게 싸게 먹히는 게 아니야."

"사람의 얼굴 따위에 의미나 가치 같은 건 없어. 가면을 하나 쓰기만 해도 어떻게든 되어버리니까. 중요한 건 그 낯짝에 자신을 얼마나 내세우면서 세상을 살아가는지……, 거기에 인간의 기량이라는 게 드러나지. 그래서, 아가씨, 당신은 어떤 얼굴로 어떤 자신을 내세울 거지? 손가의 시종일까, 아니면 장안의 마녀————."

내 옆에 있던 또 다른 시종이 움직였다.

자리에서 일어나며 꺼내 든 것은 빈 캔 여러 개에 끈을 이어서 만든 것 같은 도구였다. 끄트머리에 창끝이 달려 있는 그것은 손상향이 제공해준 암기였다. 끈을 당기자 빈 캔 크기의 통이 연결되어서 한 자루의 창이 되어 마초의 손에 나타났다.

접이식 창은 익숙하지 않은 무기이기 때문이겠지. 무기를 꺼내 들고 연결시킬 때까지의 시간은 유비가 반응을 보이기에 충분했다.

"익덕, 마음대로 해도 된다."

객실 벽이 바깥쪽부터 터져나갔다.

재빨리 반응을 보인 마초가 날아온 파편으로부터 나와 손상향을 감싸주었다.

파괴된 벽 건너편에서 투박한 얼굴이 이쪽을 들여다보았다. 가장자리에 수염이 잔뜩 나 있는 그 얼굴은 나도 본 적이 있는 얼굴.

"장비……!"

"응? 좀 좁은데."

삐걱삐걱 소리를 내며, 장비는 벽에 뚫린 구멍을 통해 억지로 거대한 몸을 비집고 들어왔다. 벽에서 돋아난 상반신을 향해 마초가 창을 내질렀다. 하지만 사모가 그것을 가볍게 받아내며 흘렸다.

"으음~, 잠깐만 기다려."

이런 상황인데도 불구하고 장비는 한 손으로 술병을 들고 있었고, 우리 눈앞에서 그것을 마시기 시작했다. 벽에서 돋아난 거한의 상반신이 술을 마시고 있다……, 초현실적이기 짝이 없는 광경이긴 하지만, 장비는 술을 마시면 근육이 비대해지는 이해할 수 없는 능력이 있다.

이 순간에도 장비의 몸은 커지고 있었고, 근육이 벽에 뚫린 구멍을 밀쳐내며 벌려 나갔다.

"……크하하하하! 고마워, 형님! 좋은 술이야!"

큰 웃음소리와 함께 거대한 몸집이 돌진해 왔다.

"둘 다 몸을 숙여!"

마초는 소리치자마자 자기 자신도 몸을 숙여서 슬라이딩하듯이 미끄러졌다. 날아든 사모를 창으로 쳐내며 장비의 다리를 후렸다.

장비의 거대한 몸집이 돌진하던 기세를 유지하며 바닥과 평행하게 날아갔다. 나와 손상향 곁을 지나친 다음, 벽을 부수고 바깥으로.

"나가자!"

마초가 얇은 천을 벗어 던진 뒤, 나와 손상향을 데리고 복도로 나갔다. 장비의 등장이 너무나도 충격적인 상황이었기에 존재를 잊고 있었는데, 유비는 어느새 자취를 감춘 뒤였다.

저택의 문쪽으로 가고 있자니 뒤에서 무언가를 부수는 소리가 다가왔다. 그리고 귀를 막고 싶어질 정도로 큰 웃음소리도.

"크하하하하하하하하하하하하하하!"

우리 앞쪽 복도의 벽이 날아갔고, 사모를 든 마인 같은 장비가 길을 막아섰다. 평범하게 들어올 순 없는 건가?

"오오오오오오! 마초! 너였구나! 무기를 바꾼 거야?!"

"닥쳐. 다가오지 마라."

"그럴 순 없지! 오랜만에 만나서 견딜 수가 없으니까! 자, 붙어볼까!"

거대한 몸이 복도를 가득 메우듯이 돌진해 왔다.

◇

객실을 빠져나온 유비는 빠른 걸음으로 창고를 향했다.

얼굴을 가리고 있던 시종 중 한 명이 동백이라면, 나머지 한 명은 마초라는 여전사일 것이다. 꽤 강한 달인이긴 하지만, 장비라면 동백 일행을 놓치지 않고 잡아둘 수 있다.

그곳에 **유비인 채로 머무르면** 오히려 동생의 발목을 잡게 된다.

벽을 부수는 소리가 저택 안에 울려 퍼졌다. 기대한 대로 장비가 날뛰고 있는 모양이었다. '관우'가 청룡언월도를 들고 달려가면, 발목을 잡을 사람을 두 명이나 데리고 있는 마초는 끝장이다.

마왕이 수도에 남긴 악의 씨앗을 이곳 형주에서 없앤다.

"……손님인가."

유비는 멈춰 서서 그렇게 중얼거렸다.

복도 끝에 만난 적이 있는 남자가 서 있었다. 새우등에 창을 무겁다는 듯이 들고 있는 데다 패기가 없는 생김새. 이름이 분명히━━.

"조운. 자는 자룡."

그가 슬쩍 겨눈 창에도 역시 패기가 없다. 뛰어난 무인 특유의 위압감도 없다. 묘한 음기만이 담긴 그 창은 예전에 '관우'에게 상처를 입힌 적도 있는 창이다.

유비는 그 창 끄트머리를 향해 일부러 고개를 숙여 인사했다.

"잘 왔군, 조운 님. 나는 유비. 자는 현덕이야."

"……그래."

"용건을 들어볼까."

"불청객에게도 정말 예의가 바르군."

"당신 이야기는 관우에게 들었어. 실력이 꽤 좋은 무인이라면서. 의형제가 인정한 남자에게 예의를 차리지 않을 순 없으니까."

조운은 껄끄러운 표정을 짓다가 저택 안에 울려 퍼진 장비의 웃음소리를 듣고는 표정을 다잡았다.

"유비 님, 나와 함께 가줘야겠어."

"장비에게 내세울 인질인가? 동백 녀석, 회담 전에 복병을 배치해두다니, 빈틈이 없군."

유비가 그렇게 말하며 머리를 긁었다.

"병사를 번성 안에 숨겨두지 않았을까 경계는 했는데……, 번성의 경비병들도 그 무해해 보이는 낯짝을 보고 실력이 대단한 무인이라고 생각하지는 않았겠지. 골치 아픈, 군!"

유비는 품속에서 돌멩이를 집어 조운을 향해 던졌다. 맞을지 여부는 신경 쓰지 않고 등을 돌려 도망치기 시작했다. '관우'의 정체는 형제들만의 비밀이다. 다른 사람들 앞에서 바뀔 수는 없었기에 우선 조운의 시선을 막아야만 한다.

"아악!"

무릎 뒤쪽에 거센 통증을 느낀 유비는 쓰러졌다. 복도에 굴러간 돌멩이를 보지 않아도 알 수 있었다. 유비가 던진 돌멩이를 조운이 받아친 것이다.

"당신 같은 일반인은 때리는 것도 껄끄럽다고. 부탁이니 얌전히 있어줘."

"……멋대로 지껄이지 말라고, 형씨."

기어가서 돌멩이를 주워든 다음, 조운에게 휘둘렀다. 상대는 당연하다는 듯이 피했다.

"그렇게 조잡한 공격은 안 맞는다고."

조운이 창으로 다리를 걸려 했기에 비틀거리며 거리를 벌리려고 물러섰다. 하지만 착실하게 쫓아온 조운의 얼굴에는 '놓치지 않겠다'라고 적혀 있었다. ───좋다.

유비는 돌멩이를 다시 쥐었다. 가장 잡기 편한 형태로 쥐고는 조운에게 휘둘렀다.

잡는 방식을 바꾼 정도로 강해질 수 있다면 고생도 안 하겠지───, 조운은 유비의 공격을 피하며 마음속으로 한숨을 쉬었다.

조운의 청경은 이 유비라는 남자에게 무의 재능이라는 게 전혀 없다는 사실을 이미 간파하고 있었다. 돌멩이뿐만이 아니라 아무리 강한 무기를 들고 있다 하더라도 조운이 당할 일은 없을 것이다. 맨손으로도 백 번은 죽일 수 있을 것 같다.

그런 이유 때문인지, 조운은 이 유비라는 남자에게 호감도 느끼고 있었다. 절대로 이기지 못하는 상대 앞에서도 고개를 조아리지 않고, 창을 든 상대에게 돌멩이로 맞서는───, 협객들이 숭상하는 협기라는 건 그야말로 이런 모습일 것이다.

───밝은 것 같으면서도 어둡다고 해야 하나, 음침한 기척도 느껴지고……, 이런 식으로 만나지 않았다면 친구

정도는 되었을지도 모르겠는데.

하지만 지금 조운은 동백을 따르는 몸이다. 여기서 시간 벌이에 어울려줄 수는 없다. 지금 마초가 싸우고 있는 상대는 주정을 경력으로 바꿀 수 있는 괴인, 장비일 것이다. 마초가 동백과 손상향을 저버릴 수 있을 리가 없기에, 불리한 상황에서 싸우고 있다는 뜻이다.

서둘러 그녀의 곁으로 가기 위해서 좀 전부터 유비의 다리를 걸거나 팔을 붙잡으려 하고 있는데, 너무나도 약한 몸이라 잡을 곳이 없고, 허약하게 보여서 멀쩡하게 붙잡는 게 어렵다.

"미안하지만, 이제 시간을 더 들일 수가 없으니까――."

뼈 한두 개 정도는 부러뜨릴 각오로 금나(관절기)를 걸어 제압하려 한 순간.

유비가 두르고 있던 분위기가 크게 변했다.

"――……?!"

돌을 든 일반인이 절대로 뿜어낼 수 없는 무언가. 발치에 기어 다니던 뱀이 갑자기 머리를 치켜든 것처럼 터무니없이 위협적인 존재감.

청경이 그것을 가르쳐주자마자, 몸에 밴 수련이 조운의 몸을 움직였다. 모범적인 주먹 공격이 유비에게 날아들었고, 그의 몸을 마치 낙엽처럼 날려버렸다.

조운은 주먹을 내지른 자세로 굳어 있었다. 잠시 후, 온몸의 모공에서 땀이 잔뜩 뿜어져 나왔다.

"……뭐야, 방금."

무언가를 본 건 아니다. 들은 것도, 공격당한 것도 아니다. 그저 그냥 넘기기에는 너무나도 거대한 무언가와 스쳐 지나 갔다……, 그런 확신만이 들었다.

조운은 곧바로 넋이 나간 상태에서 돌아왔다. 유비가 날 아간 곳, 주방에서 재가 뿌옇게 피어오르고 있었다. 항아 리가 화덕에 엎어지기라도 한 걸까.

"이런, 유비, 죽었나?"

그렇게 중얼거리며 내디디려 하던 다리가 멈췄다.

거대한 짐승의 숨결을 바로 옆에서 느낀 것처럼, 조운은 멈춰 있던 다리를 살며시 내렸다. 창을 든 손바닥 안에 점 점 땀이 솟구쳤다.

느낀 것은 짐승의 숨결 같은 게 아니라 벽을 부수는 소 리였다. 주방에 있던 누군가가 벽을 부수고, 그 벽 건너편 에 있던 청룡언월도를 꺼낸 소리라는 것까지는 조운의 청 경으로도 알 수가 없었다.

알 수 있었던 것은 저 연기 안에 무언가가 있다는 것. 유 비의 기척이 느껴지지 않는 이유는 주먹에 맞고 의식을 잃 었기 때문일 것이다. 하지만, 저렇게 대단한 괴물이 조운 의 청경으로부터 어떻게 벗어나 있었고, 어디에 숨어 있었 던 걸까. 가장 자신 있는 분야에서 뒤처졌다는 충격이 조 운의 행동을 둔하게 만들었다.

선수는 상대가 먼저 쳤다.

"―――우오옷?!"

연기를 가르고 뛰쳐나온 거대한 몸집이 달려들었다. 청룡언월도를 겨우 창으로 막아낼 수 있었던 것은 뒤늦게나마 필사적으로 움직였기 때문이다. 조운의 몸이 날아가서 벽에 부딪혔다. 조운은 호흡을 고르는 것보다 회피를 우선시했다. 옆으로 구른 게 조금이라도 늦었다면 거인의 발에 짓밟혀서 박살 났을 게 틀림없다.

견제할 생각으로 내지른 찌르기는 거인의 피부에 튕겨 나왔다.

"경기공……, 진짜 음흉해서 싫다니까, 그 기술."

"나는 귀공에게 원한이 없다. 허나 베어야만 하는 불의가 있다."

긴 턱수염을 늘어뜨린 붉은 가면. 저승사자처럼 굵은 목소리, 어두운 눈빛.

긴 수염과 붉은 가면의 괴인이 청룡언월도를 소리 없이 겨누었다.

"방해하는 자는 누구라 해도 용서치 않는다. 나는 의협의 칼날, 관우이니."

◇

장비가 뚫은 구멍을 통해 손상향을 밖으로 내보내고, 나도 도움을 받아 뜰로 나왔다.

복도에서는 마초와 장비의 공방이 이어지고 있어서 나와 손상향이 다가갈 만한 여지 같은 건 없었다. 좁은 복도에서 적과 싸우고 있으니 더더욱 그랬기에 얼른 바깥으로 나가기로 한 것이다.

"아~, 정말! 이래서 싫었다고요! 저 사람들하고 만나는 거!"

"동백. 이제 와서 그런 말을 해봤자 소용이 없어. 건설적인 의견을 말해줘."

"정론이네요!"

그래도 짜증이 안 난다는 건 아니지만.

교섭이 결렬되었기에 이제 도망치는 것밖에 답이 없다. 나는 뜰을 둘러보다가 가장 가까운 벽을 손가락으로 가리켰다.

"저기로 도망칠 수 없을까요? 키가 닿지 않을지도 모르겠지만, 당신의 곤봉을 이용하면⋯⋯."

"손가의 딸은 그런 도둑 같은 짓을 하지 않아. 당당하게 문으로 나가면 돼."

"안 돼요. 제가 조운을 저택 밖에 배치해둔 걸 벌써 잊었나요?"

"그렇다면 더더욱 문으로 나가는 게 낫지 않아?"

"이런 소란이 벌어졌는데 조운이 눈치채지 못할 리가 없잖아요. 이미 와 있을 거예요. 그리고 장비가 있는데 관우가 없을 리도 없죠. 둘 다 제 앞에 나타나지 않은 걸 보니——."

촤악!

무언가가 찢어지는 소리가 울렸고, 우리 두 사람은 그쪽을 올려다보았다.

저택 지붕 위에 사람 그림자가 두 개 있었다. 예상했던 대로 두 사람은 저택 안에서 마주쳤고, 전투를 벌이기 시작한 모양이었다.

"관우 님……."

왠지 모르겠지만 지붕 위를 황홀하게 올려다보는 손상향의 어깨를 두드려서 정신 차리게 했다.

"멍하니 있지 말고요. 제가 자취를 감추면 저 형제도 싸울 이유를 잃게 될 거예요. 얼른 도망치죠."

"강한 녀석을 한 명 정도 더 데리고 왔으면 좋았을 텐데."

"있기야 한데, 동맹을 맺고 싶은 상대가 있는 곳에 살인귀를 데리고 올 수는 없잖아요."

손질이 별로 되어 있지 않은 뜰을 걸어가기 시작한 나는 멈춰 서서 돌아보았다.

손상향이 따라오지 않는다. 그 시선은 지붕 위에 있는 관우에게 쏠려 있었다.

"……뭐 하고 있어요?"

"관우 님하고 이야기를 해볼게."

"말이 안 통한다고요. 제가 이미 직접 해봤어요."

"내가 이야기를 하면 이해해줄지도 몰라. 나는 관우 님을 흠모하고 있으니까."

"저도 꽤 그랬던 편인데요."

삼국지의 대표 주자니까. 뽑기에서는 당연히 뽑아야 할 캐릭터였고.

"어린애가 상대라고 해서 자비심을 베풀 사람이 아니라고요."

"괜찮아. 관우 님은 아버님과 비슷할 정도로 남자답고 멋진 분이니까."

"장난치고 있을 상황이에요? 죽는다고요!"

"딱히 상관없어. 관우 님께 가혹한 일면이 있다는 것 정도는 알고 있어."

나는 눈을 보면서 설득하고 싶었지만, 손상향은 돌아보지도 않았다.

"나는 동백의 경고를 무시하고 왔어. 휘말리게 해서 미안해."

———대체 뭐냐고, 그 각오.

나 자신도 왜 불쾌해하는 건지 알 수가 없다. 하지만, 아무튼 손상향의 태도가 마음에 들지 않았다.

"동백! 조심해라!"

경고하는 마초의 목소리와 웃음소리가 겹쳐졌다. 장비가 흙먼지를 피우며 이쪽으로 돌진해 왔다.

더 최악인 것은, 내 눈에 들어온 것은 장비뿐만이 아니었다는 점이다. 지붕 위에서 조운과 맞서 싸우고 있던 관우까지 거대한 몸집에 어울리지 않게 재빠른 움직임으로 뜰로 뛰어내린 뒤에 이쪽으로 다가오고 있었다.

곤봉을 든 손상향이 긴장한 내 앞을 앞아섰다. ———이
녀석, 아직도……!

"내버려 둘 것 같나!"

관우를 조운이, 장비를 마초가 쫓아왔다. 네 사람이 일
제히 나를 향해 달려들었기에 각자의 거리가 가까워졌다.

눈짓 같은 신호도 없이 관우와 장비가 좌우로 뛰어서 위
치를 뒤바꾸었다. 관우의 청룡언월도가 마초의 암기 창을
베어서 부쉈고, 장비의 사모가 조운의 창과 맞부딪혔다.

관우가 무기를 잃은 마초의 명치에 무릎을 날렸다. 한편,
조운은 장비와 무기를 맞대고 힘싸움을 벌이게 되었다.

"크하하! 잡았다! 너, 역시 힘은 별것 아니구나!"

조운은 이마에 푸른 핏줄을 드러내며 버티고 있었지만,
당장에라도 밀려서 뭉개져 버릴 것 같은 느낌이었다.

마초 쪽은 서 있는 것도 벅찬 상황이었다.

"암기는 강도가 약하다. 배워 가거라."

"아직, 멀었어……!"

마초가 내디딘 발에 힘이 풀렸고, 그 자리에 쓰러졌다.
관우는 수염을 쓰다듬은 다음 천천히 마초에게 등을 돌렸
다. 붉은 가면이 나를 발견했다.

"포기하고 얌전히 목을 내밀거라, 동백. 귀공은 이미 끝
장이다."

"아직 내가 있어. 관우 님."

손상향이 말했다. 붉은 가면이 약간 기울었다.

"손견의 딸. 귀공도 동백의 방패가 되는가."

"그 전에, 부디 내 이야기를 들어줬으면 해."

"필요 없다. 형님과 나는 일심동체. 이미 알고 있다. 귀공이 원하는 건 아버지의 원수를 갚는 것일 터. 아버지의 원통한 마음을 위로해드리려는 그 마음가짐은 실로 훌륭하다. 귀공은 어리지만, 이미 협녀다."

키잉!

금속이 스친 소리는 조운의 창과 장비의 사모에서 울려 퍼졌다. 조운이 그 틈을 타서 허리에 차고 있던 검을 뽑아 들려 했고, 장비가 사모의 압력으로 막아낸 것이다. 동생에 대한 신뢰 때문인지, 관우의 어두운 눈은 여전히 우리에게 쏠려 있었다.

"귀공의 효심에는 경의를 표하마. 허나, 나의 칼날은 동백의 불의를 반드시 벌해야만 한다. 그것이 답이다. 비키거라."

"안 비켜. 손가는 이미 동백에게 한번 구원받았어. 오늘도 나를 위해 위험을 무릅쓰고 여기에 왔어. 친구를 저버리는 것은 손가의 수치."

"벗, 이라……, 또다시."

가면 때문에 잘 알아볼 수가 없지만, 관우가 나를 노려보고 있는 것 같다. 내가 뭘 했다고.

"우정에 보답하려 하는 것은 의. 허나 불의를 벗 삼으면 악명을 남기기만 한다는 사실을 깨닫거라."

관우의 압박감이 강해졌다. 나는 제한 시간이 되었다는 사실을 깨달았다. 이제 관우는 손상향과 이야기를 나누지 않을 것이다. 예전에 내게 말은 필요 없다며 딱 잘라 말하고는 칼날을 들이댔던 것처럼.

마초가 몸을 웅크린 채 소리치고 있다. 조운은 장비 때문에 여전히 움직이지 못하고 있다. 나를 지켜줄 것은 이제 아무것도 없고, 다시 말해 이곳은 사지다.

그렇다면 나는 다시 내 혀 놀림에 기댈 수밖에 없다.

"도, 동백?"

"……무슨 속셈인가."

나는 손상향을 뒤에서 끌어안으며 끼어들었다.

"어설픈 연기는 이제 충분하다는 뜻이죠, 관우. 손상향이 어째서 이렇게까지 저를 감싸주는지, 당신은 우정에 보답하기 위해서라고 했지만, 전혀 그렇지 않아요."

"뭐라고?"

"손상향의 가족들의 신병, 저희 비웅군이 확보하고 있거든요. 인질로 삼고 있다는 거죠."

쓸데없는 말을 꺼내려던 손상향의 입을 막은 나는 관우의 낌새를 살폈다.

전혀 생각 없는 거짓말은 아니다. 삼국지에서 관우는 주군인 유비에게 계속 충실했지만, 그 경력 중에서 조조를 섬기던 시기가 있다. 유비의 가족이 인질로 잡힌 데다 유비가 행방불명되었기 때문에 '유비의 행방을 알아낼 때까지'라는 조건부였다.

내가 도박에 나선 것은 바로 그 점이다. 불의를 증오하는 관우가 우리를 놓아줄 만한 이유는 그것 말고는 생각나는 게 없었다. 결벽한 사람은 이래서 곤란하다.

"들어본 적 없나요? 원술이 손견의 부인을 인질로 잡고 있었다는 이야기요. 저는 원술로부터 요새와 인질을 물려받았거든요."

"마, 맞아."

손상향이 내 손을 떼어내고 소리쳤다.

"이놈, 동백. 어머님께서 인질로 잡히셨으니 나도 네가 시키는 대로 따를 수밖에 없어. 정말 원통해."

여전히 연기 퀄리티가 낮다. 하지만 여기까지 온 이상, 끝까지 밀어붙일 수밖에 없다.

"아시겠어요? 관우. 제게 무슨 일이 생기면 아무런 죄도 없는 부인이 죽는다고요."

"맞아. 죽어. 어머님, 가엾어."

원술이 인질을 잡고 있었다는 정보가 유비의 정보망에 들어갔고, 관우가 그 사실을 알고 있어도 이상할 게 없다, 아니, 부탁이니까 그랬으면 좋겠다는 마음으로 죽을힘을 다해 쥐어 짜낸 거짓말이다. 연기에도 힘이 들어갈 만하다.

"그리고 지금은 손상향이 제 인질이에요! 자! 관우! 당신은 이 가엾은 아이를 벨 수 있나요! 혹시나 저를 베려 한다면 이 아이도 길동무가 될 거라고요!"

"꺄악~, 살려줘~, 꺄악~."

손상향도 연기를 맞춰주었다. 더 열심히 합시다라는 도장을 찍어주고 싶다.

하지만 곤란하게도 관우가 반응을 보이지 않았다. 상대방의 반응, 반론을 통해 애드립을 섞어가면서 혀 놀림을 끼워 넣을 예정이었는데, 아무런 대답도 없었다.

───어쩌지. 만약 이각이었다면 채찍으로 때리면서 어떻게든 넘어갈 수 있었을 텐데.

망설이던 내게 관우가 반응을 보일 때까지는 시간이 꽤 걸렸다.

그는 이마를 손으로 짚는 것 같기도 하고, 머리를 긁는 것 같기도 한 몸짓을 보이려다……, 중간에 멈췄다. 인간미가 드러나는 묘한 움직임이 뜻밖이었다. 내가 봐 온 것만 따지면 관우는 의로만 움직이는 기계 같은 인상이었고, 인간미라는 단어와는 거리가 먼 남자였다.

그런데 척 보기에도 당황하고 있다.

"……너희들은, 저기, 뭐야."

말투도 이상해졌다. 관우는 마치 다른 사람인 것 같은 분위기조차 드러내며 말했다.

"너희들……, 바보인가?"

"뭐어?!" "실례잖아."

"거짓말을 너무 즉석에서 지어낸 데다 조잡해. 그리고 손가의 딸, 너는 연기자에 적합하지 않아."

"거, 거짓말 아니거든요! 제가 진짜로 인질을 잡고 있거든요!"

"설정에 무리가 있어. 그렇게 둘이서 갑자기 지혜를 쥐어 짜내 봤자 곤란하기만 한데. 맥이 빠진다."

관우가 어울리지 않게 말하고 있는 곳 건너편에서는 장비가 여전히 조운을 밀어붙이고 있었다. 장비는 놀란 듯한 눈빛으로 관우를 보고 있었다.

"관형? ……아니, 혹시 큰———."

관우가 장비에게 손바닥을 내밀며 말을 가로막았다.

"동백. 귀공은 손가의 공주를 인질로 잡은 것처럼 보이려 했다. 어째서지? 어째서 귀공은 손가를 뒤에서 조종하는 것처럼 행세했지? 이제 와서 연기할 필요는 없다. 진의를, 본심을 말하거라."

……내가 관우에게 하고 싶었던 요구. 내 행동의 진의를 대답하자면 그것은 손상향을 인질로, 방패로 삼아서———.

"———…………손상향이 저에게 이용당하고 있는 피해자라고 생각하게 만들려고 했어요."

손상향이 내게 안긴 채 고개를 돌려서 이쪽을 보았다.

"그게 무슨 소리야."

"말하거라."

두 사람이 다그치자 나는 나 자신에게 거짓말을 할 수도 없게 되었다.

방금 그 혀 놀림의 목적은 관우를 농락하는 것이 아니다.

손상향을 방패로 삼아서 내 안전을 확보하는 건 부차적인 문제다. 의의 화신, 관우의 칼날이 손상향에게 날아들지 않게끔 유도하려는 것이었다.

"……그건 저도 모르겠어요. 저는 항상 보호만 받았으니 이런 적은 처음이고……, 그저."

손상향을 내 뒤쪽으로 보냈다. 내가 그녀를 지키는 방패가 되어 관우에게 말했다.

"이 아이가 다치지 않았으면 좋겠어요. 그리고, 당신이 아이를 베는 모습 같은 건 보고 싶지 않아요."

"…………모르겠다."

관우의 목소리에 위엄이 돌아왔다. 붉은 가면이 하늘로 향했다.

"의가 아니다. 분명 불의이다. 허나 인애……일지도 모르겠군. 이렇게 치우친 마음을 나는 모르고, 모르는 것은 재어볼 수도 없다. 귀공의 마음이 어디서 온 것인지는 하늘만이 아는 것인가."

그때, 관우 뒤쪽에서 움직임이 있었다. 마초가 암기 창의 파편을 장비에게 내던졌고, 자세가 무너진 장비의 몸을 조운이 후려서 뒤엎은 것이다. 오랫동안 싸우면서 알코올을 소비해 버린 건지, 장비의 몸집은 약간 줄어든 상태였다.

"물러나라! 관우!"

조운이 그렇게 소리쳤다. 장비의 목덜미에 창을 들이댄 채, 주위를 둘러보았다.

"듣고 있나! 유비! 관우를 말리지 않으면 동생이 죽는다!"

"귀공의 요구는 받아들이마, 젊은 무사여. 적어도 이곳에서 동백을 베지는 않겠다. 물론, 손가의 공주님도."

뜻밖이라는 듯이 눈을 깜빡이는 조운 밑에서 장비가 '관형, 미안하오~'라며 한심한 목소리로 말했다.

관우는 청룡언월도를 한 번 휘두른 다음, 손상향에게 말했다.

"어린 협녀여. 귀공이 승자다. 나를 감복시키고 만나야 할 자를 데리고 왔다. 그러니 우리는 귀공이 원수를 갚는 데 힘을 빌려줄 것이라 약속하마."

"정말이신가요! 관우 님!"

손상향이 나를 밀쳐내고 관우 곁으로 뛰어갔다. ──노고를 치하해달라는 말까지는 하지 않겠는데, 이건 너무한 거 아닌가요.

발치에서 꺅꺅대며 들뜬 손상향에게 관우가 고개를 끄덕여 보였다.

"진심이다. 허나, 우리가 공출할 수 있는 병력은 결코 많지 않다. 번성의 병사들은 고향을 지킬 책무가 있고, 요즘은 병량도 불안하기 때문이다. 그리고."

관우가 나를 보았다. 일단 화해가 성립되긴 했을 텐데, 여전히 등골이 오싹해졌다.

"동백이여. 나는 어디까지나 손가를 돕는 것이다. 조조와 동맹을 맺은 원소 님에 대한 의리도 있으니 귀공과 손을 잡을 생각은 없다. 그리 알거라."

"충분히 감사하죠. 그리고 장강과 한수를 이용한 물자 운반도 못 본 척해주셨으면 좋겠는데요."

"상관없다. 귀공의 불의를 보고도 그냥 넘어가는 것은 어리기 때문이기도 하다. 덕을 쌓고, 의를 배워나간다면 과오도 씻어낼 날이 올 터. 손가의 원수를 갚기 위해 마음 써서 활약하거라."

관우는 스님처럼 설교 같은 말을 하면서 내게 등을 돌리고 멀어져갔다. 적의로 가득 찬 마초의 시선도 아랑곳하지 않고, 조운에게서 풀려난 장비를 일으켰다. 지붕 어딘가가 무너지는 소리가 들렸다.

저택은 파괴의 흔적이 여기저기 새겨져서 무참한 꼴이 되었다. 관우는 그것들을 둘러보며 말했다.

"용건을 마쳤다면 사라지거라. 우리 저택을 정리하지 않으면 큰형이 할머님께 질타를 받을 것이니."

◇

다행히 마초가 관우로 인해 입은 대미지는 가벼웠다.

기식이라는 것을 고르자 곧바로 회복되었고, 요새로 돌아가는 도중에는 말 위에서 투덜거리며 불평도 할 수 있게 되었다.

"무기만 제대로 갖춘 상태였다면 그런 녀석……, 별것도 아니었을 텐데⋯⋯, 이놈."

나는 손가의 병사가 마부를 맡은 마차를 탄 채 돌아가고 있다. 옆자리에는 신이 난 손상향이 있다.

"역시 관우 님. 엄하면서도 관대한 그릇의 소유자였어. 멋있었어. 형과 동생이 안타깝다는 것 정도밖에 단점이 없어. 너무 멋져."

관우에 대한 애증 사이에 낀 채, 나는 앞으로 어떻게 할지에 대해 생각하고 있었다.

장강을 통한 길은 열렸다. 마음만 먹으면 장강, 한수, 한중을 지나는 루트를 통해 장안으로 돌아갈 수도 있을 것이다.

───이제 와서 그럴 순 없지. 여기까지 왔는데 도망치겠냐고.

내가 아무것도 하지 않고 있으면 조조의 군대가 형주까지 도달할 것이다. 그리고 공명을 비롯한 군사들을 손에 넣고 손가를 쓰러뜨릴 것이다. 군사의 도움을 받지 못한 유비는 사라지게 될 게 틀림없다. 역사의 수정력이라는 장애물이 있을지도 모르겠지만, 지식 치트와 조조의 지력이 있다면 돌파할 수 있을 것이다.

───만약에 그렇게 된다고 치면, 조조가 나를 내버려둘 리가 없다. 어차피 적이 된다면 지금. 협력해줄 영걸이 많은 지금밖에 없다.

투욱, 어깨에 손상향의 머리가 부딪혔다. 손상향은 신이 났으면서도 표정은 여전히 변화가 거의 없었다.

"흐흥."

"······뭔데요."

"'다치지 않았으면 좋겠다'."

"············."

"흐흥."

이 녀석, 왜 이렇게 의기양양한 표정인 건데. ──아니,
이유는 알겠지만.

"'다치지 않았으면 좋겠다'."

"끈질기네······."

"친구."

그녀가 머리를 꾸욱꾸욱, 내 어깨에 비벼댔다. 나를 잘
따르게 된 건가? 뭐, 미움받는 것보다는 낫지만.

"그런데 동백은 조조하고 싸운 다음에 어떻게 할 거야?
장안으로 돌아가?"

"그럴 생각이에요."

"안타깝지만 동백은 상국이니까 어쩔 수 없어. 그런데
장안에서 뭐 할 거야?"

"그야 상국으로서 일을 할 건데요······."

그때, 손상향 반대쪽 옆에서 '양주'라고 중얼거리는 목소
리가 들렸다.

"어? 뭐가요?"

"동백, 양주에 가보지 않겠어?"

"양주……."

마초의 고향. 마초의 아버지, 마등의 세력지. 그리고 공사를 통해 이익을 얻고 있는 내가 무시할 수 없을 정도로 중요한 지역이다.

"한번 가봐야 할지도 모르긴 하겠네요. 서역 교역의 상황도 알고 싶고."

"좋아, 결정이다! 장안으로 돌아가면———."

마차가 속도를 늦췄다. 보아하니 선두에 있던 조운이 말 위에서 창을 들어 올리며 정지하라고 지시를 내리고 있었다.

맞은편———, 요새 쪽에서 기병 한 명이 달려왔다. 보아하니 비웅군 병사인 것 같았다.

"상국 각하! 급한 관계로 실례합니다!"

그는 멈춘 마차 옆까지 달려와 미끄러지듯이 말에서 내린 다음, 무릎을 꿇었다.

"조조군과 원술군의 전투, 결판이 났습니다! 결과는———."

"원술의 패배. 맞죠?"

"네, 네엣! 그렇습니다!"

"고생했어요. 보고는 그게 전부인가요?"

"아뇨."

그 목소리가 기어 들어가는 것 같았기에 나는 긴장했다.

병사는 무릎을 꿇은 채 이어서 말했다.

"원술 님께서 패배한 병사들을 이끌고 요새로 와 계십니다. 서둘러 각하를 만나고 싶다고 하는군요."

"분해애!"

누각에서 기다리고 있던 원술은 떼를 쓰는 어린애처럼 바닥을 뒹굴고 있었다. 부상 같은 건 입지 않았지만, 입은 옷이나 머리카락이 흐트러진 걸 보니 필사의 도주극이 연상되었다.

"조조~, 그 자식~, 비겁한 수법을 쓰고~, 요, 요, 용서 못 한다."

"다 큰 어른이 뭐 하시는 거예요."

아무리 그래도 너무 어이가 없어서 그렇게 말해버렸다. 전생에서 뽑기를 돌리다 망했을 때의 나냐고.

원술은 나를 보자마자 생각보다 빠른 속도로 굴러왔다. 내 발치에서 어른스럽지 못한 아저씨가 탁한 눈빛으로 올려다보고 있다.

"상국 각하! 사자로부터 들었는데, 당신, 내가 패배할 거라고 예상했던 모양이던데!"

"네, 하지만 그건———."

"대단하잖아!"

부릅, 그가 탁한 눈을 크게 떴다. 뜻밖의 반응이다.

"내 패배를 예상하고 있었다면 조조와의 대결에 대비해서 준비를 하고 있었겠지! 그렇다면 어서 내게 보여다오! 그 빌어먹을 조조에게 한 방 먹여줄 거리를! 보여! 주지! 않으면! 날뛸 거다! 내가! 여기서!"

──그 협박은 대체 뭔데.

나는 당황했고, 마초는 약간 불쾌한 기색을 드러냈지만, 손상향은 원술의 요구에 대해 담담하게 대답했다.

"나하고 동백이 관우 님과 손을 잡기로 하고 왔어."

"손상향은 이렇게 말하지만, 유비 님 얘기예요. 전면적인 협력까지는 아니지만요."

'훌륭하군!', 원술이 발치에서 그렇게 소리 질렀다. 이제 슬슬 일어서서 이야기를 나눴으면 좋겠는데.

"그래서, 그 밖에는?!"

"그 밖에는……, 원술님을 본받아서 이민족의 힘을 빌리려 하고 있는데요……."

"이민조옥?"

원술은 드러누운 채 괴로워하는 표정을 지었다.

"안 된다고! 상국 각하! 그런 녀석들은 믿을 게 못 돼! 그만둬!"

──어라? 원술은 저번에 이민족 병사들을 높게 평가하지 않았나? 일부러 요새에서 전력을 데리고 갈 정도였는데.

"그 녀석들은 말이지! 전투 중 중요한 시기에 도망쳤단 말이다! 조조의 하찮은 책략에 걸려서!"

"조조의 책략요? 대체 어떤 건데요."

"그 녀석, 내가 전국의 옥새를 가지고 있지 않다고 떠들어댔다! 내가 힘을 빌렸던 부족은 이민족이면서도 한에 대한 경의가 대단한 부족이어서 내가 옥새를 보여주니 협력해주고 있었는데……, 그게 없어지니 손바닥을 바로 뒤집어버렸다고!"

옥새……, 원술이 예전에 손견에게서 빼앗아서 가지고 있었다는 전국 옥새다.

"조조는 진궁이 옥새를 가로챘다는 사실을 알고 있었던 건가……? 혹시 조조가 지금 옥새를 가지고 있는 거 아닌 가요?"

"그럴 수 있지! 그 녀석은 그렇게 마지막에 좋은 것만 가로채는 재주가 뛰어난 녀석이다!"

"뭐, 옥새 따위는 딱히 지금 와서는 아무래도 상관없지만요."

"어째서어?!"

그제야 원술이 몸을 일으켰다. 눈을 동그랗게 뜨고 있는 걸 보니 진짜로 놀란 모양이다.

"그게 없으면 내가 황제가 되지 못하잖아!"

"아직 포기하지 않았나요?"

한 왕조에 대한 경의가 대단한 부족이라는 녀석들에게 배신당했다고 하는데, 황제 참칭은 한 왕조를 업신여기는 행위니까 언젠가는 떨어져 나갈 사람들 아니었을까.

"옥새 이야기보다는, 원술 님께 여쭈어보고 싶은 정보가 있는데요."

"뭐? 내가 어떤 명가 출신이냐는 이야기?"

"조조하고 벌인 전투 이야기요. 이민족에게 배신당했기 때문에 졌다, 정말 그게 전부인가요?"

"시시한 이야기네, 안 하고 싶은데."

"나중에 과실수를 드릴 테니까요."

"그럼 이야기할게."

어린애하고 이야기하는 기분이 들기 시작했다.

"나 같은 게 참견하면 발목만 잡을 것 같아서 전투는 부하에게 맡겼어. 그래도 내가 알고 있는 범위 안에서 말하자면, 병량을 모으느라 애를 먹었지."

"병량요?"

"남양의 곡물이 허창으로 빨려 들어간 것 같거든. 허창에서 비싸게 팔 수 있다는 소문도 돌았고, 관리가 병량고의 곡물을 횡령한 흔적도 있었지."

우연일 것 같지는 않았다. 조조는 지식 치트를 이용해서 선진적인 경제를 허창에 실험하려 하고 있다. 그렇다면 그것을 전쟁에 이용하려는 생각을 하지 않을 리가 없다.

"……저희 병량도 조심하는 게 좋을지도 모르겠네요."

"도움이 되었나? 그럼 좋겠는데. 한동안 여기 머무를 테니까. 방을 좀 쓸게."

"어? 왜요?"

"왜냐니, 여긴 내 요새잖아. 이제 와서 여남으로 갈 수도 없고. 이 누각은 계속 자네가 쓰게나. 나는 지하실이면 돼. 가구 같은 것들은 그대로 두었겠지?"

"지하실이라니……, 그거 감옥이잖아요. 여포 때문에 갇혀 있던 방 아닌가요?"

"오랫동안 지내다 보니 익숙해져 버렸거든. 신경 쓰지 마, 신경 쓰지 마. 문만 잠그지 않으면 되니까. 그 과실수는 그쪽으로 가져다주고."

명문 의식이 강한 건지 약한 건지 모르겠네, 이 주정뱅이.

원술이 누각에서 떠난 다음, 손상향이 말했다.

"대단하네, 동백. 원술이 진다는 걸 예측하고 있었어?"

"동백은 그런 지혜가 있으니까."

마초가 왠지 모르겠지만 의기양양하게 말했다. 삼국지의 유명인 두 명에게 칭찬받으니 기분이 나쁘진 않지만, 그런 걸 신경 쓸 때가 아니다.

"조조는 남양에서 기반을 다지고 나서 곧장 남하할 거예요. 그 전에 최대한 맞서 싸울 방법을 생각해야 하는데……."

"이민족은 그만두는 게 나을 거라고 원술이 말했어. 나도 같은 의견이야."

"이쪽에서 접촉하고 싶어도 방법이 없으니까요. 유비 일행이 힘을 빌려주는 건 확정되었으니 그 건은 보류해두죠."

마초가 고개를 끄덕이고는.

"책략에 대해서는 맡길게. 내 분야도 아니고. 나는 이제 슬슬 손에 맞는 무기를 찾아내야만 하는데……."

"나도. 대머리가 무기를 부순 다음에 그대로야."

"그럼, 마초. 손상향을 무기고에 데리고 가보는 건 어때요? 같이 찾아보면 얻을 게 있을지도 모르잖아요."

"좋은 생각이군. 그러마."

"하지만 그러기 전에……, 홍선이 저기서 뭔가 말하고 싶은 듯이 대기하고 있네요. 뭔가 보고할 게 있는 거겠죠."

그렇게 말하자 지금까지 기다리고 있던 홍선이 미안하다는 듯한 미소를 지으며 고개를 숙였다.

"우선, 동백 님께서 원하시던 제갈량이라는 양반의 수색 말인데요, 수확이 없습니다."

"그런가요……."

조조보다 먼저 공명을 동료로 삼아버리자는 계획은 실패인 모양이었다. 뭐, 동료로 삼아봤자 성장하기 전의 공명이니 곧바로 전력으로 삼을 수는 없었을 것이다. 어쩔 수 없다.

"제갈이라는 성을 쓰는 양반은 몇 명 찾아내긴 했지만요. 말씀하신 이름과 나이까지 맞는 사람은 안타깝지만 한 명도……."

"어, 잠깐만요. 제갈 일족은 있던가요? 제갈근이라든가?"

"그 사람인지는 모르겠습니다만, 제갈이라는 분은 있는 것 같던데요."

그 보고를 듣고 나는 생각에 잠겼다.

제갈근은 오나라를 섬기던 사람으로 공명의 형이다. 그처럼 제갈량과 성이 같은 일족이 삼국지에 여러 명 등장한다. 하지만 내가 알고 있는 제갈 성을 쓰는 사람은 제갈량과 나이가 비슷하거나 연하인 사람이 많으니 홍선이 찾아낸 '제갈'이 공명의 일족인지 알아낼 단서가 없다.

———애초에 이 시대의 패밀리 네임 사정 같은 걸 잘 모른단 말이지……, 공명의 아버지나 삼촌의 이름을 어디선가 본 것 같긴 하지만, 기억이 전혀 나질 않으니까. 그런 지식이 필요할 상황은 삼국지 컬트 퀴즈 정도밖에 없을 것 같았고.

"저기, 동백 님. 어떻게 할깝쇼? 수색을 계속 해볼까요?"

"네. 일단은 그 제갈 성을 가진 사람 주변 인물을 조사해 주세요."

"알겠습니다. 그리고 이민족 병사를 채용하고 싶다는 말씀 말인데요."

홍선은 그렇게 말한 다음, 잠깐 뜸을 들이며 주위 사람들을 둘러보고 나서 계속 말했다.

"결론부터 말씀드리자면, 이민족 녀석과 접촉은 성공했습니다."

"성공했나요?!"

공명 스카웃과 비슷한 정도로만 기대하고 있었기에 뜻밖이었다. 애초에 계기를 따지자면 손상향을 내쫓기 위한 구실이었고. 실제로 손상향은 홍선의 보고를 듣고 불만스러운 표정을 짓고 있다.

"전력으로 기대할 수 있을지는 모르겠지만요. 이 근처에는 작은 부족이 여럿 있고, 크게 뭉친 세력은 없는 것 같습니다. 그 대신, 녀석들이 존경하는 부족이라는 게 있는 모양이라서요."

"존경……?"

"산속에 숨겨진 마을에서 몰래 살고 있는 비밀스러운 부족이라는데요. 외부와 관계를 맺는 걸 꺼리는 내향적인 녀석들인데, 먹을 것 때문에 버려진 아이들을 거두어서 돌봐주니까 고마워한다더군요. 거기 아이들은 묘한 주술을 쓴다거나, 예전에는 한인 학자를 초빙해서 태평도 같은 주술 연구를 했다는 등 수상쩍은 소문도 들렸습니다만……, 아무튼 거기만 잘 구슬리면 따를 녀석들이 많지 않을까 하더군요. 산에서 한인 사냥꾼이 말이죠, 네."

"그렇군요……, 그런 거였나요?"

"하지만 좀 전에도 말씀드렸다시피 얌전하고 조용한 녀석들이라고 하니 전투에 도움이 될지는 모르겠습니다."

"전투 말고도 전령 같은 분야로 도움을 받을 수 있을지도 몰라요. 그리고……."

———역사에는 이름을 남기지 않았던 미지의 재능이나 영걸이 잠들어 있을지도 모르고.

"그렇다면 좋겠습니다만……, 이민족은 그만두는 게 좋을 거라는 의견이 좀 전에 나왔잖습니까? 어떻게 할깝쇼? 이야기를 진행해볼까요? 아니면 그냥 묻어버릴까요?"

어떻게 할깝쇼라고 해도 말이지.

마초, 조운은 그렇다 치더라도 원술과 손상향이 이민족에 대해 신중한 입장이다. 반대를 무릅쓰고 새로운 아군의 가능성을 찾을까. 아니면 지금 전력으로 조조에 대비할까.

내가 지금 직면한 전쟁은 지식 치트가 도움이 되지 않는 문제였다.

7장 간응 군, 전쟁에 대비하다.

천하무쌍이 꾸는 꿈은 적의 피와 죽음으로 뒤범벅된 꿈.

숨통을 끊는 손맛은 울려 퍼지는 단말마와 겹쳐져서 기분 좋은 충족감으로 가득 찬다. 전장을 돌아보면 뒤에 있는 것은 시체로 만들어진 발자취. 천하무쌍의 위엄을 알려주는 도표였다.

하지만 지금 여포는 천하무쌍이 아니다. 천하무쌍이 아니게 된 여포가 꾸는 꿈은 일반인과 마찬가지다.

지나간 자신의 그림자와 대면하는 꿈이다.

정원의 양자가 되어 고향을 떠난 여포가 본 것은 부패였다.

평원에는 없는 도시와 삶———, 고향 마을에서는 상상도 못 할 정도의 밀도로 사람과 물자가 오가는데도 불구하고 빈곤과 격차가 있었다. 부유한 자는 약자를 먹잇감으로 삼아 더더욱 살찌고, 관리는 그것을 바로잡기는커녕, 몸소 부정에 참여하여 떡고물을 얻어먹으려 한다.

"이게 지금 한의 모습이다."

어떤 상인이 개최한 연회에 참석하고 돌아가는 도중에 정원이 여포에게 그렇게 말했다.

"나는 기도위로서 한과 동포를 지키기 위해 이민족과 싸워왔다. 허나 우리가 목숨을 걸고 지킨 것이 이것이다."

어두운 밤길 구석에는 돗자리 위에 몸을 웅크린 거지가 있었다. 그들은 이쪽을 사나운 눈빛으로 보았지만, 여포의 위압적인 눈빛을 보자 곧바로 눈을 피했다.

"여포여, 네가 예전에 말했었지. 싸우지 않아도 될 정도로 많은 물건이 평원에 있다면, 이라고. 마찬가지다. 한인이든 흉노든, 지금 있는 것만으로도 만족할까 보냐. 강한 자가 부를 도려내고, 그다음으로 강한 자가 거기에 몰려든다. 약자는 발치에서 짓밟히기만 하고 눈길을 받지도 못한다. 장소도, 시대도, 민족도, 사람의 본성을 바꾸지는 못하는 것이야."

"무슨 말씀을 하고 싶으신 건데요."

"네게는 자격이 있다."

멈춰선 정원이 여포의 어깨에 손을 얹었다. 야심으로 불타오르는 노인의 눈이 어둠을 뚫고 여포를 바라보고 있었다.

"이 나라는 반드시 어지러워질 거다. 힘을 지닌 자가 천하를 도려내는 난세, 그것이 곧 올 거다. 그때, 최강의 무력을 지닌 자가 천하를 손에 넣게 될 게야. 여포여, 내 아들이여. 다가올 난세에서 너는 천하무쌍이 되거라. 우리 부자가 천하에 군림하는 거다."

"천하, 무쌍……."

"질서가 없는 난세에서 그것은 어떠한 행동도 용납되는

최강의 칭호가 될 게다. 네가———."

———최강의 무인인 한.

◇

승노인의 오두막으로 돌아온 여포는 드러누워서 천장을 올려다보고 있었다.

이곳에서 깨어났을 때와 완전히 똑같은 자세로, 꿈쩍도 하지 않고.

"응."

영이 여포 옆을 손가락으로 가리켰다. 거기에는 승노인이 가져오게 시킨 방천화극이 놓여 있었고, 영은 거기에 여포의 손을 잡고 가져다댔다. 하지만 여포는 그녀의 손을 뿌리쳤다.

"필요 없어. 그런 비린내 나는 거."

영은 방천화극에 얼굴을 가져다 댄 다음, 인상을 찌푸렸다. 건조장에서 풀을 말릴 때 건조대로 썼기 때문에 냄새가 완전히 배어버렸다.

하지만 여포는 이제 화를 낼 생각도 들지 않았다.

적토마는 여포를 떨어뜨리고 자취를 감춘 뒤로 전혀 나타나지 않았다. 동탁이 준 그 말은 천하제일의 명마라고 불리기에 걸맞을 정도로 거친 말이고, 맹수라고 해도 될 정도다. 말 주제에 태울 사람을 고르기에, 평범한 사람이라면 올라타도 몇 초 만에 떨어뜨린다.

좀 전에 여포가 당했던 것처럼.

"응!"

"필요 없다고."

팔을 잡아당기는 영을 무시하고 천이 감겨 있는 왼손을 바라보았다. 그러고 보니, 잃은 손가락은 이제 돌아오지 않는 거였나———, 여포는 그제야 그렇게 생각했다.

"손님, 깨어 있나."

어느새 승노인이 돌아와 있었다.

"할 이야기가 있다네. ……영아, 잠깐 나가 있으렴."

여포는 시끄럽다는 듯이 오두막의 주인을 힐끔 보고는 몸을 일으켰다. 각오를 다진 듯한 노인의 표정을 보니 분명히 재미없는 이야기일 거라는 생각이 들었다.

승노인은 영이 그가 말한 대로 나갈 때까지 기다렸다가 여포 앞에 무릎을 꿇었다. 곧바로 고개를 숙이며 말했다.

"부탁할 게 있네."

"…………."

"들어주게. 저 아이를 이 마을에서 데리고 나가줄 수 없겠나."

여포의 입에서 혀를 차는 소리가 새어 나왔다. 지금은 나 자신을 돌보는 것만으로도 벅찬데 어째서 잘 알지도 못하는 꼬맹이를 데리고 가달라는 이야기를 꺼내는 걸까.

"제대로 움직이지도 못하는 사람한테 무슨 소리야?"

"저 아이는 곧 복숭아나무 숲을 빠져나가 버릴 거라네."

여포는 한순간 그 말의 의미를 생각하다가 금방 이해했다. 재능이 뛰어난 아이가 나타나고, 복숭아나무 숲 '건너편'으로 가버린다……, 이 노인은 그런 이야기를 했었다.

"예전에는 저 아이도 저렇지 않았다네. 한인의 말도 할수 있었지. 하지만 점점 말수가 줄어들었고, 지금은 저런상태야. 게다가 하루에 한 번은 꼭 그 복숭아나무 숲으로간다네. 그 아이의 누이가 자취를 감췄을 때와 완전히 똑같아."

"가지 말라고 하면 되잖아."

"항상 그러고 있지!"

노인은 그렇게 소리를 지르고 난 다음, '미안하군'이라며작은 목소리로 사과했다.

"그 숲은 미로이자 수수께끼야. 재능을 얻은 아이에게있어서 마을 안쪽은 따분한 곳이니 다들 그 수수께끼에 홀리지. 지금은 아직 건너편으로 가지 못하더라도 언젠가 숲의 수수께끼를 풀 거라네. 그렇게 되면 영은 건너편으로가버릴 게야. 누이와 마찬가지로."

"가게 두면 되는 거 아니야? 따분한 마을보다 행복할지도 모르는데."

하지만 노인은 고개를 저었다.

"나는 예전의 그 아이를 알고 있다네. 원래 말수가 많은편은 아니었지만, 지금보다는 훨씬 더 인간미가 있는 아이였어. 인간다움을 완전히 잃은 상태 너머에 있는 것이 그 숲이지. 나는 그런 것 때문에 그 아이를 키운 게 아니니까."

"그래서 꼬맹이를 마을 바깥으로 데리고 나가면 원래대로 돌아올지 모른다고?"

"마을, 산 밖이야. 이 산에는 용맥이 여러 줄기 흐르고 있지. 그것들은 자연스럽게 생겨난 것들이지만, 이 마을과 숲의 배치에서는 용맥을 이용하는 구조 같은 게 느껴지네. 아이들에게 영향을 끼치고 있는 것은 그 구조일지도 몰라. 산의 용맥 그 자체에서 거리를 두면 영향이 줄어들 거라고……."

노인이 입을 다물었다. 흥미와 경계심이 뒤섞인 듯한 여포와 눈이 마주쳤기 때문이다. 이야기에 너무 열중해 있었다는 사실을 깨닫고는 헛기침을 했다.

"……내가 한 말이 터무니없이 들리겠지만———."

"너, 혹시 한인이냐?"

여포가 한 말을 듣고 노인이 깜짝 놀랐다. 여포는 정곡을 찌른 거라 생각했다.

"하하하! 역시 그랬군! 용맥이라는 단어가 마음에 걸렸단 말이지. 한인 점쟁이나 쓸 만한 단어잖아. 아무리 한인과 똑같은 말을 한다 해도 그렇게 수상쩍은 단어까지 흉내내진 않을 테니까."

"……부정하진 않겠네."

"어쩐지 이민족치고는 논리적인 것 같았단 말이지. 어차피 뭔가 저질러서 한인들 사이에서 지내지 못하게 된 거지? 자기는 바깥세상에서 살아갈 수 없다는 걸 알고 있으니까 내게 부탁하는 거고 말이야. 꼬맹이를 데리고 가달라고."

"그 말은 정확하지 않네."

"뭐?"

"내가 사정이 있어서 한인의 땅에서 도망쳐 온 신세이긴 하네. 하지만 이제 살날이 얼마 남지 않은 나 같은 건 어찌 되든 상관없어. 형주에 있는 지인에게 영을 데려다주고 뒷일을 맡긴다……, 언젠가는 그럴 생각이었네."

"멋대로 하지 그래."

"그럴 수도 없게 되었다네. 조만간 근처에서 전쟁이 벌어질 테니."

전쟁이라는 말을 듣고 저번에 잃었던 여포의 왼쪽 손가락이 욱신거렸다.

"한인들끼리 일으킨 전쟁이지만 근처 산의 부족들은 병사를 빌려주기로 한 모양이야. 이 마을에서는 나 혼자고."

"영감, 너, 싸울 수 있어?"

"아니. 허나 부족과 한인, 양쪽의 사정을 잘 알고 있지. 양쪽을 중개해주는 게 내 역할이지만, 상황에 따라서는 전선으로 나가게 되는 경우도 있을 게야."

여포의 미간에 깊은 주름이 새겨졌다.

"마을의 대표라는 명목으로 내놓게 되는 제물이 네 역할이라고?"

"그런 면도 있겠지."

"받아들이지 말라고, 기분 나쁘게. 너도 그렇고 마을 녀석들도 전부 기분 나빠."

"나는 고마워하고 있다네. 그들은 갈 곳이 없던 나를 받아들여 주었고, 가족도 주었어. 전쟁에 관여하게 된 이상, 살아 돌아올 거라는 보장은 없지."

"그래서 나한테 꼬맹이를 돌봐주라고."

"키워달라는 말은 하지 않겠네. 내 지인에게 그 아이를 데려다주기만 하면 되는 거지. 이것과 함께."

승노인이 가죽 주머니를 내밀었다. 그 안에는 대나무 패 몇 개가 들어 있었다.

"그 아이가 한인으로서 살아가는데 필요한 것은 여기 적어두었네. 부탁하지. 부디 그 아이를 마을 바깥으로, 한인 세계로 데리고 가주게."

여포는 자기 앞에서 숙이고 있는 노인의 머리를 흥미 없다는 듯이 내려다보았다. 잠시 후.

"그 한인들의 전쟁은 누구랑 누가 벌인 건데."

"자세한 건 잘 모르겠다만, 한쪽 세력이 우리를 아군으로 삼고 싶어 하는 모양이더군. 다양한 연줄을 동원해서 산의 부족과 접촉하려 했고. 주군의 이름이 아마……, 동백."

뿌득, 여포의 손가락이 큰 소리를 울렸다. 여포의 어깨가 웃음을 참지 못하고 위아래로 흔들렸다.

"……방금 한 이야기, 들어줄게. 조건부로."

"조건?"

"그 전쟁 말이야, 나도 끼워줘."

여포가 그때 드리운 표정은 평화로운 마을에서 살아온 승노인이 한동안 보지 못하던 것이었다.

◇

남양. 예전에 원술이 지배하던 지역.

지금은 조조가 군사와 행정, 모든 것을 관리하고 있으며 예전에는 원술의 거실이었던 곳도 조조의 것이 되었다. 원술이 사치를 부리며 만들게 한 금박 책장에는 죽간과 목간이 아무렇게나 꽂혀 있고, 장식이 화려한 술병은 붓꽂이로 쓰이고 있었다.

그 모습을 본 하후돈은 팔짱을 낀 채 갑옷을 울리는 소리를 냈다.

"꽤나 실용적으로 개조했군, 맹덕. 이게 네 취향이라는 건가?"

"원술 취향은 아니겠지. 그 녀석, 집무실을 너무 호화롭게 장식했어. 정신 사나워서 견딜 수가 없군."

조조는 그렇게 말하면서도 평소처럼 작업을 멈추지 않았다. 책상에 펼친 죽간 위에 하후돈은 흉내 낼 수도 없는 속도로 붓을 놀려서 일을 진행하며 말하고 있다. 이미 남양 지배 처리는 거의 끝났고, 허창에서 들어온 안건에 손을 대기 시작한 걸 보니 속도가 이상하다.

"그래서, 내 주군, 원하던 제갈량이라는 녀석은 찾아 냈나?"

"아니. 사람을 풀었지만 전혀 찾지 못하고 있다. 남양에 없는 건지, 아니면 도망친 건지."

"이름하고 자 정도밖에 모르잖아. 그런 걸로 사람을 찾다니."

"그럴지도 모르지. 그대로 세상에 나오지 않는다면 좋겠지만, 그럴 순 없을 거야."

무슨 생각을 하는 건지 모르겠다, 하후돈은 그렇게 말하고 싶은 듯이 고개를 저었다.

"그러고 보니, 맹덕, 그 여자는 허창으로 돌려보냈나?"

"초선 말인가? 글쎄……, 어느새 자취를 감췄더군. 그녀의 물건이 사라진 걸 보니 정이 떨어진 모양이야."

하후돈이 웃음을 크게 터뜨렸다. 조조의 안 좋은 여자 버릇을 잘 알고 있는 하후돈에게 있어서 여자를 좋아하는 조조가 여자에게 버림받았다는 이야기가 유쾌했던 모양이다.

"네게는 미안하지만, 그 말을 들으니 안심이 되는군. 전투 때 진지까지 데리고 갈 정도로 비정상적인 집착을 보이는 것 같았으니까."

"비상한 여자였기에 정상적이지 않게끔 대처했다."

"그래, 아름답기도 했고, 네가 흥미를 보일 만큼 묘한 것들을 알고 있었던 모양인데…….”

“그게 아니야.”

조조가 붓을 내려놓았다. 이야기를 하기 위해 집무를 멈추는 것도 정상적인 조조가 아니었다.

“그 여자는 요괴다. ……아니, 네가 생각하는 요괴는 아니고. 사람 같지 않을 정도로 아름답거나, 괴물 같은 기질을 지니고 있다는 뜻이 아니야. 말 그대로 사람이 아니다. 나도 처음 봤다고.”

“……웃어넘기면 되나?”

“아니, 진심이다. 괴력난신을 믿지 않고 살아왔다만, 이 세상에는 진짜도 있는 모양이더군.”

“요물 같은 거라는 뜻인가.”

“아마도.”

하후돈의 하나밖에 없는 눈에 힘이 들어갔다. 소꿉친구와 이야기를 나누고 있던 남자에서 엄청난 기운을 뿜어낸 살인자로 변모했다.

“경호를 두 배로 늘리겠다. 나도 허저와 함께 교대로 네 침소를 지키마.”

“잠자리 상대로는 땀내 나는 두 사람이로군.”

“네가 수상쩍은 여자와 침소를 함께 쓴 건 예전부터 있었던 일이다만, 안 좋은 버릇에도 정도가 있지. 그 녀석이 다시 나타난다면 나는 그 여자를 벨 거다.”

“과연 그럴까. 두 번 다시 돌아오진 않을 거다.”

"어떻게 장담할 수 있지?"

"나를 두려워하고 있는 것 같았다. 그녀가 상상했던 사람이 아니었기 때문이겠지. 알고 싶은 게 아직 잔뜩 있다만, 아쉬워서 견딜 수가 없군. ……그 표정은 뭐냐."

"어이가 없는 거라고. 네 탐욕은 요물조차 버거워하며 도망칠 정도냐."

"아무래도 그런 모양이군."

이 남자는……, 하후돈은 그렇게 생각하며 머리를 감싸 쥐고 싶어졌다. 하지만 이 소꿉친구를 보고 말문을 잃은 건 이번이 처음이 아니다.

그때, 거실 입구에서 허저가 말을 걸었다.

"주군님, 군의 시간이라 다들 모였는데~."

"알겠다."

조조는 그제야 붓을 내려놓았다. 그게 신호라는 듯이, 조조의 얼굴에 호전적인 미소가 드리웠다.

"원소와 사전 교섭은 끝냈다. 형주를 다스리는 유표도 우리를 묵인할 거라 약속했다. 전쟁이다, 하후돈. 장강을 돌아다니며 짐승을 사냥해서 허창으로 개선하자고."

조조가 시적으로 말을 돌려서 한 다음, 몸을 일으켜서 군의 장소로 향했다. 바로 뒤를 하후돈과 허저가 따라갔다.

"주군니임, 요괴 여자하고 사귀었다는 게 사실이야?"

"그렇지."

"그래서, 어땠어?"

"최고라고 할 수밖에 없겠군."

"진짜로? 나도 요괴를 찾아서 색시로 삼을까."

~마왕영애로 시작하는 삼국지전~

8장 동백 쨩, 경국과 이야기를 나누다.

속세와는 멀리 떨어져 있는 듯한 산속의 숨겨진 마을에
도 밤은 온다.

여포는 부녀가 잠들 때까지 기다렸다가 오두막을 빠져
나왔다.

방천화극을 지팡이처럼 짚고, 조용한 밤의 마을을 지나
복숭아나무 숲으로 향했다.

승노인이 말했던 숲의 '수수께끼'라는 것에는 흥미가 없
다. 마을 사람들이 사는 곳에서 멀리 떨어져 있고, 무기를
휘두를 수 있는 곳이 필요했을 뿐이다.

달빛을 받고 있는 복숭아꽃 아래에서 여포는 방천화극
을 겨누었다.

코ㅇㅇㅇㅇㅇㅇㅇㅇㅇㅇㅇㅇ…….

심호흡을 반복했다. 경력을 끌어올리기 위해서가 아니
라 그저 숨을 쉬기만 하는 호흡. 다친 몸으로 발경을 쓸 수
는 없지만, 무기를 휘두르는 것만이라면 가능하다.

불편한 다리로 지탱하는 체중과 중심, 그리고 발경에 의
존하지 않는 운동으로 얼마나 싸울 수 있을까――, 여포
는 그것을 알기 위한 품새 훈련을 밤중에 진행하고 있었다.

"……빌어먹을 정도로 부족한데."

그렇게 중얼거리며 방천화극을 내렸다. 단순한 운동 능

력만으로도 어지간한 무인에 필적하는 여포조차 경력의 결여는 어떻게 해볼 수가 없다.

"언제까지 보고 있을 거야."

여포가 땅바닥을 내려다보며 말했다.

잠시 후, 그의 뒤쪽에 드리운 나무 그림자가 슬쩍 움직였다. 영은 곧바로 성큼성큼 걸어왔다. 승노인이 말한 대로 말은 제대로 통하는 모양이었다.

"응."

"……뭔데."

"응."

영은 방천화극과 여포를 가리키고는 무기를 휘두르는 시늉을 했다. 달빛 아래에서 영의 얼굴은 흥분으로 인해 홍조를 보였다. 아무래도 감탄한 모양이었다.

"이민족 꼬맹이가 칭찬해봤자……, 아, 그러고 보니까."

여포는 자기 오른쪽 다리를 방천화극 자루로 때렸다. 딱딱한 소리가 울렸다.

"네가 만든 부목 말인데, 이거 꽤 좋더라."

영은 기술자 같은 얼굴로 고개를 끄덕인 다음———, 숲 안쪽을 보았다. 어둠과 달빛으로 인해 엄청나다는 말만 나오는 분홍색이 펼쳐져 있다. 영은 일반인이라면 말문을 잃었을 그 절경을 파고들려는 듯한 눈빛으로 바라보고 있었다.

"가지 그래? 저쪽으로."

여포가 한 말을 듣고 영은 뜻밖이라는 듯이 돌아보았다.

"가고 싶은 거지? 가라고. 꼬맹이가 영감에게 의리를 지킬 필요는 없어."

그 말을 들은 영은 멍하니 서 있었다. 여포는 땅바닥에 꽂아둔 방천화극에 몸을 기댔다.

"딱히 비밀로 해줄 의리도 없으니까 말하는 건데, 그 영감은 너를 바깥으로 데리고 나갈 생각이라고. 바깥에서 네가 어떻게 살아가게 될지는 모르겠지만, 이런……."

여포는 그렇게 말하며 오른쪽 다리에 끼운 보조 기구를 방천화극 자루에 부딪혔다.

"능력을 써서 살아가게 되겠지? 다른 사람을 위해서 뭔가 물건을 만들어주고, 고맙다는 인사를 받고, 시시한 인생이겠어."

영은 따지는 듯이 눈가를 치켜올렸다. 여포는 그 모습을 웃어넘겼다.

"하하하! 난 천하무쌍이라서 너희 같은 일반인의 삶의 보람이나 만족감? 그런 건 전혀 이해도 안 되고 흥미도 없다고. 아, 졸개하고 쓰레기가 어울리고 있네. 그런 생각만 들지."

하지만, 여포는 그렇게 말하며 복숭아나무 숲 쪽을 돌아보았다. 밤바람이 진한 복숭아 향기를 실어다 주었다.

"저 너머로 가면 너는 일반인이 아니게 되는 거지? 선인인지 요괴인지는 모르겠지만. 기술자 같은 것보다 그쪽이 더 재미있을 것 같은데."

영은 의심스러워하는 듯한 눈초리로 여포를 보았다. 여포의 머리부터 발끝까지 훑어본 다음, 고개를 확 돌리고 떠나갔다. 여포는 침을 뱉었다.

"세상 물정도 모르는 꼬맹이가."

나도 예전에는 저랬다.

내성적인 아이였던 소년 시절. 마을이 이민족에게 습격당했을 때 우연히 검을 들었고, 모든 것이 바뀌어버렸다. 타고난 재능만으로도 적을 해치우는 여포를 본 어른들은 여포를 다른 사람으로 만들어냈다. 동포를 위해 외적과 맞서 싸우는 전사, 그런 사명을 떠넘기면서.

다른 사람들을 위해 싸우고, 소모되고, 닳기만 하는 나날 끝에 여포는 정원으로부터 진실을 배우게 된다. 우리는 한인을 지켜주는 방파제 같은 게 아니라 안팎을 나누는 울타리에 불과했다. 그 안쪽에 있던 것은 부패뿐이었다.

이용당할 거라면 차라리 자기 능력을 자신을 위해 써야 하는 것이다.

코오오오오오오오오오오……

호흡———, 깊게, 가라앉는 듯이.

그리고 확인한다. 힘의 **남은 횟수**.

투둑.

나무라는 듯이 오른쪽 다리의 보조기구 가죽 띠가 터졌다. 자세가 무너진 여포는 그 자리에 엉덩방아를 찧었다.

"쳇, 별로 움직이지도 않았잖아."

불평을 늘어놓으며 기구를 풀었다. 지탱해주던 가죽과 나무가 없어지자 다리가 매우 미덥지 못하게 느껴졌다.

여포는 부드러운 지면에 앉아서 흐드러지게 피어난 복숭아꽃을 올려다보았다. 색채가 이상한데도 여포는 처음 그 경치를 보았을 때부터 정겨운 느낌도 들었다. 지금이라면 그 이유도 알고 있다.

고향에 있던 꽃밭이 생각나기 때문이다.

평원에 흐드러지게 피어난 꽃밭. 한인과 이민족 사이에 생겨난 일시적인 평화.

그 꽃밭에 존재했던 교역과 우호는 이민족의 습격이라는 형태로 간단히 무너져내렸다.

어째서 그들이 그런 짓을 저질렀는지는 모른다. 여포가 모르던 곳에 불씨가 있었던 것인지, 아니면 정원이 말한 것처럼 역병이나 날씨 때문에 가축이 죽은 건지.

살아남은 마을 사람들은 그저 배신당했다고 느끼기만 했다. 그들은 평원 너머에서 오는 것을 두려워하고 증오하게 되었고, 나중에는 여포처럼 자신들을 지켜줄 전사를 필요로 했다.

──그러고 보니까 나는, 딱 한 번.

딱 한 번, 그 꽃밭을 넘어서 평원으로 가보려 한 적이 있다.

동포의 원통함을 풀어주기 위해서가 아니다. 그저 알고 싶었을 뿐이다.

그들이 무슨 생각으로 그 꽃밭에 왔던 걸까. 어째서 한 인 마을을 습격해야만 했던 걸까. 어째서 그런 싸움이 벌어진 걸까.

그 꽃밭 너머에는 대체 무슨 세계가 있는 걸까.

신경이 쓰였지만, 나는 결국 건너편에는 가지 않았다——.

그때, 여포의 귀는 가벼운 땅울림 같은 소리를 느꼈다. 그것은 점점 다가왔고, 여포는 방천화극을 지팡이 삼아 일어섰다. 그리고 잘 살펴보았다.

묘한 그림자가 이쪽으로 다가오고 있었다.

"응!"

"……그건 뭐야."

영이 가져온 것은 목제 의자. 바퀴가 네 개 달려 있고, 앞에는 견인용, 뒤에는 밀어서 옮기기 위한 손잡이가 달려 있다. 마차 짐칸을 의자로 개조한 것, 또는 마차를 간소화시킨 것처럼 보였다.

"응!"

아마 이것도 영의 발명품일 것이다. 그리고 여포에게 쓰라고 하는 것 같다.

"아니지~. 이런 걸 타고 전장 같은 곳에 갈 순 없지. 수치잖아."

"응!"

"아니, 안 탄다고."

"으응!"

"그런 것보다 이걸 말에게 끌게 해서 말이야, 창이나 쇠뇌 같은 걸 달아서 전차로 만들면 어때? 분명히 그게 더 나을 것 같은데."

여포치고는 진지한, 그것도 신기하게도 선의로 한 제안이었지만, 영의 반응은 신통치 않았다.

눈을 가늘게 뜨고 여포를 바라보며 '흥'이라며 살짝 웃고 있다.

"야, 너, 방금 날 바보 취급했지, 날려버린다, 임마, 야."

여포는 영의 어깨를 살짝 건드린 다음, 갑자기 인상을 찌푸렸다. 뜻밖이라는 표정으로 상대방의 가슴 근처를 살짝 두드려 보았다. 그리고 물었다.

"너, 설마 남자였어?"

"응."

"아, 그러셔. 다리 부목이 부서졌으니까 이거 타고 갈래. 밀어줘."

두 사람의 그림자가 복숭아나무 숲에서 멀어졌다. 영은 신이 나서 수레를 밀었고, 의자에 등을 기댄 여포는 굳은 표정으로 어둠 속으로 노려보고 있었다.

품새 훈련과 좀 전의 호흡. 그 결과, 여포는 자신에게 남겨진 힘을 정확히 파악했다.

이 몸으로 온 힘을 다한 발경은 한 번이 한계. 그리고 여포는 그 마지막 한 번을 다른 사람을 위해 쓸 남자가 아니다. 자신의 욕구를 위해 모조리 써버릴 생각이다.

지금 여포에게 있어서 가장 큰 욕구는 복수심.

자신에게서 '천하무쌍'을 빼앗은 동백에게 복수하기 위해 남은 힘을 모조리 쏟아부을 생각이었다.

◇

나는 밤늦게 깨어났다.

꿈자리가 사나웠던 건지, 누군가가 내 목덜미에 날붙이를 들이댄 것처럼 기분 나쁜 감촉이 느껴졌다.

침대에서 내려온 나는 경비병에게 말을 걸면서 누각을 나섰다. 내가 지금 있는 곳과는 어울리지 않는 복숭아 향기가 계속 느껴지고 있었기에 나는 그것을 따라갔다.

내가 간 곳은 요새를 둘러싸고 있는 성벽. 향기를 따라 간 곳은 우연인지 손견의 시체가 발견된 곳이다.

"매번 이렇게 와주셔서 감사합니다, 각하."

"무슨 낯짝으로 찾아온 건가요, 초선."

"이 아름다운 낯짝이죠."

달빛 아래, 쿡쿡 웃으며 그곳에 서 있던 것은 초선. 동탁의 첩으로 나타났고, 상국을 이어받은 내 주위를 어슬렁거린 데다 왠지 모르겠지만 조조에게 붙은 여자.

모든 것의 시작이자, 나를 이 시대의 동백으로 환생시킨 여자다.

"그래서, 사죄는요?"

"어머, 내가 사과해야 해?"

"당연하죠. 죄목을 하나씩 확인할 필요가 있나요?"

첫 번째, 나를 배신하고 조조에게 붙은 것에 대한 사죄. 두 번째, 내 의사를 완전히 무시하고 환생시킨 것에 대한 사죄. 세 번째, 치트 하렘 무쌍 환생을 시켜주지 않았던 것에 대한 사죄.

"그러게……, 내 생각이 어설펐던 부분이 쪼금 있긴 하지."

"쪼금? 저를 하드 난이도 세계에 끌고 온 데다 가장 위험한 상황에 내팽개친 주제에, 쪼금?"

"그래, 여기까지 왔으니 이제 조조 쪽으로 갈아타기만 하면 끝날 줄 알았으니까."

"끝난다니……."

미묘하게 긴장되는 말이었다. 초선은 몸을 슬쩍 움직이며 알아보기 쉽게 **애교**를 부렸다.

"그래, 끝. 내가 맡게 된 역할의 종착점 말이지."

"역할이라면 환생자에게 천하를 평정하게 만드는 거잖아요. 그렇게 말했었죠?"

"맞아, 처음에 그렇게 말했었지."

초선이 쿡쿡대며 웃었다. 말하기는 했지만 전부 설명하지는 않았다———, 그런 건가? 이 녀석은 이제야 지금까지 숨기고 있었던 걸 내게 보여주려 하고 있다.

"……대체 뭐죠? 그 역할이라는 게. 결국 당신은 뭘 하고 싶었던 건데요."

가장자리를 긴 속눈썹이 장식하고 있는 눈이 도발적인 형태로 일그러지며 이쪽을 보았다.

"듣고 싶어?"

"뜸 들일 거면 돌아가고요."

"후후, 농담이야. 이제 슬슬 설명 정도는 해도 되겠지. 우선, 내 정체가 뭔지."

초선은 자기 가슴에 손을 대고 나를 내려다보며 말했다.

"나는 도술을 이용해서 사람의 시체에 혼백을 가져다 붙여서 만들어진 존재야. 구성 요건만 보면 당신하고 비슷하네."

"저하고……, 그렇다면 당신도 환생자예요?"

"아니, 내게는 '시로카와 사사네' 같은 전생이 없어. 나를 만든 사람은 천지자연의 정기를 이어붙여서 임시로 혼백으로 삼은 다음, 내 몸에 깃들게 했거든. 그녀가 죽은 뒤에 그 시체가 지금의 내가 된 거고. 불로장생을 흉내 낸 것의 말로, 그게 나야."

"음~, 그러니까, 몸의 주인과 당신은 각자 다른 사람이라고요?"

"이 몸의 생전 기억은 가지고 있긴 하지만, 그게 내 기억인 것 같진 않아. 하지만 다른 사람의 기억인 것 같지도 않고……, 그 정도로 애매한 자아야. 어차피 만들어진 존재니까."

자학이 아닌 자조. 내 환생을 왠지 남 일처럼 취급하던 이유는 그 애매함 때문일까.

"이 몸의 주인, 나를 만든 도사에게는 동료가 있었어. 그들은 남북조 시대의 도사였지. 그들은 내가 깨어난 직후에 역할을 주었어———, '한을 부흥시켜라. 그에 합당한 혼백을 찾아 함께 시간을 거슬러 올라가 원인을 제거하라'."

"남북조……."

그 시대는 삼국지 시대 이후의 시대다. 삼국지는 촉, 오한, 모든 나라가 멸망하며 종언을 맞이하고, 패권을 쥔 진 왕조도 나중에 북방 유목민 때문에 멸망한다. 삼국지의 승자를 간단히 정할 순 없지만, 진 멸망의 계기가 된 이민족이야말로 진정한 승자라고 할 수 있을지도 모르겠다.

"다시 말해서 당신의 목적은 그 역사를 바꾸는 거라고요……? 한 왕조와 삼국이 멸망해버리는 역사를 수정하려는 건가요?"

"맞아, 그러기 위한 환생이었고."

초선이 손가락으로 가슴팍을 찌르자, 그 가슴팍 표면에 먹이 생겨났다.

"역사란 커다란 강이야. 그 대하의 흐름을 이끌고, 한나라가 다시 일어서는 역사의 흐름을 만드는 것."

가슴팍 위에서 꿈틀대는 먹선에서 다른 선이 생겨났다. 선은 생물처럼 꿈틀대다가 나중에는 '한(漢)'이라는 글자를 그렸지만, 초선의 손이 칠판지우개처럼 쉽사리 없애버렸다.

"이렇게까지 말했으니 내가 당신에서 조조로 갈아탄 이유도 알겠지?"

".............아니, 모르겠는데요."

"어어~? 이렇게 다 가르쳐줬는데~?"

"열받네……, 아니, 한나라의 부흥이라고 해야 하나, 연명이겠네요. 당신의 목표. 그렇다면 상국이 된 저를 보조해주는 게 정답 아닌가요?"

"그것도 일리가 있네."

"영걸도 아니고 무력한 여자애로 환생시킨 데다 중간에 버림받은 저로서는 일리가 있는 정도가 아닌데요. 유일한 정답인데요."

"나도 당신의 전생 인물 추첨(뽑기) 결과가 무력한 소녀라는 걸 알았을 때는 당황했어. 게다가 '서역으로 도망친다'는 말까지 꺼냈으니까 나도 생각을 바꾼 거지. 당신을 **발판**으로 이용해서 유망한 영걸에게 접근한 다음, 갈아타 버리자고."

이 녀석은 내 사정을 전혀 고려하질 않네. 이제는 오히려 대단하다는 생각까지 들기 시작했다.

"……적벽 전투에서 패배하지 않는 if 역사를 만든다고 치고, 그 이후로요? 원래 역사에서는 조조가 죽은 뒤에 조조의 아들이 한 왕조를 멸망시키는데요."

"반대로 따지자면, 조조는 죽을 때까지 한 왕조를 멸망시키지 않았어. 그는 한 왕조의 연명을 원했고, 그러지 않

8장 동백 쨩, 경국과 이야기를 나누다. 211

는다 해도 **내가 원하게 만들 거야.** 이른 단계에서 난세가 끝나고, 조조가 섭정으로서 다스리는 이상적인 한 왕조를 만들어낼 수 있다면 내게 있어서는 그게 결승점이 되지."

터무니없는 이야기는 아닐 것 같았다. 조조의 뒤를 이어받은 조비는 한 왕조를 멸망시키지만, 그가 후계자가 되기까지에는 우여곡절이 있었다. 조비가 아닌 사람이 후계자가 되었다면, 조조가 오래 살았다면, 천하통일이 일찌감치 이루어졌다면. 한 왕조의 역사는 끝나지 않았을지도 모른다.

"……그러니까, 제가 동백 같은 꽝 캐릭터를 뽑았는데도 굴하지 않고 필사적으로 살아남으려 하고 있는데도 당신은 그런 저를 저버리고 쉽사리 당첨 캐릭터로 갈아탔다, 그런 뜻인가요?"

"말투가 좀 그렇긴 하지만, 대충은 그런 느낌이야."

"그럼 계속 조조의 치어걸 행세를 하고 있지 그랬어요. 왜 이제 와서 저에게 온 거죠? 도발? 도발하러 온 건가요?"

초선은 약간 쑥스러운 듯이 오른손으로 볼을 덮었다.

"아니, 조조를 잘 유도하면 목표까지 지름길로 갈 수 있을 줄 알았는데, 예상했던 루트에 뜻밖의 실수가 있었거든……."

──왠지 게임 스피드런 이야기를 듣고 있는 듯한 기분이네.

"조조가 내 예상보다 너무 유능했던 거야."

"그거, 혹시 지식 치트 말인가요? 은태환 지폐라든가."

"맞아. 삼국지의 지식만으로는 만족하지 않을 줄 알고 있긴 했지만, 그렇게 지식에 굶주려 있을 줄은 몰랐거든. 보아하니 내가 기대하고 있던 결과가 되지 않을지도 몰라서 돌이킬 수 없게 되기 전에 도망쳐 온 거지."

그렇구나, 그런 생각이 든 건 내가 바로 옆에서 본 조조의 인상과 들어맞았기 때문이다. 설마 요괴가 정색할 수준일 줄은 몰랐는데. 그건 그렇고, 초선이 한 이야기를 듣고 머릿속에 떠오른 인상은.

"……자업자득."

"어머, 말이 심하네. 그래도 조조가 멋대로 날뛰고 있는 건 나 때문만은 아니거든? 은태환 지폐 같은 건 동백 쨩 때문이기도 하니까."

"자기가 실수해놓고 남 탓으로 돌리는 건가요? 역시 천 년이나 살면 뻔뻔해지나 보네요."

"동백 쨩, 장안하고 중원 사이에 경제를 활성화시킬 계획을 세웠었지? 그거, 지금, 조조가 베끼고 있어. 공사하고 허창 사이에 은자와 물품 흐름이 생겨났거든."

"……네? 그게 무슨 소린데요."

"어떤 경위로 그렇게 된 건지는 나도 모르겠지만, 공사의 허가도 제대로 받은 정식 거래인 것 같아. 조조의 서재에서 자료를 몰래 확인했는데, 공사의 도장이 찍혀 있었거든. 조조 쪽의 서명은 순욱으로 되어 있었고.”

그 이야기를 들으니 짐작 가는 게 있었다. 나는 순욱(가짜)에게 공사에 대해 이야기를 꽤 했었고, 군사로서 어느 정도의 권한도 줬었다. 조조가 그때 얻은 공사의 지위를 그대로 진짜 순욱에게 넘긴 거 아닌가?

그렇다면 허창에 설립된 조조의 회사는 서류상으로 공사의 허창 지사가 되고, 거래도 거의 자동적으로 진행되게 된다. 내가 공사에서 채용한 사람들은 관리가 아니라 상인 출신이나 점쟁이 같은 일반인들이니 긍정적으로든 부정적으로든 정치적 판단에 잘 휘둘리지 않는다.

“공사를 반독립적인 기관으로 만든 게 실수였나……? 아니, 애초에 가짜 순욱이 멋대로 휘두를 수 있는 여지를 줘서…….”

머리를 감싸 쥐고 반성 중이던 내게 그림자가 드리웠다. 초선이 미소를 지으며 나를 내려다보고 있었다.

“우리 둘 다 마찬가지인 모양이네, 동백 쨩. 실수를 저지른 사람들끼리 사이좋게 지내지 않을래?”

“……구체적으로는요?”

“당신이 한 왕조를 위해 헌신하겠다고 맹세한다면 이 초선, 당신 곁으로 돌아가 줄 수도 있는데?”

“한 왕조를 존속시키는 건 처음부터 그럴 생각이었지만요. 당신이 돌아온다고 해서 저한테 이득이 될 게 없잖아요. 이상한 술법으로 도와준 적도 별로 없고.”

"그러게……, 당신, 지금, 장안과 연락할 방법이 없어서 곤란하지 않아?"

"어, 뭐, 네. 공사의 네트워크를 이용해서 병량이나 물자를 옮기고 싶으니까요."

"그렇다면 이번만 특별히 내가 메신저 역할을 해줄까?"

"…………."

"그 표정은 뭐니."

"아무것도 아닌데요."

한번 배신했던 주제에 뻔뻔하네 이 녀석, 이라고 생각했을 뿐이에요.

"그럼, 다시 저희 쪽으로 돌아온다고 생각해도 되는 거죠?"

"그래, 잘 부탁해, 동백 쨩."

찰싹찰싹 달라붙길래 떨쳐냈다. 눈앞에 있는 여자의 정체를 알게 되긴 했지만, 신경 쓰이는 문제가 전부 해결된 것은 아니다.

"일단 물어보는 건데, 당신에게 있어서 저는 꽝이었던 거죠? 그럼 리셋하자는 생각은 안 해봤어요? 다시 한번 타임 리프를 해서."

"했는데?"

"네?"

"타임 리프와 환생 리셋. 당신이 처음일 줄 알았어?"

방긋 방긋 웃고 있는 초선의 미소가 어두운 밤을 등지고 묘하게 그늘져 있었다.

"사명을 띠고 여행을 떠난 나는 중간에 만난 우수한 사람들의 혼백을 이용해서 환생을 시도했어. 어떤 사람으로 환생시킬지 내가 정할 순 없지만, 그래도 운 좋게 삼국지에 이름을 남긴 영걸들을 뽑을 수 있었지."

그러고 보니 어떤 사람으로 환생할지는 뽑기였던가? 나는 그렇게 내가 환생했을 때의 기억을 떠올렸다. 이상한 뽑기 티켓 같은 걸 보여준 것 같기도 하고.

"하지만, 잘 풀리지 않았어. 그들은 별것 아닌 전투나 사고로 쉽사리 죽어버렸거든. 뛰어난 혼과 육체를 합쳤다고 해서 좋은 결과를 얻을 수 있다는 보장은 없다……, 오히려 오리지널의 강점을 잃고 열화되어버린 모양이야."

"그래서 딱히 강점이 없는 시로카와 사사네를 이름 없는 소녀의 몸에……?"

"아니? 그건 우연이야. 이거 전생시키면 어떻게 되려나, 그 정도 생각이었는데."

"더더욱 악질인데요?!"

"그런 부분은 나를 만든 사람들을 닮은 거겠지."

부모 때문이냐, 하고 생각하는 사이. 달빛이 드리운 초선의 얼굴을 본 나는 말문이 막혔다. 경국, 절세의 미녀라는 이름이 아까울 만큼 초선의 얼굴에는 지친 기색이 드러나 있었다.

"그들은 말이지, 세계를 구하려 했어. 그들에게 있어서

'세계'란 진나라가 멸망하기 전, 그리고 한 왕조가 멸망하기 전의 중원이야."

지친 얼굴이 먼 곳을 바라보았다. 그 방향에는 장강이 있을 것이다.

"천년이라는 세월을 일그러뜨리는 비술을 만들어낼 정도니 조물주들은 현자였을 거야. 그럼에도 불구하고 그들은 겨우 수백 년 뒤의 역사조차 내다보지 못했어. 역사라는 큰 강은 인간 따위가 잴 수 있는 게 아니라는 사실을 알지 못했어. 그들이 가지고 있었던 것은 자신들에게 역사를 개찬할 권리가 있다고 착각한 거만함뿐이지."

지금까지 계속 휘둘리기만 했는데. 이 녀석에게 인생을 한번 뺏기기도 했는데, 자조하는 듯이 미소를 짓고 있는 초선이 내 눈에는 평범한 사람처럼 보였다.

"조조를 잘못 예측한 건 내게도 그들과 마찬가지로 거만함이 있었기 때문일 거야. 인간의 의지를 얕보고 접근했다가 실패했어."

"당신은……, 자기 사명을 납득하지 못하는 건가요?"

"왜냐하면 나는 한인도 아니고, 애초에 사람도 아니니까. 내가 태어나기도 전에 없어진 걸 어떻게든 하라고 요구하는 부조리, 당신이라면 이해할 수 있지 않아?"

"그렇다면……, 그렇다면 그런 사명은 무시해버리면 되잖아요! 역사를 어떻게 해볼 수 있는 힘이 있다면, 뭐든지……."

"사명을 무시하고 뭘 하라는 거야?"

초선이 처음으로 민낯을 드러냈다———, 적어도 내게는 그렇게 보였다.

"내게는 사명 말고는 아무것도 없어. 동포나 가족도 없어. 그럼에도 불구하고 영원한 시간, 그리고 시간을 조작할 수 있는 힘만 있어. 내가 띤 사명을 이루지 말라니, 그 대신 뭘 하라는 거야?"

"…………"

"당신을 멋대로 데리고 온 걸 사과하라면 그렇게 할게. 죄송합니다, 시로카와 사사네. 저는 당신의 혼을 이용했어요. 자기 자신조차 믿고 있지 않는 사명을 위해서."

"……이제 와서 사과해봤자 소용없어요."

"그러게."

초선이 그렇게 말하며 손뼉을 한 번 치고는 다시 미소를 드리웠다. 짜증 나는 미인 같은 표정이 돌아왔다.

"왜냐하면 당신, 그대로 내버려 두었더라도 사흘 정도만에 죽었을 테니까."

"……그건 처음 듣는 이야기인데요. 어? 어차피 내가 죽었을 거라고?"

"불규칙한 생활 때문에 꼴까닥, 그게 당신의 수명이었어. 나도 수명이 많이 남은 사람의 혼백에 손을 대면 태산부군에게 혼나니까, 여러모로 타이밍이 맞은 거지. 이 시대와 인연이 있고, 떼어내기 쉬운 혼백의 소유자. 시간을

거슬러 올라갈 준비가 되었을 때 그런 사람하고 만났으니 인연이겠지."

"어째서 이제야 그런 이야기를 하는 건데요……."

초선을 원망하기도 껄끄러워져 버렸다. 그게 사실이라면 초선은 내 수명을 늘려준 건데……. 아니, 그렇다 해도 약한 상태로 2주차 게임을 난세에서 시작하게 만들 이유는 없지 않나?

초선은 내가 망설이는 모습을 보면서 쿡쿡 웃었다.

"실례. 하지만 '올바른 역사'는 최대한 알아두어야겠지?"

경국이라는 말에 어울리는 요염한 몸짓으로 머리카락을 쓸어올린 초선은 밤하늘을 올려다보았다.

"남북조 이후에 얼마나 많은 왕조가 생겨났고, 중화의 역사를 자아내게 되는지, 그들이 알고 있었다면……, 나도 이런 하찮은 사명에 휘둘리지 않았을 테니까."

"……어찌 되든 상관없어요. 이제 와서 없었던 일로 할 수는 없잖아요. 지금도 저는 죽을 생각이 없으니까요. 살아남기 위해서 할 일을 할 뿐이에요."

"꽤나 듬직해졌네. 환생한 직후에 훌쩍훌쩍 울던 게 그리워."

"전 몰라요~, 기억도 안 나요~."

귀를 막고 고개를 돌린 내 앞으로 초선이 다가왔다. 마치 고양이처럼 유연하게 내 얼굴을 들여다봤다.

"말씀해주시겠어요? 상국님. 삼국지에서도 손꼽히는 사

령관인 조조에게 당신은 어떻게 맞설 셈인지?"

"……또 배신할지도 모르는데."

"어머, 주도권을 쥐었다고 생각한 거야? 세게 나오네. 아니면 허세인가?"

초선이 내 볼을 손가락으로 찔러댔다. 물론 허세는 아니다. 막연한 아이디어이긴 하지만, 오늘 밤, 초선과 이야기를 나누고 확실하게 형태가 잡혔다.

"할 일은 평소와 마찬가지예요. 조조는 삼국지에 나온 방식으로 패배해줘야겠어요."

"역사의 수정력을 이용할 셈이구나. 하지만 적벽 전투를 따라 하기에는 규모가 너무 작지 않아?"

적벽 전투에 등장하는 유비는 있다. 하지만 손가의 대표는 손상향뿐이다. 손권, 주유, 황개 같은 조조 패배의 공로자들은 아직 강동에 있고 공명도 없다. 조조도 그 사실을 예측하고 있을 것이다. 지금은 아직 적벽 전투가 벌어지지 않을 거라고.

"초선. 당신이 삼국지 지식을 얼마나 조조에게 가르쳐줬는지는 몰라요. 하지만———."

스테이터스로 완패 상태인 내게도 유일한 이점……. 아니, 오기가 있다.

"삼국지 오타쿠로서, 지식으로 어중이떠중이에게 질 수는 없다고요."

9장 동백 짱, 적의 급소를 찌르다.

형주. 어떤 숲속.

걸리적거리는 나무를 베어내고 막사를 늘어놓은 거점.

염행은 굴러다니던 통나무 중 하나에 걸터앉아 되물었다.

"처엉주벼엉?"

이상한 발음으로 되물었는데도 대머리 암살자는 귀찮다는 표정을 전혀 짓지 않고 고개를 끄덕였다.

"청주병. 연주에서 싸웠던 황건당의 병사들이자 조조님께서 새롭게 얻으신 전력입니다. 모두 경험이 풍부한 정예들이기에 조조님께서 곧바로 전력으로 투입하셨습니다."

"그래, 끈기가 있긴 하지, 그 녀석들."

염행은 거점을 순찰하는 병사들을 보면서 말했다. 염행이 중원에 있는 것들을 칭찬하는 경우는 거의 없는데, 전위는 그 사실을 아는지 모르는지, 잠자코 고개를 끄덕이기만 할 뿐이었다.

"그래서? 그게 무슨 상관이 있는데? 내가 여기서 보초를 서는 거하고."

"조조 님께서는 청주 황건당을 너무 많이 받아들이셨습니다. 사람이 늘어나면 식량 부족 문제가 생기겠죠. 조조님께서는 참신한 경제 개혁을 통해 병량을 모으고 계십니다만, 그렇게 얻은 병량을 적이 노리게 되면 우리는 위기에 처할 겁니다. 이 숨겨진 병량고를 지켜야 할 중요성, 이해하셨습니까."

"그래, 잘 알겠어. 네가 나와 함께 배치된 이유도 말이지."

"무슨 말씀이신지."

"내가 배신하면 곧바로 죽일 수 있게끔 아니야?"

"부정하진 않겠습니다. 그런 역할도 있습니다."

전위가 인정하자 염행은 소리 내며 웃었다.

"솔직한 녀석은 좋다고. 병량을 지키는 역할, 맡아줄게. 잘 부탁한다, 전위."

"안심했습니다. 그 역할을 거부하실지도 모르겠다고 생각했기에."

"마초하고 싸우고 싶어 할 거라고?"

"네. 아마 마초와의 전투는 요새 근처에서 벌어질 테니까요."

염행은 침을 뱉었다.

"흥미 없어. 장안에서 한번 날려버리기도 했고. 그렇게 여러 번 보고 싶은 낯짝도 아니야. 그건 그렇고, 적이 이곳을 알아챌 가능성은 없나?"

"있습니다. 조조 님께서는 동백이 저희 약점을 눈치챌 거라 예상하셨습니다."

"멍하니 있는 주제에 쓸데없는 구석이 예리하단 말이지, 그 꼬맹이. 아무 일도 없으면 심심할 테니 꼭 좀 와줬으면 좋겠는데."

그때, 기병이 막사를 피해 달려왔다. 아군의 전령이긴 하지만 비밀을 지키기 위해 '조' 깃발은 달고 있지 않았고, 정체 확인을 위해 몰려든 병사들에게 패를 보여주고 통과했다. 전위 앞으로 다가온 병사가 말에서 내렸다.

"보고드립니다. 위장 병량을 운반하던 부대가 습격당했습니다."

"위장을 들킨 듯한 낌새는?"

"아뇨. 피해는 전혀 입지 않고 격퇴하는 데 성공했습니다. 주군께서는 아마 적의 척후일 테니 이쪽에서도 충분히 경계하라는 명을 내리셨습니다."

"명심하겠네. 주군 쪽은?"

"순조롭게 계속 진군하고 계십니다. 곧 동백이 있는 요새의 포위가 완료될 겁니다."

"좋다. 전령 역할, 수고가 많았네."

전령 병사는 고개를 숙인 다음, 다시 말에 올라타서 떠나갔다. 전위가 말했다.

"적이 미끼에 걸려든 모양입니다."

"시시하네. 이쪽으로는 안 온다는 뜻이잖아."

"방심하지 마시길. 조조 님의 우려는 자주 들어맞곤 합니다."

"그렇게 되길 빌게."

염행이 하늘을 올려다보았다. 나무들로 가려진 하늘은

양주의 하늘보다 훨씬 좁고 빛이 바래보였지만, 변함없는 것도 있었다. 진한 기척이 요새 방향에서 피어오르고 있다.

전장에 혼을 둔 자만이 느낄 수 있는 전쟁의 기운.

폭력의 냄새.

◇

전투가 가까워졌다———, 여포는 하늘을 올려다보고 그렇게 짐작했다.

그 하늘은 나무들로 가려져서 작게만 보였다. 여포를 비롯한 산 부족들 연합군은 앞이 잘 안 보이는 숲속에서 행군하고 있다. 숫자는 모두 합쳐도 100명 정도일 것이다.

다리를 다친 여포에게는 다행히도 그들은 언덕이나 험지를 피해서 나아가고 있는 것 같았다. 그들은 산을 잘 타긴 하지만, 전투에 대비한 짐도 많다. 말이나 소도 있고, 짐수레를 끌고 가는 사람도 있다. 영이 수리해준 다리 보조기구 덕분에 여포도 겨우 행군을 따라갈 수가 있었다.

"저건 어디 쓰는 거야?"

여포가 물었다. 일행 중에서 혼자만 무장하지 않은 승노인은 '나중에 설명하마'라고만 짤막하게 말했다.

이 녀석, 긴장했네, 여포는 그렇게 마음속으로 비웃었다. 여전히 유쾌한 기분으로 노인의 등을 손바닥으로 두드렸다.

"걱정하지 말라고, 영감. 당신에게 무슨 일이 생기면 내가 영을 확실하게 데려다줄 테니까."

"그, 그래, 부탁하지……, 내가 준 가죽 주머니는 가지고 있나? 잃어버리지 말게."

문득, 숲속에서 반쯤 알몸인 남자가 갑자기 나타나 숲을 헤치듯이 다가왔다. 아군의 전령이었다. 이런 신출귀몰한 녀석이 적이라면 무시무시하겠지만, 전투에 익숙한 여포의 눈에는 그냥 전의나 패기 같은 것이 약한 것처럼 보이기도 했다.

전령은 승노인에게 뭔가 말했고, 노인은 고개를 끄덕인 다음 짤막하게 대답했다. 곧바로 행군이 다시 시작되었다.

"동백이 있는 요새를 적이 포위한 모양이군."

"그래서?"

"계속 간다."

여포는 가슴을 쓸어내렸다. 동백이 궁지에 몰렸다면 절호의 기회다. 하지만 코앞에서 돌아간다는 판단을 내린다면 참을 수 없는 상황이다. 오히려 더 빨리 갔으면 할 정도다. 그 꼬맹이가 절망적인 상황에 처해서 꼴사납게 울부짖는 꼴을 어서 보고 싶다.

"그리고 붉은 말을 봤다고도 하는군. 우리를 따라오고 있는 모양이야."

"적토가?"

여포는 적토 위에서 떨어진 뒤로 그 말의 모습을 보지 못했다.

"아무래도 주인에게 미련이 있는 모양이로군."

"……뭐, 나 말고는 없으니까. 그 녀석을 다룰 수 있는 사람은."

여포는 그렇게 말하면서도 자기가 한 말을 전혀 믿지 않았다. 적토마는 주인을 고른다. 나는 실격 당했다. 적토마가 모습을 드러낸 이유가 미련 때문이라면, 달리 탈 사람이 없기 때문이다. 그렇게 고고한 말이 힘없는 자에게 등을 허락할 일은 절대로 없다.

결국, 여포는 적토마를 보지도 못했고, 일행은 숲속에 자리 잡은 진을 마주쳤다.

막사가 몸을 숨기듯이 늘어서 있어서 전투에 익숙한 여포도 전체를 파악하지는 못했다. 마중 나온 병사들과 승노인이 이야기를 나누던 와중에 늘어선 막사 쪽에서 몸집이 작은 사람이 나타났다.

그 녀석이 말했다.

"처음 뵙겠습니다. 상국인 동백이에요. 오늘은 잘 부탁드립니다."

여포는 재빨리 옆에 있던 남자에게서 지푸라기를 꼬아 만든 삿갓을 빼앗아 머리에 썼다. 불평하려던 그 남자를 달래는 시늉을 하며 등을 돌리면서도 소녀를 곁눈질로 보았다.

"포위당했다고 하지 않았나? 저 망할 꼬맹이."

작은 목소리로 중얼거린 여포는 삿갓 너머로 이빨을 드

러내며 미소를 짓고 있었다.

◇

이민족 연합군과 접촉하기 얼마 전.

나는 초계 임무를 마치고 돌아온 조운에게 보고를 받고 있었다.

"상황을 좀 살펴보고 오기만 할 생각이었는데, 병량을 수송하는 부대가 있길래 건드려봤어."

산책 겸 공격했다는 식으로 말하는 건 좀 그런 것 같은데.

"양쪽 모두 피해가 없는 소규모 충돌이긴 했는데, 그 병량, 가짜더라고."

"그런 걸 알아볼 수 있나요?"

"반응이 이상했거든. 병량을 **걱정하지 않는 것을 들키지 않게끔 열심히 노력하고 있던데.**"

"그렇다면 그게 적의 약점이네요."

"그래, 그 녀석들, 병량에 여유가 없어."

내가 그 가능성을 눈치챈 건 경험자이기 때문이다. 장안 천도 직후의 내가 비슷한 상황에 처했었다.

조조 같은 경우, 지금은 청주 황건당을 받아들인 타이밍이다. 인구가 늘어나서 식량 사정을 압박했을 것이다. 조조도 나와 마찬가지로 역사 치트를 써서 대처했지만, 물류를 조작할 수 있다 해도 식량 그 자체가 늘어날 리는 없다.

─── 그렇게 무리하면서까지 빠르게 형주로 쳐들어왔다는 거구나. 역사를 바꾸기 위해서.

"조운? 왜 그래요?"

조운이 주위를 두리번거리고 있었기에 물어보았다.

"아니……, 내가 보고하기도 전에 알고 있었던 것 같아서."

우리가 지금 있는 곳은 요새가 아니다. 요새 바깥───, 산속에 만든 진지다.

나와 조운 주위에는 막사가 늘어서 있고, 완전히 야영 태세를 갖추고 있다.

"농성하지 않고 밤중에 몰래 요새를 빠져나온 건 병량 문제가 있기 때문이잖아. 상대방도 똑같은 문제를 떠안고 있을 거라 생각한 거 아니야?"

"뭐, 그렇긴 하죠."

병량만 놓고 보면 이쪽도 조조 이상으로 여유가 없었다.

그렇지 않아도 전쟁 때문에 크게 뛰어오른 곡물 가격은 조조의 경제 정책이 끼친 영향으로 더욱 상승했다. 농성이 장기화되면 굶주림 때문에 끝장이다. 유비의 도움을 빌려 단기 결전에 나서는 방법도 생각해 보았지만, 유표군의 객장인 유비는 그렇게까지 많은 전력을 움직일 수가 없다.

"공성전으로는 전술가인 조조를 이길 자신이 없어요. 속 공으로 보급을 끊어서 돌아가게 만든다, 그런 방침이죠. 아마 조조는 어딘가에 병량고를 숨겨두고 있지 않을까 싶은데요."

"…………."

"갑자기 입을 다물지 말아주실래요? 하고 싶은 말씀이 있으면 하세요."

전쟁에 대해서는 문외한이기 때문에 내가 뭔가 놓친 게 있지 않을까, 불안해진다.

조운은 말하기 껄끄럽다는 듯이 머리를 긁었다.

"트집 잡는 거라 여기지 않았으면 좋겠는데……, 이번 승리가 얼마나 더 오래 버티게 해줄까 해서. 결국 조조는 원술로부터 남양을 빼앗는 데 성공했고……."

조운이 갑자기 핵심을 찔렀다. 내 승리 조건이 무엇일까.

조조의 격퇴, 장안으로의 귀환, 손가의 원수 갚기. 그런 요건이 복잡하게 뒤섞인 게 지금 내 상황이다. 하지만 내가 지금까지 싸워온 건 그런 목적 때문이 아니었을 텐데.

"괜찮아요."

나는 조운에게 말했다.

"제 승리는 처음부터 전장에는 없었으니까요."

"그게 무슨……."

"언젠가 알게 될 거예요. 그건 그렇고, 조운은 요새 쪽을 맡기로 했죠? 이제 가주세요."

"……잘은 모르겠지만, 명령은 따를게, 주군."

떠나가는 조운과 교대하듯이 전령 병사가 다가왔다.

"동백님. 이민족 원군이 도착했습니다. 만나시겠습니까?"

장강 유역의 이민족과 만나는 건 이번이 처음이다.

짐승 가죽과 나무 껍질로 만든 옷을 걸치고, 얼굴에는 문신. 얼굴 생김새부터 한인과는 약간 다른 것 같았다. 차림새와 문신은 상상한 범위 이내였지만, 뜻밖인 건 그들의 분위기였다.

생각보다 차분하다고 해야 하나, 얌전하다.

———이민족이라는 이야기를 들으면 삼국지연의의 남만병이나 저번에 마대가 데리고 왔던 강족이 상상되는데…….

내 예상은 빗나갔고, 혈기왕성한 전사로 보이는 사람은 한 명도 없다. 뭐, 싸움을 좋아하지 않는 이민족 부족도 있을 테고, 그런 사람들은 역사에 거의 등장하지 않을 것이다.

통역을 맡은 노인이 손을 모아 인사했다.

"상국 각하. 처음 뵙겠습니다."

말투나 동작도 한인과 별 차이가 없다. 입고 있는 옷도 한인 같지는 않았지만 세련된 옷이다. 다른 사람들과는 차이가 크기에 그들로부터 신뢰받고 있는 사람 같았다.

"이곳에서는 제가 산의 부족들 대표를 맡겠습니다. 마을에서는 승노인이라 불리고 있습니다. 그냥 승이라 불러주십시오."

가장 큰 우려였던 커뮤니케이션을 문제없이 진행할 수 있겠다는 사실을 알게 되니 안심했다.

한편, 그런 와중에 마초가 왠지 모르겠지만 엉뚱한 방향을 보고 있었다.

"왜 그래요?"

"내가 잘 아는 말발굽 소리가 들린 것 같은데……, 아니, 착각이겠지."

"네에……."

갑자기 무슨 소릴 하는 거야? 멍하니 있자니 노인이 다시 고개를 숙이고는 화제를 되돌렸다.

"상국 각하, 그래서 저희에게 뭘 하라는 말씀이신지."

"아, 네. 저기, 당신들께 맡기고 싶은 건 척후, 길 안내예요. 적이 어딘가에 마련한 거점을 찾아주셨으면 하는데……, 짐작 가는 곳은 없나요?"

"거점……, 규모나 목적 같은 것을 가르쳐주실 수 있을까요."

나는 노인에게 조조가 숨겨두었을 병량 거점에 대해 설명했다. 승노인은 정말로 다른 문화권 사람인가 싶을 정도로 이야기가 잘 통하는 사람이었기에 나도 편했다.

마초가 지적하는 것들도 들으면서 이야기를 나누고 있자니 병사들에게 지시를 마친 조운이 다가왔다. 조운은 산개해서 쉬고 있던 이민족 부대를 보았다. 그 부대 사람들 중에 다리를 절고 있는 사람이 있었다. 삿갓을 깊숙이 눌러 쓰고 있었기에 얼굴까지는 알아볼 수가 없었다.

"왜 그래요?"

"저 녀석, 왠지 느껴본 적이 있는 기척을……, 뭐, 착각이겠지."

———오늘은 다들 착각을 많이 하네. 괜찮으려나?

◇

동백 요새의 포위는 신속하게 이루어졌다.

지시를 내리는 데 열중하고 있던 조조는 신이 난 표정으로 옆에 있던 하후돈에게 말을 걸었다.

"아, 속이 시원하군! 요즘은 사무 업무만 하느라 울분이 쌓여 있었거든. 가끔은 이렇게 발산도 해줘야지."

"그 취향은 이해가 잘 안 된다만……, 여전히 훌륭하군."

신속했으나 졸속은 아니었다. 여러 겹으로 겹쳐진 진지는 요새의 공격과 뜻밖의 상황에도 대비할 수 있는 완벽한 태세였다. 조조가 전술가로서 보이는 발상에 하후돈은 매번 그렇지만 감탄할 수밖에 없었다.

"뭐, 헛수고로 끝날 것 같다만."

"그게 무슨 뜻이냐, 맹덕."

"적의 반응이 너무 약해. 뭔가 있는 거겠지. 우리 포위를 신경 쓰지 않을 만한 뭔가가."

"그래. 하지만 대처하지 않는다기보다는 움직이고 싶어도 움직일 수 없는 것처럼 보인다만……."

"그럼 별동대겠지."

사무 업무로 인해 뻐근해진 목을 풀면서 조조는 아무렇

지도 않게 예측했다.

"우리를 여기에 묶어두면서 몰래 바깥으로 내보냈던 전력으로 역포위……, 아니면 병량고를 기습하려는 것 아닐까."

"그렇다는 걸 알면서도 어째서 대처하지 않는 거냐."

"좀 전에 말했잖아. 마음이 끓어올랐다고."

"이봐."

하후돈이 다그치자 조조는 웃으며 넘겼다.

"그렇게 화내지 말라고. 어찌 되든 상관없어. 역포위든, 기습이든, 이쪽에서는 대처할 수 있으니까. 요새에 동백이 남아 있다면 밀고 들어가서 사로잡을 뿐. 동백이 별동대 쪽에 있다 해도 마찬가지야. 요새를 제압해버리면 끝장이니까. 그 녀석은 들판에 숨어서 끈질기게 기회를 노릴 정도로 끈기가 없고, 본거지는 머나먼 장안이지. 하지만 우리는 그렇지 않아. 안 그런가?"

"정말……, 생각해둔 게 있으면 미리 말해라."

"해가 지기 전에 좀 더 돌아보자고. ……허저! 잠들긴 아직 이르다! 가자!"

시각은 이미 저녁. 병사들은 밤을 대비해서 화톳불을 피우느라 바쁘게 뛰어다니고 있다. 하후돈은 조조가 진을 시찰하는 것이 병사들의 사기를 다잡는 것 이상으로 기술자가 자기 작품을 어여삐 여기는 것과 비슷하다고 생각했다.

'주군!', 그렇게 외치며 병사 한 명이 진지를 향해 빠른 걸음으로 다가왔다.

"투항하고 싶다는 병사가 와 있습니다."

두 호위와는 달리, 조조는 그 보고를 듣고도 눈썹 하나 꿈쩍하지 않았다.

"데리고 와라."

"네!"

잠시 후 끌려온 사람은 볼에 큼직한 상처가 나 있고 험상궂게 생긴 병사였다. 하후돈은 척 보기에도 자신의 이익을 위해 주군을 배신할 것 같은 관상이라고 생각했다.

"헤헤, 조조 님. 황송합니다. 저는———."

"비웅군의 홍선이지. 장안에서 만난 이후로 처음 보는군."

자신의 이름을 들은 순간, 홍선의 험상궂은 얼굴이 새파랗게 질린 것처럼 보였다.

"예, 예입! 홍선 맞습니다! 오랜만에 뵙습니다!"

"그래서? 투항하겠다고?"

"저는 원래 동탁에게 고용되었던 사병입죠. 그런데 이렇게 축 처지는 곳에 끌려오게 되질 않나, 이렇게 포위당했는데도 원술하고 말다툼만 하면서 아무것도 하질 않고 있어서요. 그 여상국에게는 정말 정이 뚝 떨어졌습니다. 그래서 부디 조조 님을 거역하는 그 악당에 벌을 내려주십사 해서요."

"어떻게 요새를 빠져나왔지?"

"동료가 망을 봐주는 동안에 성벽 밑으로 밧줄을 늘어뜨린 다음에 그걸 타고 내려왔습니다. 제 말에 동의하는 동료도 꽤 많이 있고요. 제가 신호만 보내면 그 동료들이 문을 열어주기로 했거든요, 네."

하후돈은 시시하다는 듯이 코웃음 쳤다.

"주절주절 시끄러운 녀석이군. 그러니까, 승산이 없을 것 같으니 자기들끼리만 살겠다는 거겠지."

네에, 홍선이 황송하다는 듯이 그렇게 아부를 떨었다. 하후돈은 혐오감을 얼굴에 대놓고 드러내면서도 장수의 역할이 있기에 조조에게 물었다.

"어떻게 할 거냐, 맹덕. 내통자가 있으면 전투가 꽤 편하게 끝나긴 할 텐데. ……맹덕?"

조조는 갑자기 졸음이 온 것처럼 멍한 표정을 짓고 있었다. 잠시 후, 정신을 차리고 말했다.

"……홍선. 네 이야기는 잘 알겠다. 제안을 받아들이도록 하지. 멋지게 저 문을 열어 보거라."

"네에, 분부 받들겠습니다."

병사들이 홍선을 양쪽 옆에서 붙잡고 연행했다. 한편, 조조는 홍선뿐만이 아니라 하후돈의 존재조차 잊어버린 듯이 생각에 잠겨 있었다.

"……방해받지 않고 내 마음대로 진을 펼칠 수 있었고, 투항한 병사가 내통자가 되겠다고 자청했다. 싸우지 않고 진의 위세만으로 이긴다. 병사를 소모하지 않고 요새도 멀쩡한 상태로 손에 넣을 수 있다……."

"뭘 중얼대고 있는 거냐. 편하게 이길 수 있게 된 데다 너는 진을 펼치며 자신의 재능을 발휘했잖아. 좋은 일만 가득한데."

"그거다."

조조가 손가락을 들이대자 하후돈이 겁을 먹었다. 조조의 눈이 허무에 가까운 빛을 띠었다.

"이 상황, 내 취향에 너무 잘 맞는군."

복양 전투.

조조와 여포가 격돌했던 그 전투에서 조조는 궁지에 처했다. 삼국지연의에서는 적 쪽 내통자의 유도가 함정이었다는 스토리였고, 퇴로가 끊긴 조조는 하마터면 죽을 뻔했다.

내가 노린 것은 그 전투의 재현이다. 초선에게 물어보았는데, 조조는 여포와 싸우게 되는 역사를 알고 있긴 하지만 자세한 내용까지는 듣지 않았던 모양이었다. 그렇다면 조조의 경계심도 약할 테고, 위화감을 느낀다 하더라도 낚기 위한 미끼를 준비해 두었다.

우선 요새에 남겨두고 온 홍선에게 내통자 역할을 맡겨서 조조에게 항복시키고, 조조군을 요새 안으로 끌어들인다. 그런 다음에는 요새의 문을 닫고 불을 지르고 나서 분단된 조조군을 각개 격파…….

"……까지는 안 돼요."

나는 말 위에서 말했다. 항상 그랬듯이 나는 마초와 같은 말을 타고 그녀가 나를 뒤에서 끌어안은 듯한 자세로 숲속을 이동 중이다. 그 옆에는 백호인 미미를 타고 나아가는 손상향. 그녀는 내 이야기를 듣고 고개를 갸웃거리고 있었다.

"어째서 불을 질러서 몰살시키지 않아?"

"이유 중 하나는 원술이 반대하기 때문이죠."

요새의 주인은 원술이기에 미리 '요새에 불을 질러도 돼?'라고 타진해보았다. 조금 혼났다.

"다른 한 가지 이유는 그런다고 이길 수 있다는 보장이 없기 때문이에요."

복양 전투에서 조조는 함정과 여포의 추격을 피해서 생환했다. 그리고 최종적으로 여포에게 승리해서 처형했다. 완전히 똑같이 따라 하면 내가 여포의 역할을 맡게 되어버릴지도 모른다.

"이번 작전의 목적은 조조의 격파가 아니라 조조군을 물러나게 만드는 거예요. 그러니 병량이라는 적의 약점을 찌를 거고요."

"요새는 내버려 둬도 돼?"

"조조를 묶어두기만 하면 충분해요. 그건 요새를 담당하고 있는 사람들에게도 전해두었고요."

좀 전에 요새로 간 조운뿐만이 아니라 감녕도 그쪽에 남아 있다. 비웅군 중 대부분도 복병으로서 요새 안팎에 숨어 있고, 조조에 대한 복수심으로 불타오르고 있는 원술도 거기 있다. 병사들을 숨겨두는 데 유리한 지형을 파악하고 있었던 걸 보니 역시 요새를 세운 주인이라고 할 만하다.

그리고 우리 병량 공격조는 마초와 나머지 비웅군, 그리고 손상향이 이끄는 손가의 병사들이다. 평소에는 떠들썩한 그들도 이번에는 분위기를 파악했는지 매너 모드로 은밀하게 행군하고 있다.

이 비웅군과 손가의 연합군은 길도 제대로 나 있지 않은 숲속으로 계속 나아가고 있다.

"이민족을 끌어들인 건 정답이었군."

마초가 말했다. 조조군의 병량 집적 거점이 이런 산속에 숨겨져 있을 줄은 예상하지 못했기 때문이다. 앞서가며 안내를 해주고 있는 이민족의 척후가 없었다면 위치를 알아내는 것만도 하루가 넘게 걸렸을 것이다.

───왠지 복양보다는 관도 전투와 비슷해지는 것 같은데…….

관도 전투 때는 조조가 적의 병량 집적 기지를 불태워서 형세가 역전되었고, 대승을 거두었다.

나는 이제부터 그 조조의 역할을 조조 상대로 해내려 하고 있다. 이런 역사의 이레귤러가 어떻게 작용할지, 나는 아직 모른다.

"동백, 혹시 초선을 만났어?"

갑자기 마초가 그렇게 물었기에 나는 당황해버렸다.

"뭐, 뭔데요! 갑자기!"

"아니, 그러고 보니 복숭아 향기가 풍긴다 싶어서. 장안에서 멀리 떨어진 이곳에 그렇게 연약해 보이는 여인이 올 것 같진 않지만……."

"뭐, 그냥 생각하기에는 그렇죠."

──순간이동을 쓸 수 있는 선술 안드로이드라는 사실을 모른다면 말이지.

그 초선은 지금 어디 있는지 모른다. 나를 위해 장안으로 날아가서 상사의 병량 유통에 대해 조사하고 연락을 취해주기도 하고 있었는데, 또 자취를 감춰버렸다.

정체를 밝힌 지금도 무슨 생각을 하는 건지 알 수가 없는 여자다. 왠지 모르겠지만 이곳 형주에 오래 머무르는 걸 피하는 것 같아 보이기도 했다.

"동백 님."

이민족 대표인 승노인이 노인답지 않게 정정하고 조용하게 다가와서 그렇게 속삭였다.

"이제 곧 그곳에 도착할 겁니다. 준비하시길……."

"알겠습니다. 일단, 병사들에게 정지 명령을──."

"아니, 그 반대야."

마초가 그렇게 말했고, 갑자기 말이 뛰어가기 시작했다.

"마초?! 잠깐만요, 지금은 은밀 행동 중……."

"아니야, 이미 시작되었어!"

마초는 그렇게 말하며 계속 옆쪽을 노려보고 있었다. 내 눈에는 나무들에 가려서 아무것도 보이지 않……, 아니다. 우리와 나란히 달리는 그림자가 있었다.

뒤쪽에서는 호랑이의 숨소리가 들려왔다. 손상향이 마초에게 소리쳤다.

"동백을 이쪽으로!"

"부탁하마!"

손상향과 마초가 나눈 대화에는 내 의도 같은 게 끼어들 여지가 없었고, 그것은 올바른 판단이었을 것이다.

마초가 나를 뒤로 밀자 나는 손상향이 타고 있던 하얗고 푹신푹신한 털 위로 떨어졌다.

땅바닥으로 떨어지지 않게끔 손상향이 나를 끌어안았다. 그사이 내가 본 것은 마초에게 달려든 그림자———, 양주에서 온 기병의 모습이었다.

"염행!"

"여어, 꼴사나운 마초!"

나기나타와 마초의 곡도 사이에서 불똥이 몇 번 튀었다. 어느새 근처 숲에서 적들이 차례차례 튀어나와 전투가 산발적으로 시작되었다. 예정과는 다른 전개 때문에 나는 생각하는 것을 포기할 뻔했다.

이런 숲속 깊은 곳에 병량고를 숨겨두었으니 조조군은 분명히 방심하고 있을 것이다, 기습해서 병량을 태운 다음 철수하기만 하면 된다……, 라는 예측은 어차피 문외한의 희망적인 관측에 불과했던 모양이다.

"동백! 이대로 나아갈게! 괜찮지?!"

손상향은 내 대답도 기다리지 않고 병사들에게 말했다.

"손가 전진! 목표는 병량고!"

혼란스러운 상황인데도 손가의 공주의 외침은 잘 들렸고, 손가의 병사들도 그 목소리를 놓치지 않았다.

"알겠습니다~." "공주님의 후방은 저희가 맡겠습니다~." "이쪽이야! 이쪽! 벌써 들켰대!"

이곳저곳에서 경박한 목소리가 들렸고, 손상향이 나아가는 곳으로 자연스럽게 병사들이 모여들었다. 각자 손상향의 사방에서 연계해 그녀를 지키며 산발적으로 덤벼드는 적의 공격을 전부 쳐냈다. 손견이 쓰러진 뒤로도 손가의 결속력은 건재한 모양이었다.

"멈춰라!"

손상향이 손을 들어 올리자 진군이 딱, 멈췄다.

눈앞 100미터 정도에 막사가 늘어선 탁 트인 곳이 있었다. 수비하기 위해 나온 무장한 병사들의 선두에 있는 것은 대머리 남자.

"……전위!"

손상향이 눈을 크게 뜨고 이름을 부르자 나는 머리를 감싸 쥐고 싶어졌다. 암살자에게 병량고 수비 같은 걸 맡길 리가 없다는 내 예측은 완전히 빗나갔다. 기습 실패뿐만이 아니다———, 손상향을 요새에서 멀리 데리고 와서 원수와 마주치는 걸 피하려 했는데.

"동백, 미미 위에서 내려. 이제부터 가장 위험한 사지로 돌진할 거야. 지켜줄 여유가 없어."

"……역시 싸울 셈인가요."

그녀뿐만이 아니라 손가 전체가 살기를 뿜어내고 있었다. 나 같은 건 안중에 없는 것 같았다.

"동백."

"알았다고요……, 부탁이니까 죽진 말아주세요."

미리 위에서 뛰어내린 다음, 병사들 사이를 빠져나갔다. 나는 숲속으로 뛰어들어서 몸을 숨길 곳을 찾아보았다. 역시 요새에 남아 있을 걸 그랬다. 하지만 그쪽도 나름대로 수라장이다. 이렇게 된 건 기습이 실패했기 때문이고, 좀 더 신중하게 진행했다면————.

그렇게 뇌내 반성회를 진행하던 내 앞으로 손을 스윽 내민 사람이 있었다.

"으아악?!"

"조용히 하시길, 동백 님."

어디에 숨어 있었던 건지, 나무 그늘에서 승노인이 조용히 나타났다. 잘 살펴보니 그 주위에는 이민족 병사 여러 명이 나무와 풀숲 안에서 몸을 숨기고 있었다. 아군이라 안심하긴 했는데, 전투가 시작되자마자 재빨리 숨은 걸 보니 역시 강족 전사들과는 멘탈이 전혀 다른 것 같다.

승노인이 목소리를 낮추며 말했다.

"실은, 동료들이 도움이 되어드리고 싶다고 해서요."

"지금요?"

솔직히, 싸움을 잘할 것처럼 보이진 않는데.

"동백 님께서는 적의 병량을 없애버리고 싶으신 거지요?"

"네, 그러기 위해 온 거니까요."

"하지만 지금은 불을 지르려 해도 아마 적에게 들켜서 그러지 못할 겁니다."

"난전 중이라고는 해도 적의 생명줄이니까요, 필사적으로 지키려 하겠죠."

노인과 다른 사람들이 속닥이며 이야기를 나눈 다음 그 내용을 내게 알려주었다.

"그들은 한인 상인들이 식량 가격을 너무 올려서 곤란하다고 합니다. 한인과의 거래에 의존하고 있는 부족도 많으니까요."

"……음, 그래서요?"

"그러니까, 가져갈까 합니다."

"뭘요?"

답을 거의 알고 있긴 했지만, 나는 되물어버렸다. 그리고 승노인이 대답했다.

"저 병량을 저희가 가져가고 싶습니다. 허락해주시겠습니까."

◇

해가 지려 하는 어둑어둑한 시간.

홍선이 횃불로 신호를 보내자 요새의 문이 열렸다.

미리 정한 대로 조조군 병사들이 요새로 돌입한다. 그리고 어둠을 찢어발기는 함성이 동백군의 허를 찔러 대혼란에 빠진다, 그럴 예정이었다.

"……기습했다는 손맛이 없군. 역시 함정인가."

"어, 아뇨, 헤헤, 이상하네요."

식은땀을 흘리고 있던 홍선에게 병사들이 양쪽에서 창을 들이대고 있었다. 두 손은 묶였고, 무기도 빼앗긴 상태였다. 허저는 하품을 억누르며 철봉을 어깨에 걸쳤다.

"주군님, 이 녀석, 죽일까?"

"아니, 아직."

"이 녀석, 주군님에게 거짓말을 했잖아? 그럼 죽이자고~?"

"아니, 물어보고 싶은 게 있다."

조조가 몸소 칼을 뽑아 홍선에게 들이댔다.

"어째서 복병이 움직이지 않지? 목적이 뭐냐. 혹시……."

홍선의 얼굴을 들여다보았다.

"내가 안으로 들어오는 걸 기다리고 있는 건가?"

"헤, 헤헤, 그, 글쎄요……."

'주군!', 병사가 그렇게 외치며 화톳불이 비추고 있는 범위 안으로 뛰어왔다. 차림새로 보아 요새에 돌입했던 부대였다.

"요새는 텅 비어 있습니다. 지하 감옥에 여포의 부하로 보이는 포로가 있는 정도고……."

"병량은?"

"병량고는 잠겨 있습니다. 부수려면 시간이 오래 걸릴 것 같습니다."

"그 정도는 하겠지."

"그리고, 이건 장군들이 조사하고 있는 참입니다만……."

"뭔데."

"동백의 방으로 보이는 곳에 주군 앞으로 남긴 듯한 시 같은 것이 있습니다."

누각을 병사들과 함께 조사하던 하후돈은 나타난 조조를 보자마자 한쪽밖에 없는 눈을 치켜떴다.

"멍청……, 왜 왔어?!"

"시라는 걸 보러 왔다."

"바보냐! 너를 일부러 진에 남기고 왔는데, 함정이라는 걸 알면서도 오는 녀석이 어디 있어!"

"'내가 일을 그르치는 이유는 시정(詩情)과 술, 그리고 미녀'……, 내가 한 말을 기억하고 있다니, 귀여운 구석이 있군. 그래서, 시는 어디 있지?"

"또 무슨 영문도 모를 말을……."

성큼성큼 걸어가는 조조를 하후돈이 빠른 걸음으로 쫓아갔다. 그때.

째앵~!

어디선가 징 소리가 울려 퍼졌고, 그 소리를 들은 장수들의 움직임이 급해졌다.

요새 이곳저곳에서 함성이 솟구쳤고, 투쟁의 수라장이 주위로 퍼져나갔다. 하후돈이 조조를 감싸며 소리 질렀다.

"맹덕! 네가 어슬렁어슬렁 나오니까 이렇게 되었잖아!"

"미안하다."

조조는 쓴웃음을 지으며 어깨를 으쓱였다. 항상 그랬지만, 진짜로 미안해하는 낌새는 없었다.

"허저! 너는 이 바보를 지켜라, 알겠지!"

부하들이 전장으로 가는 것과는 반대로, 조조는 누각 안쪽으로 발을 내디뎠다. 남양의 집무실과 취향이 똑같은 내부. 벽에 글자가 직접 새겨져 있었다.

"……호오. 나라는 망하였으나 산하는 그대로 있다……?"

◇

지금쯤 요새에서는 내가 남긴 시를 조조가 읽고 있을 무렵일까.

두보의 시를 선택한 것은 내가 기억하고 쓸 수 있는 몇 안 되는 시였기 때문이다. 조조의 흥미를 끌기 위한 미끼, 조조를 이길 수 있는 몇 안 되는 어드밴티지다.

대놓고 조조를 노리는 미끼이긴 했지만, 노련한 만년의 위왕이라면 모를까 지금의 젊은 조조에게라면 통할 것 같다는 생각도 들었다. 조조는 천재적인 영걸이지만, 완전무결한 인생을 걸어온 인물이 아니다.

그동안에 내가 조조군의 병량을 수색, 소각하려는 계획이었는데.

나는 지금, 이민족인 승노인과 함께 풀숲 속에 숨어서 조조군의 병량 기지를 노려보고 있다. 기습은 실패해서 난전을 벌이게 되었다. 병량을 지키고 있는 병사들은 우리의 기습에도 침착하게 대처하며 우리 병사들이 병량에 다가가지 못하게 하고 있다. 대오를 짜고 진을 친 모습은 일사불란했기에 그들의 숙련도를 알 수 있었다.

하지만 후방에서 수비를 맡고 있는 병사들은 당황한 것처럼 보였다. 혹시나 경험이 부족한 2군 병졸이 후방에 배치된 건지도 모르겠다.

"아, 왔네."

후다닥, 짐수레를 끌고 온 병사들이 나타났다. 그들은 조조군과 똑같은 차림새지만, 그 정체는 승노인이 데리고 온 이민족들이다. 이 혼란을 틈타 사로잡은 조조군 병사들로부터 무장을 빼앗아서 변장했다.

"전투에는 의욕이 없던데, 납치부터 약탈까지는 솜씨가 정말 좋던데요."

"그들이 동백 님께 협력하는 이유는 보수를 받아 동료들을 굶게 만들지 않게끔 하기 위해서입니다. 바로 앞에 밥이 있으니 의욕이 생긴 모양이지요."

그런 의욕이구나……, 뭐, 그들이 보기에는 한인들끼리 벌이는 싸움 같은 건 알 바 아닐 테니까.

"잘될까요. 아군인 척하면서 병량을 가지고 나온다니."

그 책략을 제안한 건 승노인이다. '만약에 적을 막아내지 못하고 병량이 불타게 되면 끝장이다, 그러니 병량을 안전한 곳으로 옮기라는 지시를 받았다'……, 감시하고 있는 병사들을 그렇게 속이자는 제안이었다.

"저 말고도 한인 말을 할 수 있는 자가 한 명 더 있습니다. 원래는 군에 있었던 모양이니, 병사 행세를 하는 것도 문제가 없을 것 같군요."

그 병사가 누구인지 한눈에 알 수 있었다. 조조군의 병사에게 호들갑스러운 몸짓을 보이며 말을 걸고 있고, 키가 큰 남자다. 다리를 절고 있긴 하지만 몸이 정말 튼튼한지 서 있는 모습에서 불편한 느낌이 들지 않았다. 전장에 익숙한 것 같다고 해야 하나, 갑옷을 입고 진지에 서 있는 모습이 너무 잘 어울린다.

그런 당당한 모습 덕분일까. 잠시 후, 가짜 병사들이 병량이 잔뜩 든 자루를 수레에 싣기 시작했다. 잘 속여넘긴 모양이었다. 나와 승노인이 동시에 주먹을 쥐었다.

병사들이 짐수레를 끌고 왔다. 한 번에 전부 다 옮기는 건 불가능하기 때문에 숲속에 병량을 내려서 이민족 동료들이 나눈 다음, 빈 수레를 가지고 돌아가서 의심을 살 때까지 반복하기로 했다.

예정대로 짐수레가 풀숲 안으로 들어온 순간.

휘익, 휘익, 휘익, 바람을 가르는 소리가 들리나 싶더니 날아온 곡도가 바로 옆 나무에 꽂혔다. 주위에 있던 이민족들이 비명을 질렀고, 나도 엉덩방아를 찧을 뻔하다가 그 칼이 마초의 칼이라는 걸 눈치챘다.

뒤늦게 마초 본인이 말과 함께 우리의 눈앞으로 뛰어들었다.

"마초?!"

"미안하다! 동백! 도망쳐!"

마초가 나무에 꽂혀 있던 곡도를 뽑아 들고 겨눈 쪽. 좁은 나무들 사이를 재주도 좋게 말을 몰아온 기마 장수가 모습을 드러냈다. 짐승 뼈로 만든 자루를 어깨에 걸치고 지상을 내려다보았다.

"묘한 기척이 느껴지는 쪽으로 마초를 날려보니 멋지게 들어맞았군. 상국 각하나 되시는 분께서 병량 도둑질을 하고 있냐고."

"염행……!"

"비켜, 꼬마 상국. 꼬맹이 같은 건 베어봤자 재미도 없지만, 거기 있는 가짜는 예외야."

염행이 나기나타 같은 무기를 겨누었다. 나는 이해할 수 없는 증오와 살기가 마초를 향해 뿜어져 나왔다.

"무기에 익숙하지 않다는 게 뻔히 보여. 말은 양주 말도 아니고. 가짜인 네게는 어울리는 꼬락서니가 되었구나, **마**

초 님."

"무기와 말, 그리고 이름인가. 고집하는 부분이 너답구나, 염행."

나기나타가 휘어지자 끄트머리가 사라졌다. 내 눈에는 보이지도 않는 속도로 채찍 같은 참격이 마초의 곡도와 부딪혔다. 키이이이이이잉……, 금속이 울리는 소리가 주위에 울려 퍼졌다.

"괴롭힘당하기만 하던 녀석이 잘난 척하면서 도발하지 말라고. 네 그 추태, 양주에 부끄럽지도 않냔 말이다. 네 몸에 흐르고 있는 강족의 피가 울겠어."

"부끄럽냐고? 무슨 소리지?"

마초는 이마에 땀을 흘리면서도 말을 천천히 염행 쪽으로 다가가게 만들었다. 두 사람의 간격 차이는 확실했지만, 너무 긴 염행의 간격 안으로 마초가 조금씩 내딛기 시작하고 있었다.

"천명에 휘둘리는 아이를 지키고 그녀의 방패가 된다. 그것을 긍지가 아니라 수치로 본다면, 그런 건 내 고향 같은 게 아니야!"

마초의 말이 솟구쳤다. 염행의 나기나타 사정거리 안을 최단거리로 내달려 곡도 간격 안에 포착했다. 그녀의 특기인 말의 운동을 이용한 일격.

하지만 곡도의 칼날은 짐승 뼈로 만든 자루에 쉽사리 막혔다.

"……네가 지키려 하는 건 저 꼬맹이가 아니잖아."

뿌득, 염행이 타고 있던 말의 발굽이 소리를 냈다. 땅바닥에는 그을린 듯한 자국이 남았고, 나는 마초의 기술 중에서 그것과 비슷한 것을 본 적이 있다. 말의 몸을 이용해서 공격을 흘리는 기술.

"네가 지키고 싶어 하는 건 예전의 너 자신 아니냐? 어엉?!"

이번에는 염행의 손놀림조차 내게는 보이지 않았다. 나기나타의 공격은 까만 선풍으로만 보였고, 그것이 염행을 중심으로 퍼져나가자 나기나타의 길이보다 두 배는 멀리 떨어져 있던 내 발치까지 닿았다.

그 위력의 중심 근처에 있던 마초는 마치 공처럼 날아가 버렸다.

"마초!"

땅바닥에 내동댕이쳐져서 굴러간 마초에게 달려갔다. 아무리 생각해도 목숨이 위험할 정도로 심하게 날아갔지만, 마초는 피투성이가 된 팔을 내밀며 나를 밀쳐냈다.

"괜찮아. 이건 말의 피야. 치명상은 피했나."

쩽강, 소리를 내며 곡도의 칼날이 떨어져 내렸다. 도신 전체에 금이 갔고, 새것이었던 칼이 몇 년 동안 계속 쓴 것처럼 너덜너덜해진 상태였다.

"무기가……!"

"위험하니까, 물러나————."

마초의 표정이 굳었다. 그녀의 시선을 따라가 보니 염행도 마찬가지로 같은 방향을 보고 있었다.

이민족들은 이미 병량을 챙겨서 도망친 뒤였다. 남아 있는 것은 승노인과 활을 든 병사 한 명.

마치 시간이 멈춘 것 같은 분위기 속에서 삿갓을 쓴 병사가 이쪽을 향해 활을 겨누고 있었다.

"저번에 만나서 이야기를 했을 때도 형주 산속이었지, 동백 쨩♡"

"여포……?!"

◇

요새에서 신호로 정해둔 소리가 울린 순간, 조운이 호령을 내렸다.

"적이 요새의 함정에 걸렸다! 전진!"

복병으로서 그때까지 숨어 있던 비웅군은 일제히 진군하기 시작했다. 처음에는 반항적이었던 그들도 지금은 조운을 진심으로 따르고 있기에 진군하는 모습도 흐트러지지 않았다. 장군을 목표로 삼고 있는 조운에게 있어서는 꿈만 같은 시간이었지만, 그 감동을 곱씹고 있을 여유는 없었다.

적 병사들이 신속하게 방향을 전환해서 진을 갖춘 채 기다리고 있다.

――――젠장, 태세를 너무 빠르게 다잡았는데!

적의 지휘와 숙련도에 질투가 솟구치는 것을 느꼈다. 망설임도 들었다. 이대로 돌진해야 할까, 아니면 앞서가는 기병들에게 속도를 늦추라고 한 다음 후속 부대와 함께 싸워야 할까.

――――아니, 그게 아니야. 적 병사들은 충분히 당황했어……, 당황했는데 이 정도냐고, 빌어먹을.

시간을 오래 끌면 상대방이 충격에서 회복해버릴 것이다. 그럴 틈은 주지 않는다. 회복하기 힘들 정도로 큰 구멍을 적진 한복판에 뚫어주겠어.

기병이 충돌했다. 뒤늦게 적이 날린 화살이 머리 위를 넘어갔다. 조금만 늦었다면 저 화살이 조운 일행을 향해 날아왔을 것이다. 조운은 일격에 적진 깊숙이 파고들 생각이었다. 안쪽에서 날뛰어주면 적은 비웅군 전체에 대처하는 게 늦어진다.

그렇게 생각한 순간, 옆에서 조운의 목을 노리고 화살이 날아왔다. 따끔, 화살촉이 목을 스친 것만으로도 어지간한 장수라면 하늘에 무운을 감사했을 것이다. 하지만 조운 같은 경우에는 아슬아슬하게 피한 것이 천운이 아니라 계산에 의한 것이었다.

대형 쇠뇌구나. 조운은 화살의 기세를 보고 그렇게 짐작했다. 경력이 담겨 있지 않았고, 이 정도라면 마초가 장난삼아 쏘던 화살이 더 위험하다. 하지만 조운은 지휘관을 저격하려 하는 계산된 그 살의를 위험하다 여겼다.

"저 녀석인가."

외눈 장수가 일어서서 대형 쇠뇌를 이쪽으로 겨누고 있었다. 기마술에 자신이 없는 조운은 말머리를 돌리는 동안에 화살을 맞을 것 같다고 추측하고는 말을 버렸다. 땅 위를 뛰어가 저격수를 찌르러 갔다.

외눈 장수도 조운의 행동을 보자마자 곧바로 반응을 보였다.

대형 쇠뇌를 버린 다음, 양손에 소형 쇠뇌를 들었다. 경공으로 도약하며 머리 위에서 화살을 퍼부었다.

억지로라도 거리를 벌리는 저 대처———, 전투에 꽤 익숙한 사수다. 쓸데없는 짓을 하기 전에 얌전히 만들어야 할 것이다.

조운은 쏟아져 내리는 화살을 쳐내며 적의 경공에 청경을 사용했다. 공중에서 궤도를 완전히 파악한 다음, 착지점을 향해 달려갔다. 예측은 한 치도 어긋나지 않았고, 그 쇠뇌잡이의 착지에 창을 내지르기에 최고의 간격.

"간다!"

외눈이 공중에서 소리쳤다. 쇠뇌를 두 개 다 버린 다음, 등에서 갈고리 형태로 휘어진 칼을 뽑아 들고는 낙하하는 기세를 실어 내리쳤다. 근접전이 서투른 궁수로 보이게끔 해놓고, 다가온 상대의 허를 찌르며 백병전에 나선다———, 전투에 익숙한 강자의 방심을 불러일으키는 절묘한 함정이다.

하지만 조운의 청경을 속일 수 있을 정도는 아니었다.

내려친 일격을 창자루로 짊어지듯이 받아낸 다음, 칼날을 미끄러뜨리고 측면으로 파고들었다.

그때, 상대방의 눈이 불편한 왼쪽을 선택한 것은 조운이 심술을 부렸기 때문이지만, 무인으로서의 고집이기도 했다. 조운은 사투를 벌이는 와중에 적의 불리함을 이용하지 않는 것은 경의가 부족한 행동이고, 사양하는 게 오히려 비열하다고 믿었다.

그 적의 왼쪽 토시에 갑자기 두꺼운 칼날이 생겨났다.

———숨겨둔 칼?!

적이 내려친 칼날을 조운이 겨우 창으로 막았다. 막아내자 적이 갈고리 형태의 칼날을 걸쳤고, 조운의 등에 기분 나쁜 예감이 스쳤다.

"———……쳇!"

묘한 경력의 흐름을 느낀 조운이 창을 놓았다. 두 칼날 사이에서 창이 비틀리다 솟구쳤다. 창을 계속 쥐고 있었다면 악력이 견디지 못하고 놓쳐서 무방비하게 빈틈을 드러냈을 것이다.

그 미래를 피한 조운은 적의 몸통에 발차기를 때려 넣었고, 그 틈을 타서 창을 회수한 다음 거리를 벌렸다.

"크윽……!"

외눈 장군은 괴로워하는 소리를 내며 그 자리에 서 있었다. 추가타는 날리지 않았다.

조운에게는 뜻밖이었다. 내공이 빈약한 조운의 공격은 일류 무인 상대로는 기습해야 놀라게 만드는 게 한계다. 제대로 맞고 움직이지 못할 정도의 무게가 팔다리에 실릴 리가 없다.

만약에 그런 경우가 있다면, 상대방의 내공이 조운과 비슷할 정도로 약한 상황일 것이다.

외눈 남자는 시간을 들여 호흡을 가다듬은 다음, 조운에게 말했다.

"이름을 들어볼까."

"조운. 자는 자룡."

"하후돈. 자는 원양. 방금 그 연계를 힘으로 돌파한 자는 있었지만, 기술로 뛰어넘은 자는 지금까지 없었다."

"특이한 토시네. 허창에서 유행하나?"

"무술의 재능이 떨어지고 내공이 빈약한 몸이기에 남들보다 더 많은 노력과 잔재주가 필요했지."

하후돈은 그렇게 말하며 어디선가 날아온 화살을 보지도 않고 쳐냈다.

"웃고 싶다면 웃어라. 익숙하니까."

"웃을 리가 있나, 노력가 녀석."

실제로 웃을 상황이 아니었다.

하후돈의 갈고리칼에서 느껴지는 경력의 진동은 벌레 울음소리 정도, 하지만 끄트머리에 맺힌 살기는 극도로 다

듣어진 음기로서 피어오르고 있다. 쓸데없는 힘까지 뒤섞인 초짜의 검도 아니고, 여포나 마초 같은 힘의 격류도 아니다.

어둡고 조용한 그 경지는 범부가 피땀 어린 노력을 거듭한 끝에 도달한 것이라는 사실을 조운도 알고 있었다.

"조운, 왼쪽 눈을 신경 쓰지 않은 것에 대해서는 고맙다는 인사를 하마. 나도 사력을 다해 네놈을 죽이겠다."

———이 남자, 여포 이상으로 천적일지도 모르겠다.

지금까지 무인으로 살아오면서 다른 사람의 재능에 대한 질투와 분노로 무예를 갈고 닦으며 싸워왔다. 항상 머리를 굴리고, 자신보다 강한 일류에게 필사적으로 달려들었다.

하지만……, 자신과 비슷한 적과 벌이는 사투는 이렇게나 마음이 내키지 않는 법이었던 걸까.

조운이 하후돈과 맞서 싸우기 조금 전———, 고순은 오랜만에 지상에 있었다.

지하 감옥에 갇혀 있다가 조조군의 병사에게 발견되었고, 지상으로 끌려 나온 뒤로도 중얼중얼, 혼잣말 같은 자문자답을 되풀이하고 있었다. 수갑과 족쇄를 차고, '기분 나쁜 녀석이다'라며 매도와 발길질을 당했는데도 고순은 저항하지 않았다.

그는 순순히 끌려와서 조조군의 본진에 도착했다. 급하게 돌아다니는 병사들을 보고 정겨운 냄새를 느끼자 그제야 고순의 자문자답이 멈췄다.

"이름은?"

고개를 들어보니 어느새 막사 안에 있었다. 눈앞에 있는 남자는 걸치고 있는 갑옷과 태도로 보아 조조군 안에서도 나름대로 높은 지위에 있을 것이다.

"……고순."

"고순……, 고순……이라."

남자는 죽간을 펼치고 글자를 보다가 잠시 후, '이건가'라고 중얼거렸다.

"고순, 여포군의 잔당이군? '재능은 있으나 여포에 대한 충의 때문에 아군이 될 가능성이 희박하기에 처형해도 된다'. 일단 물어보는 건데, 조조 님을 섬길 생각이 있나?"

"없다."

"그렇겠지. 끌고 가라."

간단한 대화를 통해 고순의 운명이 정해졌다. 이제야, 고순은 무거운 짐을 내려놓은 듯한 기분이 들었다. 난세에서 충의 따위는 미움을 살 뿐. 이것도 자신이 선택한 길이라고 생각하면 후회는 없다.

병사들에게 재촉당하며 막사를 나서려던 순간, '아니, 잠깐만 기다려라'라는 목소리가 들렸다.

남자는 수염을 쓰다듬으며 죽간을 내려다보고 말했다.

"고순. 너, 장료라는 남자를 모르나?"

"……어째서 장료 이름이 나오는 거지?"

"조조 님께서 여포군 잔당 중에서는 가장 우선적으로 찾으라고 하셔서 말이다. 어떻게 해서든 찾아내서 설득하라고 하셨지. 너, 여포 밑에서 동료였으니 뭔가 알고 있을 텐데? 협력해준다면 네 처우도 다시 생각해줄 수 있다. 어떤가?"

"…………."

"그 표정은 뭐냐. 흥, 모른다면 됐다. 얼른 목을 쳐버려라."

병사들이 걷어차서 걷게 만들 때까지, 고순은 그 남자의 얼굴을 바라보고 있었다.

고순은 죽을 곳으로 걸어가며 생각했다. 어째서 장료인 걸까. 어째서 내가 아닐까.

내가 장료보다 뒤처진다고 생각하진 않는다. 무인으로서는 더 뛰어나고, 천하무쌍 밑에서 무예를 경쟁한 사이다. 하지만 그가 선택받고 내가 선택받지 못한 이유는 뭐지?

왠지 모르겠지만 떠오른 것은 동백의 얼굴. 그 소녀는 어린 나이인데도 고순이 알지 못하는 척도를 지니고 있었다. 지금 내가 시험받은 것도 그런 척도일 것이다. 그 결과, 내가 아니라 장료가 선택받았다.

"이 근처면 되겠지."

병사가 그렇게 말한 것이 들렸다. 끌려온 곳은 진지에서 벗어나 인기척이 없는 곳이었고, 시체가 잔뜩 버려져 있었다. 그러고 보니 동백과 처음 이야기를 나눴던 것도 이런 곳이었다는 생각이 들었다. 병사들은 잡일을 처리하려는 듯이 마음 편하게 이야기하고 있었다.

"얼른 정리해 버리자고. 이런 일은 별로 큰 공도 못 되니까."

"그러게. ……야, 저항하지 마라. 이 검은 너에게 베푸는 자비니까. 힘을 빼고 편히 있으면 금방 끝나. 고통을 없애 주는 약이라 생각하라고."

병사가 검을 뽑아 들며 말했다. 그때———, 고순은 다시 정겨운 소리를 들었다.

남자들의 함성, 칼이 부딪히는 소리, 말발굽이 울리는 진동. 그것들은 요새가 있는 쪽에서 들려왔다.

병사들이 동요하는 모습을 보였다.

"이봐, 역시 요새에 복병이 있었던 거 아니야……?"

"진정하라고, 이 정도쯤은 조조 님께서도 내다보고 계셨을 거야. 금방———."

"아, 그렇군."

고순의 입에서 자연스럽게 그런 말이 흘러나왔다. 병사 두 명이 깜짝 놀라며 돌아보았지만, 고순은 아랑곳하지 않았다.

"결국, 이게 내 본질인가? 내가 여포 님의 어떤 것에 이끌렸는지 묻는다면, 역시, 그 답은……."

황홀한 표정으로 혼잣말을 중얼거리는 고순을 보고 병사들이 겁을 먹으며 검을 겨누었다.

"야, 이제 와서 겁이 난 건지는 모르겠지만, 묘한 짓은 하지 말라고. 얌전히———."

쿠웅!

안에 무언가가 가득 찬 통을 떨어뜨린 듯한 소리가 들렸다. 고순이 몸을 크게 숙이고 무릎을 병사의 명치에 때려 넣고 있었다.

기묘한 소리를 흘리며 그 병사는 소리 없이 쓰러졌다.

"어? 아, 어? ……뭐어어?"

혼자 남은 병사가 떨면서 검을 겨누었다. 매우 겁을 먹은 상태라 고순에게는 전혀 위협적이지 못했다.

"무인의 움직임을 막고 싶다면, 손뿐만이 아니라 다리와 목도 묶었어야지. 걸어가게 하는 게 귀찮다고 하지 말고."

"너, 너, 갑자기 뭐야……!"

"너희들 덕분에 이제야 나 자신의 정체를 알았다."

무릎으로 수갑을 쉽사리 부순 다음, 고순이 계속 말했다.

"나는 그저 싸움을 좋아하는 것뿐이다. 무인의 고결함이나 충의를 중시하는 마음에 거짓은 없다만, 그 본성은 결국 여포 님과 별다른 차이가 없지. 자비든 악이든, 너희가 자신의 검에서 어떤 철학을 찾아내든 그건 사람을 죽이는 도구일 텐데. 나도 마찬가지다. 의미를 찾아 헤매다 존재 방식을 잊고 있었다."

쓰러진 병사에게서 갑옷과 무기를 빼앗았다. 오랜만에 상쾌한 기분이 들었다. 그러고 보니 전투뿐만이 아니라 무기를 든 것도 오랜만이다.

"나는 나 자신이 하고 싶은 싸움을 할 거다. 문제는 어느 쪽에 붙을지인데……."

갑옷으로 갈아입은 고순의 등을 향해 병사가 검을 내질렀다. 손맛은 느껴지지 않았고, 왠지 모르겠지만 병사는 자신의 몸이 공중에 떠 있다는 사실을 눈치챘다. 다음 순간에는 땅바닥에 내동댕이쳐져서 숨이 막혔다.

눈앞에는 좀 전까지와는 전혀 다른 사람이 된 고순의 얼굴이 있었다.

"조조는 장료를 원하는 모양이로군. 그럼 나는 몸소 나를 찾아와준 동백 쪽에 붙도록 하지. 운좋게 **적의 본진**에 잠입할 수도 있게 되었으니 말이야."

붉게 물든 밤하늘을 등지고 고순이 고양된 표정으로 검 끄트머리를 병사에게 들이댔다.

"그럼 우선, 진의 배치부터 말해주실까."

여포. 삼국지 최강의 남자.

그리고 환생한 내 앞을 가로막았던 최초의 장애물이다. 요새에서 벌어진 전투로 중상을 입고 어디론가 사라졌었는데. 마초, 조운, 고순, 모두가 재기할 수 없을 거라 생각했던 남자가 다시 나타났다. 화살을 메기고 있는 왼손은 손가락이 두 개 없어진 상태였다.

"네놈, 어떻게……!"

"처음부터 다 설명하라고? 그럴 리가 없잖아, 멍청아. 여기까지 오느라 꽤 고생을 많이 했으니까, 마지막 정도는 속 시원하게 날려야지."

마초가 내 몸을 뒤쪽으로 밀면서 감쌌다. 여포가 시끄럽게 웃음소리를 냈다.

"하하하하하! 그거 뭐야, 눈물이 나네! 내 화살을 맞으면 네 몸 같은 건 방패도 못 된다는 건 잘 알지?! 하하하하하!"

"야."

그때까지 조용히 지켜보고 있던 염행이 말했다. 우리와 여포 사이를 가로막으려는 듯이 나기나타를 내밀었다.

"아까부터 가만히 듣고 있자니, 뭐야, 너. 끼어들어서 설치지 말라고."

"지금 한참 좋을 때라는 건 보면 알잖아. 잠자코 보기나 하라고, 쓰레기야. 저 두 얼간이를 한방에 해치워줄 테니까."

"누가 그런 걸 허락했지? 죽고 싶나?"

"말조심해라, 촌놈. 내 활이라면 두 명이든 세 명이든 마찬가지니까."

"호오, 누굴 쏘겠다고?"

두 사람 사이에 살기가 소용돌이쳤다. 적들끼리 서로 노려보고 있는 지금 이 상황, 기뻐해도 되는 건지 모르겠다. 나를 지켜주고 있는 마초는 말이나 무기가 없고, 천하무쌍의 화살은 여전히 우리를 노리고 있다.

그 긴장을 깬 것은 나도, 마초도, 그리고 염행이나 여포도 아니었다. 그뿐만이 아니라 내가 지금까지 본 적이 없는 사람이었다.

차림새가 이민족과 똑같은 아이가 여포 앞에서 두 팔을 벌리고 있었다.

"......어?"

내가 맥빠지는 목소리를 낸 것은 그 아이가 나타난 순간을 보지 못했기 때문이다. 눈을 깜빡이고 나니 땅에서 솟아난 것처럼 보이기까지 했다. ───아니, 아니, 어디 사는 요괴 선녀도 아니고.

비슷한 감상을 품은 건 나뿐만이 아니었던 모양이다. 마초나 염행도 눈을 동그랗게 뜨고 그 아이를 보고 있었다.

"영?! 여긴 어째서!"

그렇게 외친 사람은 승노인이었다. 그리고 왠지 모르겠지만, 여포도 멍하니 영이라 불린 아이를 바라보고 있었다.

"......너."

영은 고개를 저었다. 그 모습을 본 승노인이 말했다.

"그렇다네! 무리해선 안 돼! 그 화살을 날리면 목숨이 위험하니!"

"그래서 어쨌다고."

여포는 다시 활을 겨누었다. 표적은 여전히 우리다.

"마지막 화살 한 발이라면 표적은 당연히 저 녀석들이지. 저 녀석들 때문에 나는 천하무쌍을 잃었으니까."

"잃은 것을 뒤쫓아서 날리는 화살에 무슨 의미가 있는가……."

"의미? 있지. 나를 완전히 얕보던 녀석을 쳐죽일 수 있으니까. 이대로 도망쳐서 이득 보게 둘 것 같냐고. 그러니까."

여포는 눈앞에 있던 아이에게 말했다.

"……비켜, 영. 나는 진짜 쏠 거다."

그 말은 진심일 것이다. 여포는 상대가 아이라 해도 봐주지 않는다.

하지만 내가 알고 있던 여포가 일부러 그렇게 경고 같은 말을 하는 캐릭터였나?

알 수 없는 아이, 승노인, 여포. 그들의 관계에 의문이 들었을 때, 처음으로 그 아이가 말을 꺼냈다. 이민족의 말인 것 같아서 의미를 알 수가 없었다. 그저 승노인에게 뭔가 말하는 것……, 아니, 명령을 내리는 것처럼 들렸다.

승노인은 곧바로 정신을 차리고는 내 쪽으로 뛰어왔다. 당황한 내 손을 잡고 나와 마초에게 말했다.

"지리는 잘 알고 있습니다. 도망치시지요."

"야! 영감!"

여포가 소리 질렀지만, 노인은 아랑곳하지 않고 내 손을 잡아당겼다.

"어서요!"

노인뿐만이 아니라 마초도 내 등을 떠밀며 말했다.

"가 줘, 동백. 나는 남아서 막겠어."

"마초?!"

"괜찮아. 내가 여기 있는 편이 시간을 벌 수 있으니까. 여포의 화살도 신경 쓰지 마, 가."

마초가 그렇게 말하며 나를 밀었고, 나는 두 손을 잡힌 채 숲 안쪽으로 들어갔다. 보아하니 두 손을 각각 노인과 아이가 잡고 있었다.

"어라?! 어느새……?"

돌아보니 어느새 여포 앞에는 아무도 없었다. 한순간에 내 옆에 나타났다고밖에 할 수가 없는데……, 혹시 순간이 동이 이 시대에 유행하기라도 했나?

──그래도 여포 녀석, 진짜로 화살을 쏘지 않았네.

마초가 한 말이 맞았다. 이렇게 된 이상, 그녀를 믿을 수밖에 없다. 지금까지도 그랬다.

그녀는 천하의 오호대장군 중 한 명, 마초다. 처음 만난 뒤로 지금까지 내 목숨이 걸린 판단에 있어서는 마초가 항상 옳았으니까.

"내 생각이 맞았군."

마초가 씨익 웃으며 말했다.

"여포. 이미 체력이 한계인 거지? 활을 들고 있는 것만으로도 벅차고, 겨우 그 정도 거리에서도 명중시킬 자신이 없구나. 그래서 화살을 날리지 못한 거고."

"시끄러워."

"그 아이의 등장이 네 계산을 망쳤군. 주절주절 이야기를 하던 탓에 다쳐서 얼마 남지 않았던 체력을 모조리 써버렸어. 목숨을 건 한 발, 빗나가게 만들 수는 없으니까."

"닥쳐……!"

여포는 분노에 몸을 떨면서 얼굴에 땀을 잔뜩 흘리고 있었다. 마초가 한 말은 정곡을 찔렀다. 천하무쌍을 위해 마련된 강궁은 화살을 메기는 데만도 체력을 소모한다. 그 자세를 계속 유지하면 체력이 떨어지는 것을 피할 수가 없다.

오산은 영의 등장과 자신이 예상보다 더 싸울 수 없는 몸이 되었다는 사실.

여포는 굴욕을 느끼며 천천히 활을 내렸다. 더 이상 오기를 부리다가는 그야말로 목숨이 위험하다. 할 수 있는 건 증오를 담아 마초를 노려보는 것 정도뿐이었다.

그런 마초를 향해 염행이 천천히 말을 타고 다가갔다.

"죽다 만 녀석 상대로 까불어대는 와중에 미안한데 말이지, 너도 마찬가지잖아."

짐승 뼈로 만들어진 자루를 휘둘러서 마초의 다리를 칼날 반대쪽으로 후렸다. 그것만으로도 마초는 쉽사리 쓰러졌다.

"치명상을 피하느라 힘을 너무 많이 썼잖아. 이제 네 2

연패다.”

“마음대로 해라. 내 역할은 동백이 도망가게 해주는 것. 그 아이가 무사하다면 내 승리다.”

“너, 바보냐? 내가 그 꼬맹이가 도망가게 둘 리가 없잖아.”

고개를 든 마초에게 염행은 사악한 미소를 지어 보였다.

“내가 지금 무슨 입장인지 몰라? 나는 조조의 객장이라고. 조조는 동백의 신병을 원하거든. 그 소원을 들어줘야겠지?”

“잠깐! 염행! 나를 죽이려던 거 아니었나!”

“자기희생을 하고 만족한 채로 죽게 내버려 두겠냐고. 그 전에 그 꼬맹이를 지켜주지 못한 자신을 자각하게 만들고 나서 죽여주마.”

말 다리에 매달리려 한 마초의 머리를 짐승 뼈로 만든 자루로 세게 후려쳤다.

“그때까지 기다려라, 가짜.”

땅바닥에 쓰러진 마초에게 그런 말을 내뱉은 염행은 동백을 쫓아 숲속으로 발을 내디뎠다.

◇

요새 바깥.

원술은 조운이 싸우고 있는 지점에서 멀리 떨어진 곳에 진을 치고 있다. 선두로 나선 조운의 부대와 함께 조조군을 협공하는 형태이긴 하지만, 조운 부대만큼 적극적인 공세는 가하고 있지 않았다.

"조운 녀석, 너무 신이 난 거 아닌가."

마차에서 느긋하게 지내고 있던 원술이 그렇게 말했다.

"이런 건 적당히 해도 되는데. 우리 역할이라고 해봤자 겨우 동백이 병량을 태울 때까지 시간을 버는 것 아닌가. 안 그래?"

옆에 있던 병사에게 친근한 말투로 말을 걸었다. 목숨이 걸린 전장에서 이렇게 행동할 수 있는 건 담력이 있다는 증거일까, 아니면 그저 거만한 것뿐일까.

"내 요새를 함정으로 써먹겠다는 이야기를 들었을 때는 귀를 의심했지만 말이야. 조조는 제대로 걸려든 것 같군. 동백이 꽤 괜찮은 책략을 세웠어. 그건 인정해주겠다고. 허나 나 또한 명가의 주인, 가문에 어울리는 전략안을 지닌 몸이야. 이봐, 그렇지?"

원술은 옆에 서 있는 병사에게 주절주절 계속 떠들어댔다.

"지금 치열하게 공격을 가하더라도 힘만 소모될 뿐이잖나. 이제 곧 야전을 벌이게 될 테고. 그렇다면 적당히 조조를 몰아붙여서 요새에 틀어박히게 하는 게 더 좋지. 병량고는 비워뒀으니 농성도 힘들 테고. 조조도 내 요새와 누각이 얼마나 훌륭한지 느끼면 나를 다시 볼 거야. '원술, 그대 몸에 흐르는 명가의 핏줄은 겉치레가 아닌 모양이로군! 황제에 필적할 만큼……'."

원술은 말을 하다가 그만두고 마차 안에서 일어섰다. 멀리서 연기가 피어오르고 있다.

"저건 뭐냐."

'조조의 진지입니다'라고 병사 중에서 시력이 뛰어난 사람이 대답했다.

"저건 횃불 같은 게 아닙니다. 진지가 타오르고 있어요."

"화재인가? 아니면 조운이 화계를 쓴 건가? 어느 쪽이든 상관없다만, 내 요새에 옮겨붙진 않겠지……."

딸랑.

"방금 그건 무슨 소리냐. 방울?"

그렇게 말한 원술의 발치. 마차 아래에서 스윽, 남자가 나타났다. 흐트러진 장발, 보라색 목도리, 어두운 눈매는 마치 유령 같았기에 병사들은 자신들의 역할도 잊고는 당황했고, 원술은 겁을 먹고 주저앉았다.

"뭐, 뭐뭐뭐뭐, 뭐 하는 놈이냐?!"

"고순……."

유령은 멀리 조조 진지의 불꽃을 바라보며 중얼거렸다.

"……고순? 그건 여포의 부하 이름일 텐데. 네가 뭐 하는 놈이냐고 물었다! 내가! 이 원술이!"

"나는 감녕. 저 불은 고순이 한 짓이야."

"그래? 그 녀석, 감옥에 갇혀 있었을 텐데."

"나는 알 수 있어. 저 불은 말이지, 고순의 불이야. 계속 연기만 피워 올리고 있다가, 반짝거리기 시작한 불……."

중얼중얼, 영문을 알 수 없는 이야기를 하나 싶더니 어두운 미소와 함께 어깨를 떨기 시작했다. 웃고 있다.

"……아니, 뭔데. 뭐 하러 온 건데, 자네. 감녕. 응? 감녕."

빙글, 감녕의 고개가 원술 쪽으로 돌아갔다.

"우와, 깜짝이야. 자네, 행동이 일일이 무서운데."

"나는 당신 호위야. 동백에게 부탁받았으니까."

"동백이? 아……, 응, 그렇구나. 고맙긴 한데, 좀 더 생각을 해줬으면 좋았겠어. 인선……은, 그렇다 치고, 장소라거나. 마차 밑은 그 왜. 사람이 있지 않았으면 좋겠다고 해야 하나. 적어도 미리 한마디 해주면 고마울 것 같으니까."

"가자, 원술."

"예예, 뭐?"

감녕은 소매 안에서 너덜너덜해진 쌍도를 뽑아 들었다. 칼날은 군데군데가 빠져 있었고, 원술은 그걸 본 것만으로도 소름이 돋았다.

"저 불을 퍼뜨리는 거야. 적진으로, 그리고 저 요새에도."

"뭐어?! 아니, 당연히 안 되지. 무슨 소릴 하는 게야! 저 요새는 내 요새라고! 형주에서 획득한 내 교두보란 말이다! 태울 수는 없어!"

"고순이!"

"히익."

갑자기 감녕이 마차를 붙들었다. 윗몸을 들이대고 원술

을 향해 고개를 내민 그 모습은 육식 곤충이 먹잇감을 덮치는 모습과 비슷했다.

"예쁜……, 소중한 반짝이를 뻗으려 하고 있어. 소중하게 간직하고 있었던 반짝이거든? 감옥 안에서도 버리지 않았던 반짝이……."

"바, 반짝이? 고순의? 어?"

"고순의 반짝이……, 다른 사람들에게도 보여주고 싶지 이이이이이이이이이이이?!"

"네! 네! 보여주고 싶네요! 네! 반짝이!"

고개를 더욱 내민 감녕을 보고 견디지 못한 원술은 고개를 끄덕였고, 그 모습을 본 감녕은 편안하고 부드러운 미소를 지었다. 미소만 놓고 보면 호감 가는 청년 그 자체였다.

"그럼, 다 같이 가자. 응?"

"다 같이?"

"응, 병사들 다 같이."

원술은 힘없는 목소리로 손을 들어 올리고 부하들에게 명령을 내렸다.

"지, 진군 개시이……."

밤이 찾아오기 직전, 조운과 원술, 두 부대의 공세가 시작되었다.

이때, 사실은 원술에게 전령이 와 있었지만, 원술이 그 내용을 알게 되는 것은 결국 전투가 끝난 뒤였다. 전령이 가지고 온 정보는 지극히 짧았다.

"조조와 문답을 주고받으러 간다."

손가의 동맹을 자칭하는 그 남자는 어디에나 있을 법한 외모의 남자였다고 한다.

◇

조조군 병량고 근처 숲속.

염행이 떠난 뒤, 마초와 여포, 두 사람이 남겨졌다. 결코 한데 어울릴 수 없는 두 사람도 양쪽 다 심하게 지친 점만 놓고 보면 똑같았다.

그리고 마초는 눈앞에 있는 여포보다 우선시해야 할 것이 있었다.

"동백⋯⋯."

나무에 기대서 몸을 지탱하며 일어섰지만, 그게 한계였다. 염행을 쫓아가서 동백을 지킬 상황이 아니었다.

"하핫, 힘내라, 힘내. 너라면 할 수 있다고, 마초. 만신창이가 된 몸으로 하늘을 날아가서 그 남자인지 여자인지 모를 녀석을 따라잡고 맨손으로 싸워서 이기기만 하면 돼. 간단하지?"

"닥쳐라. 정신 사납다."

"그냥 잡담이잖아, 마초 쨩. 그런 상태로는 동백을 구할 수도 없을 테고. 내가 못 죽인다는 건 열받지만, 조조라면 언젠가는 그 꼬맹이를 죽이겠지. 핫, 꼴 좋다."

"닥치라고 했잖아!"

"안심해라. 너는 불쌍한 동백 쨩의 미래를 보지 못할 거야. 내가 여기서 죽일 테니까."

"자기 목숨하고 맞바꿔서라도 말이냐?"

"이제는 어찌 되든 상관없다고."

여포가 비틀비틀 일어서서 짐수레 쪽으로 다가갔다. 여포가 직접 변장하고 병량을 운반해온 것이다. 병량은 전부 이민족들이 가지고 갔지만, 포대로 말아둔 무기는 방치되어 있었다. 포대 안에 있던 것은 수많은 전장에서 적에게 죽음을 가져다주었던 무기.

여포는 자신에게 있어서 팔다리나 마찬가지인 그것을 다시 손에 쥐었다.

"천하무쌍은 죽었어. 그렇다면……, 추모를 해줘야겠지!"

방천화극 끄트머리를 땅에 질질 끌면서, 여포가 빠른 걸음으로 마초에게 다가갔다.

겨우 빠른 걸음. 자세도 취하지 못했지만, 마초는 물러났다.

"역시, 마초 쨩. 눈치가 빠르시네."

"……천하무쌍이라 불리던 남자가 제 몸을 버리면서 공격하려 하다니."

마초가 괴로운 듯이 숨을 고르며 말을 쥐어 짜냈다. 그녀는 이제부터 동백을 구하러 가야만 하지만, 여포에게는 **이제부터**라는 게 없다. 그저 마초를 간격 안에 포착하고 최후의 경력을 돌리면 그것으로 충분했고, 맨손인 마초와 여포의 방천화극 사이에는 일방적인 간격의 차이가 있었다.

"그래도 너무 도망치기만 하면 안 될걸? 등을 돌리기라도 하면 이게 있거든?"

여포는 허리에 차고 있던 활을 보였다. 지친 마초의 경공과 천하무쌍이 아니게 된 여포의 활. 후자가 이길 거라는 보장은 없지만, 애초에 마초가 신중해지기만 하면 그런 걱정을 할 필요가 없다.

여포는 방천화극을 질질 끌면서 간격을 조금씩 좁혀갔다.

"뭐, 필사적으로 발버둥 쳐보라고. 너는 동백을 지킬 수 없고, 두 번 다시 양주로 돌아갈 수 없어. 그건 마찬가지니까."

"……그 노인이 했던 말이 맞군."

"내가 경력을 돌리면 죽는다고? 좋아, 너로 시험해주마."

"그게 아니야. '잃은 것을 뒤쫓아 날리는 화살에 무슨 의미가 있는가', 말이다."

여포는 쓴웃음을 지었다. 오늘 죽을 생각인데 똑같은 잔소리를 두 번이나 듣게 되다니.

"너는 그런 인간이라 천하무쌍을 잃었어. 미래를 보고 있는 동백에게 패배했어. 그것뿐이야."

"미래? 끈질기게 오기를 부리는 것뿐이잖아."

"어린아이가 삶에 집착하는 게 무슨 잘못이냐!"

마초가 외치자 여포는 단숨에 간격을 좁혔다. 마초의 발치를 방천화극이 후려쳤다. 마초는 뒤쪽으로 뛰어서 물러났고, 방천화극의 간격을 아슬아슬하게 벗어난 곳에 착지했다. 발뒤꿈치를 띄워서 중심을 살짝 낮추고는 언제든지 거리를 벌릴 수 있게끔 대비하고 있었다.

"몸 상태는 괜찮아진 느낌인가? 좋아, 오라고, 암캐. 죽다 만 내게서 한판을 따낼 수 있을지 시험해 봐라. 천하무쌍의 숨통을 끊었다고 하면 양주에서도 으스대고 다닐 수 있겠지."

"나는 너를 죽이기 위해서 중원에 온 게 아니야!"

"결과적으로는 그렇잖아!"

여포가 방천화극을 내리쳤다. 날카롭고 빈틈이 없는 일격———, 하지만 그게 전부였다. 방천화극의 칼날은 땅바닥에 파고들었고, 멈췄다. 대지를 가르고 공기를 뒤흔들었던 절기는 흔적도 남지 않았다.

"보라고, 이 꼴! 하하! 정말 대단하다고, 너! 천하무쌍을 죽인 여자야! **역사에 이름을 남길 수 있어서 좋겠구나! 마초!**"

그 순간, 마초의 자세에 빈틈이 생겼다. 갑작스럽게 찾아온 투지의 허점은 여포에게도 뜻밖이었기에 반응이 늦어졌다. 무엇이 마초를 동요하게 만든 건지 알지 못한 채, 방천화극을 내질렀고, 마초는 종이 한 장 차이로 피하고———, 그냥 피하기만 한 게 아니라 여포를 향해 다가와 방천화극의 자루를 붙잡았다.

"네 덕분에 생각났다."

둘이서 하나의 무기를 붙잡고, 지근거리에서 눈빛을 맞부딪혔다.

"마초라는 이름은 천하무쌍을 쓰러뜨린 자로서 역사에 남는다……, 오빠의 이름을 남기는 걸 원하던 내게는 더할 나위 없는 결과다."

———오빠?

"하지만 지금 나는 동백의 안부를 무엇보다 우선시하고 있다. 죽은 자를 위해 쓸 시간은 없어."

방천화극이 엄청난 힘으로 당겨지자 여포는 망설였다. 얼마 남지 않은 힘을 써야 하나.

"추모를 받아야 하는 몸이라면, 산 자를 위해서 길을 비켜주는 것이 도리일 거다! 여포!"

잘난 듯이 잔소리를 해대기는, 여기서 죽어라———, 여포는 그렇게 생각하며 길동무로 삼기 위해 경력을 돌리려 했다. 호흡의 변화를 느낀 마초는 곧바로 방천화극을 놓고 뛰어서 물러났다.

"자, 또 교착 상태. 아직 동백 쨩이 있는 곳에는 못 갈 것 같네? 초조해졌어? 나는 반성했으니까 말이야, 이번에는 확실하게 죽일 수 있을 때까지 기다릴게. 양쪽 모두 쓰러지는 것도 대환영이긴 하지만, 너는 안 그렇지? 급하기도 하고, 여기서 죽으면 동백 쨩을 지킬 수가 없잖아?"

여포는 마초에 대한 추격을 멈췄다. 몸을 버리면서라도

공격하려던 태세를 간파당한 이상, 상대방은 신중하게 행동할 것이다. 그렇다면 먼저 공격하게끔 해주마.

"아니, 너, 방금 '오빠의 이름'이라고 했어? 마초가 원래 너희 오빠 이름이라고? 하하, 마등, 장난 아니네. 딸에게 장남의 이름을 떠넘기고 동탁에게 보냈다는 거야? 강족의 피가 흐른다고 했나? 역시 이민족은 맛이 갔군."

도발에 넘어와라, 여포는 그렇게 비웃는 듯한 마음으로 빌었다. 즉사시키지 못한다 하더라도 중상을 입힐 수만 있다면 내 승리다. ━━넘어와라.

"아버지는 잘못 생각하지 않았어. 덕분에 나는 동백과 만났고, 그 아이를 지킬 수 있었어."

"양주의 전사라고 지껄이던 주제에, 꼬맹이를 돌봐주는 데서 사명감을 찾아내 버렸구나? 촌스럽긴. 이런 난세에서 조촐하게 만족하다니, 여자의 생각은 궁상맞다니까."

"너도 마찬가지일 텐데."

"뭐? 그게 무슨 소린데, 쓰레기야."

"이민족 아이가 네 앞을 막아섰을 때, 너는 화살을 날리지 않았어."

여포는 말문이 막혔다.

갑작스럽게 마초의 모습이 흐릿해졌다. 마초는 경공을 응용해서 평평한 돌이 수면에 튀기듯이 뛰어들었다. 도발에 넘어온 것이 아니다. 마초는 냉정하게 간격을 좁히며 그를 해치우러 나섰다.

"뭐야, 이 자식아!"

방천화극을 끌어당긴 다음, 자루를 짧게 고쳐 쥐고 마초를 때렸다. 극이라기보다는 봉술에 가까운 방식. 자루가 마초의 아래팔과 격돌했다. 여포가 방천화극을 고쳐 쥐지 않았다면 간격이 막혀서 팔꿈치 공격을 맞았을 것이다. 지극히 가까운 거리에서, 두 사람이 다시 서로 노려보았다.

"의외로 머리가 잘 돌아간다는 게 놀랍긴 하지만, 마무리가 어설프네. 내 의식을 다른 데 쏠리게끔 만들려던 모양인데, 허풍이 어중간해."

"내가 한 말이 허풍인지 아닌지는 너 자신이 가장 잘 알고 있을 텐데."

아직도 그런 말을———, 지금 당장 갈가리 찢어주고 싶지만, 방천화극을 밀어붙이는 마초의 완력을 받아치는 것만으로도 벅찼다.

"그 아이가 활 앞에 나타났을 때, 네 얼굴에 드리운 감정을 말해주마. 놀라움과 두려움이다. 공감할 수 있는 사람을 위험에 처하게 만들어버린 자의 표정이야."

"닥쳐."

"너처럼 자만심이 강한 남자가 가족도 아닌 아이를 잃는 걸 두려워했다. 그 아이 안에서 자신과 비슷한 무언가를 보았군. 성격일까, 환경일까, 아니면 예상되는 미래일까……."

더 이상은 들어줄 수가 없었다. 여포는 마초의 가슴팍을 향해 한쪽 손을 뻗고 붙잡자마자 그녀의 몸무게를 방천화극의 자루에 밀어붙이며 솟구쳤다. 경력이 아니라 기술. 상황을 타개하기 위한 던지기다.

마초의 몸이 공중으로 떠올랐다———, 꼬챙이로 꿰어주마.

하지만, 마초는 솟구치면서 방천화극에 팔을 감고 있었다. 자루를 끌어안는 자세를 유지하며 두 다리로 착지했다. 이번에는 마초가 방천화극을 잡아당겼고, 여포가 자세를 무너뜨리면서도 버텼다.

"끈질기다고, 얼간아! 언제까지 버틸 거야!"

여포가 침을 튀기며 그렇게 외쳤다.

"나랑 이민족 꼬맹이가 닮았다고? 부모 중 한 명이 강족인 너는 모르겠지만 말이야, 종류가 다른 인간들끼리는 넘어설 수 없는 일선이 있다고! 이 산처럼, 산속의 복숭아나무 숲처럼! 그리고———."

———소년이었던 내가 넘어갈 수 없었던 그 꽃밭처럼.

그 말은 소리 내어 할 수 없었다. 말로 해버리면 정말로 무언가가 끝나버릴 것 같은 기분이 들었다.

"———……중원하고 비교하면 평원은 아무것도 없는 거나 마찬가지야."

그 대신 여포가 말한 것은 지금까지 누구에게도 말한 적이 없었던 마음이었다.

"그런데 땅만큼은 남아 돈단 말이지. 아무것도 없는 곳이 한없이 펼쳐져 있어서 머리가 이상해질 것 같다고. 물건이 없으니까 시시한 것 때문에 사람들이 싸우고, 그런 곳에도……."

"물건이 넘쳐날 정도로 많다면, 사람들이 싸우지 않아도 될 거다."

여포의 말문이 막혔다. 구멍이 뚫릴 정도로 마초의 얼굴을 바라보았지만, 보면 볼수록 아무런 속셈도 없는 듯한 얼간이 같은 면상이었다. 그저 우연인 모양이다.

마음을 읽힌 줄 알았다. 예전에 여포가 정원에게 말했고, 비웃음을 산 말을 들여다본 줄 알고.

"중원 사람들이 생각하는 것처럼 평원에는 아무것도 없는 게 아니다. 유목민들은 교역을 통해 부를 얻고 있지. 그 넓은 땅에서 모든 사람들에게 나눠주기 힘들 뿐이다."

"중원도 마찬가지잖아. 가지고 있는 자와 가지지 못한 자는 어떤 세계에도 있다고."

"동백은 그 두 세계를 한데 이으려 하고 있다. 이익과 물건을 통하게 만들면 양쪽 다 부유해질 수 있으니까. 빼앗아야만 살아갈 수 있는 자도 무기를 놓을 수 있게 되는 때가 온다."

꿈만 같은 이야기라고 말해주고 싶었다. 그런 게 가능하다면 지금 여기 있는 나는 뭘까. 뭘 위해서 고향이 불타올랐고, 어째서 평원에서 사람들이 사투를 벌였던 걸까.

"그 아이는 이미 시작했다. 서역과의 교역을 통해 양주도, 중원도, 풍요롭게 만들려 하고 있다."

서역. 중원의 서쪽에 있는 양주보다 더 서쪽. 중화라는 선의 건너편.

"넘어설 수 없는 선이 있다고 했지. 그런 것 따윈 그 아이의 안중에는 없다. 손쉽게 넘어갈 거다. 네가 말한 선이라는 것의 **건너편**으로."

그런 게 내게도 있었을까———, 그런 의문이 여포의 머릿속에 떠올랐다.

그때, 꽃밭을 넘어갈 수 있었다면, 내게도 똑같은 풍경이 보였을까. 물건으로 넘쳐나는 평원, 이민족과 한인의 교류, 평원의 미래.

"…………후, 후후……, 후후후후."

여포의 어깨가 떨리고 있다. 떨리는 목소리가 점점 부풀어올라 숲에 울려 퍼지기 시작했다.

숙이고 있던 고개를 들고, 여포가 웃기 시작했다.

"흐하하하하하하하, 하하하, 하하하하하하하하하하하하!"

방천화극을 마초와 함께 끌어당긴 여포는 비웃으며 말했다.

"그래서 어쨌다는 거냐! 멍청아! 이 세상에 있는 자리의 숫자는 처음부터 정해져 있단 말이다. 욕심나는 자리는 힘으로 **빼앗는** 게 세상의 법칙이잖아!"

"그렇다면 자리의 숫자를 늘리면 되잖아. 동백이 하려고 하는 건 그런 거다."

"하하! 너, 꼬맹이의 상상을 진심으로 받아들이는 거냐? 정말 기특한 여자로군, 하하하하하!"

여포는 손뼉을 치며 웃기 시작했다. 어느새 방천화극을 놓고 배를 잡으며 웃던 여포는 곧바로 부드러운 흙에 주저 앉았다.

"하하하하, 하하, 하…………, 아~, 시시해."

마초가 방천화극을 마치 자기 것마냥 방심하지 않고 겨 누고 있었지만, 지금 여포에게는 어찌 되든 상관없는 일이 었다.

"영 재미가 없네. 이제 됐어. 왠지……, 흥이 식네. 귀찮 다고."

완전히 관심이 없어진 표정인 여포가 손가락을 입에 물 자 삐이익, 날카로운 소리가 나무 사이로 울려 퍼졌다.

"무슨———!"

여포가 대답하기도 전에 말발굽 소리가 울렸다. 그것은 숲속을 터무니없는 속도로 질주하며 나뭇가지를 짓밟고 다가오고 있었다.

녹음을 가르는 붉은 번개———, 그렇게밖에 표현할 방 법이 없는 생물이 마초 앞에 나타났다.

그것은 말이면서도 태울 사람을 고르며, 어지간한 무인 은 등에 태우는 것조차 용납하지 않는다.

"적토는 졸개를 태우지 않는 말이다. 너는 어떨까? 말을 잘 다루는 마초 짱?"

"……내게, 말을 양보해주겠다는 건가?"

놀란 기색을 보이는 마초를 보고 여포는 크게 웃음을 터뜨렸다.

"그런 말은 한 마디도 안 했잖아, 진짜 머리가 안 좋네. 시험해볼 기회를 줄 뿐이야. 탈 수 있다면 타보라고."

정말로 양보할 생각은 없었다. 여포는 그저 만나게 해줬을 뿐이다. 방천화극을 든 모습이 매우 어울리는 여자와, 오랫동안 함께 싸운 전우를.

"적토의 사나운 기질을 얕보다가는 물려 죽을 거다. 이건 호들갑이 아니라 진심———."

"감사하마."

마초는 쉽사리 적토마의 고삐를 잡고 쭉 내렸다. 여포의 상처가 욱신거린다———, 기억은 애매하지만, 그건 분명히 조운과 마초가 여포에게 큰 부상을 입혔을 때, 적토마의 움직임을 막았던 기술이다.

"……귀엽지 않은 여자라니까."

여포는 그렇게 말하며 홀가분해진 자신을 느끼고 있었다. 계속 등에 달라붙어 있던 무거운 짐을 그제야 내려놓을 수 있게 된 것처럼.

아마도, 이것이 '추도'인 거겠지.

◇

요새의 누각. 원술의 취향이 형태로 나타난 악취미.

그곳에서 조조는 전투의 형세를 지켜보고 있었다.

"묘한 움직임을 보이는군. 이제 와서 화공인가?"

요새 밖에 검은 연기가 여러 군데에서 피어오르고 있다. 나라면 적이 요새의 함정에 걸린 시점에서 불을 질렀을 텐데. 조조는 그렇게 생각하며 고개를 갸웃거리고 있었다.

"초짜가 상대면 이런 게 무섭지. 이쪽 정석이 오히려 방해만 되니까."

"주군님은 머리가 너무 좋으니까. 조금 바보가 되는 게 좋다고."

옆에서 허저가 말했다. 조조는 빤히 바라보고 있다가 잠시 후에 고개를 저었다.

"에잇, 감질나는군. 좀 더 앞에서 지휘를 맡으면 안 되나."

"그만두라고. 내가 하후돈에게 혼나잖아."

"그래도 말이다……."

조조가 입을 다물고는 한쪽을 보았다. 누각의 기나긴 계단을 언제 올라온 건지. 그리고 도중에 있던 병사들을 어떻게 한 건지.

남자가 아무렇지도 않은 표정으로 서 있었다.

"웬 놈이냐."

"유비입니다! 자는 현덕! 원소 님과 회담할 때 함께 있었습니다!"

"……아, 관우 님의 의형인가."

조조는 그제야 생각났다. 유비의 이름이 아니라 동생과의 관계로만 기억하고 있던 것은 흥미를 끌지 않는 자, 재능이 느껴지지 않는 자에 대한 냉담함 때문이다. 여자 버릇과는 별개로 조조의 안 좋은 버릇이다.

"원소 님의 객장인 자네가 힘을 보태주러 왔다면 기꺼이 받아들이지. 허나 다른 병사들이 함께 있지 않은데도 여기까지 온 게 신기하군……, 설마 숨어들어 온 건가?"

허저는 조용히 주군의 대각선 앞에 서서 금속 곤봉을 겨누었다. 적의 기량과 실력, 수 싸움 같은 것에는 어울려주지 않고 그저 괴력과 무게로 짓누르는 것이 허저의 방식이다.

그러니 유비가 자객으로서는 부자연스러울 정도로 무방비하다는 것 따위는 처음부터 의식하지 않고 있다. 조조가 명령하면 쓸데없는 생각 같은 것은 하지 않고 제거한다. 우직함이야말로 허저라는 호위의 뛰어난 능력이었다.

"저, 유비! 조조님께 여쭙고 싶은 게 있어서 멋대로 와버렸습니다!"

"그런 말을 쉽게 꺼내지 마라. 전장의 진에서 예절을 지키지 않는 자는 목이 달아나더라도 불평할 수 없다."

조조의 살기에 따라 허저가 유비와 간격을 쟀다. 눈 깜짝할 새에 뭉개버릴 수 있는 거리다.

"하지만, 자네에게 기척을 죽일 수 있는 간자의 재능이 있을 줄은 몰랐군. 그 재능을 보아 이야기를 들어주마. 처분은 그 이후에 정하기로 하고."

"감사합니다!"

손을 모아 고개를 크게 숙였다. 그 몸짓도 왠지 촌스러워서 조조는 벌써 자기가 한 말을 후회할 뻔했다. 아무리 봐도 세상에 잔뜩 넘쳐나는 기타 등등, 그림으로 그려놓은 듯한 일반인이다.

"그럼, 조조님, 여쭙겠습니다."

고개를 숙인 채, 유비의 두 눈이 조조를 올려다보았다. 그 눈이 뜻밖에도 어둡다는 것을 눈치챈 순간, 조조는 처음으로 그 남자에게 흥미를 느꼈다.

범부 유비의 얼굴은 그 너머에 있는 어둠을 감추기 위한 가면이 아닐까.

"어떤 연줄을 통해 들은 이야기입니다만, 조조 님께서는 전국 옥새라는 보물을 손에 넣으셨다더군요. 제가 비록 천한 몸이지만 그것이 한 왕조의 정통성을 나타내는 보물이라는 사실은 저도 알고 있습니다. 그렇다면 한 왕조에 충성을 맹세하신 조조 님께서는 곧바로 그 옥새를 합당하신 분께 돌려드려야 할 거라 판단됩니다만, 어떻게 생각하시는지."

조조의 눈빛이 바뀌었다. 굶주림과도 비슷한 호기심이 조조의 마음속에서 솟구치고 있었다.

허저 또한 그곳에서 일어나고 있는 이변을 느끼고 있었다. 우직하다는 것을 자신의 역할로 삼고 있을 정도로 현명한 호위인 허저가 드물게도 주군에게 참견했다.

"주군님. 명령해줘."

"아직이다, 허저. 나는 유비의 질문에 대답하지 않았다."

"안 좋은 상황이라고, 진짜. 이럴 때는 먼저 움직이지 않으면 위험하단 말이야."

"조용히 있어라. 나는 그다음을 보고 싶다."

허저의 어깨를 잡고 밀쳐낸 조조는 유비에게 말했다.

"옥새를 어떻게 했는지, 그게 네 질문이냐, 유비."

"그렇습니다."

"알겠다. 대답하마."

한없는 흥미로 인해 나락이 된 눈으로 유비를 보며, 조조가 이어서 대답했다.

"옥새는 내게 이용가치가 있다. 보물로서의 권위를 모조리 빨아먹기 전까지는 누구에게도 넘기지 않는다."

거짓말이다. 조조는 초선에게 옥새를 남용한 자의 말로를 들어서 알고 있다. 나는 일부러 그런 위험을 무릅쓸 생각이 없고, 이왕이면 다른 사람에게 쓰게 만들어서 실험해 보고 싶다는 생각을 하고 있다.

유비의 반응을 살핀다, 단지 그것만을 위한 거짓말.

"……고마워, 조조 씨. 문답에 어울려줘서."

유비가 고개를 들었다. 조조의 흥미를 끌던 어둠은 이미 없고……, 아니, 그렇지 않다. 그때까지 연기하고 있던 가면이 떨어져 나갔을 뿐이다.

사람의 형태를 지닌 어둠, 유비의 본성이 거기에 뭉쳐

있었다.

"방금 한 말이 진심인지 아닌지는 모르겠지만, 당신이 그런 말을 해버릴 수 있는 녀석이라는 것만으로도 충분해."

"주군님, 이제 한계야. 이거, 선수를 안 치면 진짜 안 된다고."

"방금 그 문답을 통해 원소 님과의 의리는 지켰다. 지금부터는 **우리**의 시간이다."

"주군님!"

"해라, 허저."

주군의 허락을 받은 허저가 뛰어들었다. 하지만 그보다 약간 유비가 더 빨랐다. 난간을 등진 채 곧바로 그 너머로 쓰러졌다. 만에 하나의 행운이 있다면 살아날 수 있을지도 모르는 높이다.

"뛰어내렸나?"

허저는 망설였다. 확인하러 가야 할까, 조조의 곁을 떠나지 않고 머물러야 할까.

"아니, 그럴 리가 없다. 근처에 있다, 허저."

유비의 어둠은 여전히 조조의 눈에 새겨져 있다. 자신의 죽음으로 조조에게 항의한다──? 그렇게 예의 바른 남자가 그런 어둠을 품고 있을 리는 없다.

조조와 허저가 동시에 돌아보았다. 둘 다 기분 나쁜 예감이 들었기 때문이었고, 거기에 그것이 있었다. 누각 난간 위에 서 있는 것은 검은 옷을 입은 거한. 붉은 가면 아래로 긴 수염이 늘어진다.

"관우."

"조조. 귀공과의 문답은 끝났다."

청룡언월도가 피처럼 붉은 저녁놀을 비추었다.

"귀공은 재능의 거인이다. 귀공이 걸어가는 곳에서 의는 짓밟히고, 약하고 재능 없는 자들의 비탄이 가득 찰 것이다. 그렇기에 나는 귀공을 불의로 간주한다."

관우가 말하는 도중에도 조조는 거리를 벌리기 시작하고 있었다. 그러나 그를 뒤쫓는 관우의 한 걸음은 매우 컸다.

"허저."

조조는 고고한 남자이긴 하지만, 합리적인 이유가 있다면 적에게 등을 돌리는 것도 부끄러워하지 않는다.

바로 그 순간, 조조는 온 힘을 다해 관우로부터 도망치기 시작했다.

"나를 지켜라!"

"그래서 내가 말했잖아! 진짜아아아아아아아!"

허저의 철봉과 청룡언월도, 경력이 담긴 두 무기가 맞부딪히며 공명했다.

◇

노인과 어린아이, 두 사람에게 손을 잡힌 채 숲속을 달려가다 보니 왠지 이상하게 정겨운 느낌이 들었다. 전생의 소년 시절 오리엔테이션이 생각나네. 그렇게 주위 상황과는 어울리지 않는 향수를 느끼며 나는 뛰어갔다.

그리고 곧바로 퍼졌다.

"저, 저기, 잠깐 쉬어도 될까요……!"

그제야 두 사람이 멈췄고, 나는 숨을 돌릴 수 있었다. 그렇지 않아도 체력이 약한데, 익숙하지 않은 산길은 너무 힘들다.

잠깐 쉬게 되자 내게도 조금이나마 주위를 둘러볼 여유가 생겼다. 숲의 경치 같은 건 어디나 마찬가지일 거라 생각했는데, 잘 살펴보니 평범한 숲이 아니었다. 나무들 사이에 석상 같은 것이 있었다.

사람의 형태도 아니었고, 얼굴도 없었다. 크기는 3미터 정도였고, 석상이라기보다는 돌기둥이라고 하는 게 더 정확할지도 모르겠다.

그런 것들이 숲속에 군데군데 자리 잡고 넝쿨과 이끼에 뒤덮여 있었다. 석상 주위는 누군가가 밟아서 다진 것처럼 평평하고 탁 트인 지형이었고, 석상이 그 지형을 사각형으로 구분 짓고 있는 것처럼 보이기도 했다. 뛰어가던 동안에 유적 안으로 들어오기라도 했던 걸까.

"동백 님, 조금만 버텨주실 순 없을까요."

승노인이 말했다. 이 시대 노인은 아이들에게 자상하지 못한 사람들뿐이네.

"아무리 그래도, 이제 한계라……."

영이 뭔가 중얼거렸다. 노인은 30미터 정도 앞에 있던 돌기둥을 손가락으로 가리켰다.

"적어도 저기까지만, 얼마 남지 않았으니까요."

"아니, 저기나 여기나 거기서 거기잖아요."

"그런 것이 아니오라———."

말발굽 소리.

돌아본 내 눈에 예상하던 사람이 보였다. 머리를 짧게 깎았고, 성별을 알아볼 수 없는 기병.

"오, 여기 있었구나, 꼬마 상국."

고양이과 육식 동물처럼 사나운 미소를 드리우며 염행이 말을 타고 달려왔다.

———이런. 왠지 나를 괴롭힐 것 같은 느낌인데.

"동백 님, 서두르시지요!"

승노인이 내 손을 잡고 뛰어가기 시작했다. 나는 반쯤 끌려가듯이 열심히 다리를 움직였다. 당연하지만, 죽을 만큼 괴롭다. 뛰어가면서 생각했다———, 아니, 상대는 말을 타고 있으니까 도망칠 수 있을 리가 없잖아?

말발굽 소리와 숨소리가 바로 뒤까지 따라붙었기에 나는 당장에라도 멱살을 잡혀서 들어 올려지는 모습을 상상했다. 그때, 우리는 석상 앞을 뛰어서 통과했다.

"응."

그런 목소리를 들은 것 같기도 했다.

말의 기척이 갑자기 사라졌다. 마치 채널을 돌린 것처

럼, 돌아봐도 아무도 없었다. 그저 그때까지는 없었던 안개가 어디선가 피어오르고 있었고, 시야를 가리고 있었다.

"어? 어? 뭐죠? 이게 뭐죠?"

"겨우 제때 맞췄군요."

승노인이 이마에 흐른 땀을 닦으며 말했다. 이런 상황을 마치 당연하듯이 받아들이고 있다.

"이곳에는 사람을 헤매게 만드는 장치가 있습니다. 저희 마을에도 비슷한 것이 있는데, 예전에는 이 근처에도 비슷한 마을이 있었겠지요. 영은 이러한 곳을 잘 찾아내곤 하니까요."

"미로를 지역 명물처럼 이야기하시는데 대체 뭐죠? 아니, 미로라는 차원을 넘어섰잖아요."

좀 전까지 뒤에 있던 사람이 말과 함께 사라지는 미로 같은 이야기는 들어본 적이 없다.

──아니……, 이거, 설마.

나는 다시 주위를 둘러보았다. 밟아서 다진 듯한 땅바닥을 구분 짓듯이 서 있는 돌기둥. 그리고 미로의 범주를 뛰어넘어 사람을 헤매게 만드는 장치.

나는 그런 이야기를 삼국지에서 알고 있다.

석병팔진. 적의 추격을 끌어들여 절체절명의 위기에 처한 유비를 구해낸 돌의 진.

그것을 구사한 것은 아마 동아시아에서 가장 유명할 군사다.

◇

　숲속. 조조군 거점 근처.

　여포는 혼자였다. 살의가 담긴 문답을 주고받았던 여자
도, 천하제일의 명마도 없다. 천하무쌍의 칭호도 멀리 떠
나가 버렸고, 그저 홀로 남은 여포는 아무것도 하지 않고
거기 있었다. 근처에서는 여전히 손가와 조조군의 병사들
이 싸우고 있는 모양이었다.

　전장이 가깝게 느껴지는데도 아무것도 하지 않고 평온
한 마음으로 가만히 있는 것은 지금까지의 여포로서는 상
상도 할 수 없는 변화였다.

　여포가 지금 생각하고 있는 것은 전투가 아니라 기묘한
부녀였다. 툭하면 참견을 해대는 노인과 신출귀몰하고 수
수께끼가 많은 영. 그 두 사람을 떠올리다가 노인이 자신
에게 맡긴 소원이 문득 생각났다. 영을 마을 바깥으로 데
리고 가줬으면 한다고 했지. 자기가 알아서 나왔으니 맥이
빠진다.

　그러고 보니 노인이 맡긴 가죽 주머니가 있었을 텐데.

　품속에 넣어둔 채 잊고 있던 그것을 꺼내 안을 들여다보
았다. 대나무 패가 몇 개 들어 있었다. 땅바닥에 쏟아서 펼
쳐보니 영에 대한 것들이 적혀 있는 것 같았다. 예상되는 나
이, 산에서 거둘 때까지의 과정, 누이가 있었다는 점……

여포는 그중 하나를 주워 들고 살짝 웃었다. 보아하니 승노인이 적어둔 영의 자 같았다.

"건방지게 이런 것도 가지고 있었어? 그 꼬맹이."

숲에 스며든 저녁놀이 그 두 글자로 이루어진 자를 비추었다.

공명.

10장 동백 쨩, 전쟁을 끝내기로 마음먹다.

　일류 자객인 전위가 여전히 아이 한 명을 처치하지 못하고 있다.

　그 사실은 전위의 신경을 곤두세우게 만들었지만, 그래도 그는 안색 하나 바꾸지 않았다. 지금도 호랑이가 계속 덤벼들고 있는데도 불구하고.

　"미미, 좀 더 쫓아가! 멀어지면 안 돼!"

　손가의 공주님이 내린 지시는 일관적이었다. 아무튼 이쪽에 달라붙어서 유리한 간격 밖으로 놓치지 않겠다는 계산이다. 호랑이와 사투를 벌이는 건 전위에게 있어서 별로 없는 경험이었지만, 이 생물은 오랫동안 사냥하는 것을 힘들어하는 듯한 느낌이었다. 시간이 지날수록 기운이 떨어지고 있다.

　이 맹수가 주인을 무시하고 진짜 야성을 발휘했다면 위험했을지도 모른다.

　주위에는 항상 손가의 병사들이 있었고, 소녀를 신경 쓰면서도 끼어들지 않았다.

　"공주님! 진짜로 괜찮겠어?!"

　"시끄러워, 빠져 있어."

　아이의 거만함이로군. 전위는 거기에 감사를 느꼈다. 덕분에 이쪽은 호랑이의 발톱에만 집중할 수 있다.

어떻게 하면 궁지에 처하지 않을지 집중하고, 위태롭게 느껴지면 표로 견제한다. 호랑이뿐만이라면 별로 견제도 안 되겠지만, 등에 타고 있는 아이를 지키기 위해 호랑이 가 신중해진 상태다. 표를 번득이기만 해도 호랑이는 주춤 했다.

역시나. 이미 체력이 떨어진 모양이다.

그제야 전위는 짊어지고 있던 두루마리에 손을 가져다 댔다.

"그러면, 이곳에 제 진을 치겠습니다."

호흡을 가다듬는 전위를 보고 손가의 병사가 외쳤다.

"뭔가 할 셈이다! 막아!"

막을 거라면 처음부터 가세했어야 했다. 그는 두루마리 를 펼치자마자 숙련된 손놀림으로 온갖 무기를 공중에 내 던졌다.

그저 위쪽으로 던진 것이 아니었다. 독특한 회전과 경력 이 더해진 투척무기는 단순한 낙하가 아니라 신기한 궤도 를 그렸다. 자객, 전위가 여러 개 숨겨두고 있는 비장의 수 중 하나.

표가 위쪽에서 떨어져 내리나 싶더니 손도끼가 옆에서 빠져나온 듯한 궤도를 그리며 날아들었다.

숨돌릴 틈도 없이 이리저리 강철의 바람이 휘몰아쳤다.

"이게 뭐야! 공주님! 도망쳐어!"

굳이 그렇게 말할 필요도 없이, 공주님은 호랑이를 진

바깥쪽으로 달리게 하고 있었다. 똑똑하긴 하지만, 이미 늦었다.

무작위 살육처럼 보이는 기술이지만, 전위만큼은 그 궤도를 파악할 수 있다. 진 범위 안에 있는 자들이 끝장났다는 사실은 전위의 눈에 똑똑히 보이고 있었다.

아래쪽에서 솟구치듯이 덮쳐온 단극을 피하기 위해 호랑이가 도약했다. 전위의 예상대로 무방비한 배를 드러내고.

"미미, 안 돼!"

"그럼, 받아가겠───."

약간의 통증이 전위의 어깨에 스쳤다. 예전이었다면 무시할 만한 정도였지만, 위화감이 전위의 행동을 가로막았다.

어깨에 작은 깃털이 달린 바늘이 꽂혀 있었다. 그와 동시에 강한 현기증이 느껴졌다.

비틀거리며 기울어진 전위의 시야 구석에 기발한 차림새를 한 이민족이 보였다. 입에 대고 있는 것은 통 같은───, 바람총이다. 이 현기증은 아마 독 때문일 것이다. 그렇게 판단한 전위는 망설임 없이 어깨에 꽂힌 바늘을 주위의 살과 함께 뜯어냈다.

"아쵸~!"

손가의 공주님이 쌍절곤을 내리쳤다. 피할 필요도 없을 것이다. 왜냐하면 그녀의 무기는 예전에 본 적이 있고, 파괴한 적도 있다. 이곳은 간격 바깥이다.

전위는 모른다. 손상향의 무기가 여전히 부서진 것처럼

보인 이유는 부서진 곤봉에 어울리지 않는 무기를 이어붙였기 때문이라는 사실을.

부서진 쌍절곤 중 한쪽에는 아버지의 유품인 곡도가 달려 있다는 사실을.

"끄, 으윽……!"

칼이 전위의 쇄골을 갈랐다. 쌍절곤은 개조로 인해 위력이 떨어지긴 했지만, 원심력은 힘이 약한 아이도 사람을 다치게 할 수 있게끔 도와주었다.

겨우 동맥을 피한 전위는 발을 구르며 뒤로 물러났다. 치명상은 아니다, 하지만 무인의 행동을 막기에는 충분한 상처. 그 발치에도 차례차례 바람총이 날아와서 전위에게 태세를 바로잡을 틈을 주지 않았다. 전투에 참가한 이민족의 숫자는 점점 늘어나고 있었다.

뭘 잘못 생각했던 걸까. 적 중에 이민족이 있다는 사실은 알고 있었지만, 그들의 사기는 손가의 병사들과는 비교도 되지 않을 정도로 낮았다. 실제로 눈 깜짝할 새에 뿔뿔이 흩어져서 도망쳤었는데, 어째서 그들은 이제 와서———.

"미미!"

백호가 달려들었다. 전위는 포효하며 한 손으로 맹수와 맞섰다.

"오오오오오오오오오오오오!"

호랑이의 발톱이 전위의 대머리를 땅바닥에 찍어눌렀다.

◇

염행은 자신이 함정 속에 있다는 것을 확신했다.

눈앞에 있던 동백이 갑자기 안개 속으로 사라졌고, 다른 길을 찾으려 해도 똑같은 곳으로 돌아와 버린다. 어느새 자기가 어디에 있는지조차 알 수 없게 만드는 괴이한 함정.

"중원은 이래서 안 돼."

어떻게 할까. 이런 건 전문분야가 아니다. 내가 잘하는 건 죽이거나 부수는 것이니 우선 눈에 띄는 저 기둥이라도 걷어 차서 쓰러뜨려 볼까———, 그렇게 생각하던 염행은 사고를 전환했다. 다가오는 말발굽 소리. 그것은 염행이 경계하기에는 충분한 힘을 울리고 있다. 중원에서 그런 말을 마주칠 거라 생각하지도 못했고, 그런 말이 야생일 것 같지도 않았다. 기수가 있다.

잠시 후, 하얀 안개를 가르고 기병이 모습을 드러냈다. 빨갛고, 괴물처럼 거대한 말. 말은 나부끼는 갈기조차 정기로 가득 차 있어 생물로서 격의 차이를 드러내고 있었다.

"적토마……? 동탁의 비장의 말을 어째서 네가……."

"우연한 만남이라는 거다."

마초는 염행의 적의를 적토마 위에서 가볍게 흘려보냈다.

"하지만 그 우연한 만남도 동백 덕분이긴 했지."

염행의 머리가 분노로 인해 차갑게 식어갔다.

다부진 몸통, 날씬함 속에 사나움이 깃든 다리. 전사의 마음을 떨리게 만드는 붉은색. 양주에서조차 희귀한 명마를 어떤 이유인지 덜떨어진 여자가 타고 있다.

자랑스러운 양주인으로서 그것은 용납할 수 없는 부조리였다.

크르르르르르르르르르르릉!

염행의 무기, 파사미첨도의 간격은 채찍에 필적한다. 멀리서 일방적으로 적을 갈가리 찢어버릴 수 있는 무기이며, 지금도 마찬가지다.

으르르르르르르르르르르릉!

"뭐……!"

염행의 간격은 말의 한걸음에 쉽사리 가로채였다.

그 뒤를 이어 날아든 것은 자루가 긴 명기———, 방천화극. 염행은 제대로 경력이 담기지도 않았던 허약한 곡도와는 비교도 되지 않을 정도로 강한 힘을 필사적으로 흘렸다.

적의 모든 것이 바뀌었다. 눈앞에 있는 것은 가짜 마초 따위가 아니다. 그렇다고 해서 염행이 잘 알고 있던 소꿉친구인 '그녀'와도 다르다.

"못 알아볼 뻔했잖아."

파사미첨도를 휘두르는 간격을 벌리고, 염행이 호흡을 고르며 말했다.

"원래 간격을 지닌 무기로 되돌렸나. 주운 물건치고는 너무 대단하잖아, 임마."

"양도받은 물건이다, 원래 주인이 마음에 들지는 않지만."

"중원에 잘 적응한 모양이로군. 그렇게 배포가 큰 친구도 있고, 말이야!"

먼 간격에서 염행이 날리는 공격은 간파하는 것도, 막아내는 것도 힘들다. 탄력 있는 짐승 뼈가 청경을 흐트러뜨리고, 당하는 사람의 판단을 헤집어놓는다.

그러나 마초는 막아냈다. 파사미첨도에 담긴 경력이 말의 몸을 통해 흘러, 무력화되⋯⋯기만 한 것이 아니었다. 곧바로 위험할 정도로 염행의 몸이 끌려갔다.

"뭐라, 고오?!"

말을 통해 이상한 경력의 흐름이 생겨났다. 저것에 잡히면 끝장이다. 어지간한 기병이라면 말과 함께 넘어졌더라도 이상할 게 없다. 염행조차 양주마를 타고 있지 않았다면 그 인력을 거스를 수 없었을 것이다.

"얕보지 마!"

휘어진 짐승 뼈를 되돌려서 그 반동을 이용해 방천화극을 튕겨냈다. 겨우 간격을 되돌리긴 했지만, 위험했다. 방금 주고받은 공방을 머릿속으로 분석했다———, 무기를 통해 느낀 것은 마초의 당황한 기색이었다.

———방금 그건 저 녀석에게도 뜻밖이었다⋯⋯, 그렇다면 이유로 생각해볼 만한 건 말의 힘인가? 적토마가 자

신의 의지로 기수를 도와줬다고?

"말이 기술을 이해하고 있다는 건가? ……괴물 같은 녀석."

말의 몸을 통해 경을 흘리는 건 마초의 특기였지만, 그건 이미 방어를 위한 기술이 아닌 수준이었다. 기병전에 있어서 후의 선, 그 오의.

"……하. 하하하."

뼈로 만들어진 자루가 부들부들, 웃음소리를 냈다. 자루에 담긴 경력이 이상할 정도의 탄력을 만들어냈고, 참격의 채찍이 된 파사미첨도가 죽음의 선풍으로 변했다.

"잘됐네! 말 덕분에 강해질 수 있어서! 그럼, 이건 기억나냐?! 양주에서 네가 한 번도 당해내지 못했던 내 절초다!"

칼날에도, 피비린내에도 겁먹지 않을 정도로 뛰어난 양주마가 있기에 가능한 기술. 이 선풍조차 염행이 날릴 기술의 일부, 견제에 불과했다. 마초는 그 사실을 알면서도 정면으로 파고들었다. 양주마 못지않은 용감함과 속도로 적토마가 돌진했다.

"멍청한 녀석!"

방천화극에 파사미첨도의 칼날이 닿은 순간.

짐승 뼈가 생물처럼 파도쳤다. 그것은 그야말로 먹잇감을 덮치는 뱀 같은 유연성을 보이며 적의 손목을 노렸다. 섬세하기 짝이 없는 기술이면서도 염행이 진심으로 날리면 손목부터 가슴팍까지 갈라버릴 수 있다. 실제로 그런 시체를 무수히 만들어 왔다.

"……어?"

염행의 눈앞에서 짐승 뼈가 산산조각 나서 흩어졌다. 염행이 경력을 전부 쏟아부었을 때도 부서지지 않았던 무기가, 흔적도 없이.

"……그렇군. 이게 천하무쌍의 무기인가?"

말이 스쳐 지나가는 순간, 방천화극의 자루가 염행의 배를 쳤다. 그와 동시에 마초는 염행의 멱살을 잡고 땅바닥으로 내던졌다. 염행은 최초의 일격으로 인해 숨이 막혀서 제대로 설 수가 없었다. 그럼에도 그 오기가 최소한의 반항심으로 혀를 움직이게 만들었다.

"뭐라는 거냐……, 어떤 무기라 해도……, 너 따위가……."

"접이식 무기는 약하다. 지식으로는 알고 있었지만, 직접 써보니 이해가 되더군."

마초가 고개를 저었다. 그 동작이 하나하나 염행에게는 거슬렸다.

"까불지 말라고, 가짜가……, 한 번 쓰러뜨린 정도로……."

"그렇군. 하지만 가짜로서 중원에 오길 잘했다. 진심으로 그렇게 생각한다."

"……마음에 안 들어. 너도, 중원도."

"안타깝지만 나는 마음에 든다. 하지만……."

마초는 주위를 둘러보았다. 이곳이 안개와 돌기둥으로 둘러싸인 미로라는 것을 마초도 이미 눈치채고 있었다.

"여기서 어떻게 나가야 하나……, 아니, 동백은 어디……."

적토마를 타고 나아가며 안개의 경계를 살펴보았다. 적토마의 까만 코끝이 안개에 닿았다.

"응."

갑자기, 안개가 사라졌다.

"어?"

"어?"

안개가 가시자 바로 앞에 동백이 있었다. 옆에는 이민족 노인도.

"마초? 언제부터 거기 있었나요? 아니, 그거 설마 적토마인가요? 방천———."

"동백!"

말에서 내린 마초가 동백을 끌어안았고, 자그마한 몸에서 숨소리가 한계까지 흘러나왔다.

"마, 마초, 당신은 정말 매번……, 수, 숨 막혀……."

"다행이다! 무사했구나!"

축 늘어진 동백의 몸을 내려주고 안팎으로 다친 곳이 없는지 살펴보았다.

"걱정했다고, 만약에 네가 길을 잃고 무서워서 울고 있다면 어떻게 해야 하나 싶어서……."

"뭐, 협력자분들 덕분에……, 어라?"

동백은 주위를 둘러보다가 노인에게 물었다.

"영은요? 어디 갔죠?"

"걱정하실 필요는 없습니다. 이 산은 그 아이에게 있어서 앞마당이나 마찬가지니까요. 마음이 내키면 모습을 드러낼 겁니다."

"……그런가요? 확인하고 싶은 게 있었는데."

"물론, 대답해드리겠습니다. 하지만……."

안개가 가셨고, 동백과 노인이 뭔가 이야기를 나누기 시작했기에 마초는 다른 일에 착수하기로 한 모양이었다. 어려운 이야기에 대한 반응. 이 녀석은 예전부터 뇌까지 근육이었지, 염행은 그렇게 생각했다.

"……정정해주마."

"뭐지? 동백에게 한 험담 말인가?"

"아니라고, 멍청아. ……너는 내가 생각했던 것만큼은 변하지 않았어. 그것뿐이다."

"그렇지. 나는 언제든 나다."

마초가 전장에는 어울리지 않는 미소를 짓고 염행 옆에서 몸을 숙였다. 염행은 살짝 내뱉었다.

"……흥. 뭐가……, 아니, 야. 너 뭐 하, 아얏?!"

"아, 아픈가."

"당연히 아프지! 어깨가 빠졌다고!"

"일단은 포로니까. 날뛰기라도 하면 곤란하고. 자, 오른쪽도 내밀어라."

"끄아악."

비명을 지르면서도 염행은 새삼 인정할 수밖에 없었다.

이 녀석은 역시 양주의 여자다.

◇

　마초(그리고 묶어서 말에 태운 염행)와 함께 병량고로 돌아와 보니 모든 것이 끝난 뒤였다.

　적 병사들이 무기를 내던지고 투항했고, 부상을 입은 전위가 붙잡힌 상태다……, 여기까지는 뭐, 예상했던 대로다.

　하지만 산속에서 차례차례 나타난 이민족들이 줄을 서서 조조군의 병량을 가지고 가는 모습은 상상하지 못했다. 척 보기에도 처음 봤던 원군보다 많았고, 여자나 아이들도 있었다.

　"아무래도 영의 소행인 모양입니다."

　그들에게서 사정에 대해 듣고 온 승노인이 가르쳐 주었다.

　"영이 근처 부족 사람들에게 가지고 가도 상관이 없는 식량이 있다며 가르쳐주고 다닌 결과, 이런 상황이 되었습니다. 멋대로 행동하여 죄송합니다."

　"네에……, 뭐, 저희로서는 병량을 태우든 가지고 가든 마찬가지니까 상관없지만요."

　"다들 기뻐하고 있습니다."

　"그건 잘됐네요."

　누가 이득을 본 건지 따지자면, 이번 전투의 제일가는

승자는 그들일지도 모르겠다.

"손상향. 그렇게 되었는데 상관없나요?"

함께 병량 배급 줄을 보고 있던 손상향에게 물었다.

"불만은 없어. 싸울 때 도움받기도 했고, 덕분에 이렇게 원수도 사로잡을 수 있었어."

꽁꽁 묶인 전위에게 곡도를 들이대자 전위가 신음하듯이 말했다.

"……저를 죽이지 않으시는군요."

"강동으로 끌고 가면, 오라버님께서 처단할 거야. 아버님의 후계자로서."

"그렇다면 그때까지 자해하지 않을 것을 약속하는 대신, 부탁드릴 게 있습니다."

"뭔데."

"불을 질러 봉화를 올려주셨으면 합니다. 조조 님께서는 병량을 잃었다는 사실을 눈치채시고 병사들을 물리실 겁니다."

"안 돼. 그 녀석도 아버님의 원수야."

"허나———."

"마초."

나는 그렇게 호위를 불렀다.

"봉화를 피워주세요. 요새에서 벌어진 전투도 끝낼 수 있을지 몰라요."

"동백, 멋대로 행동하지 마."

"그럴 권리는 있을 텐데요. 이건 당신만의 싸움이 아니니까."

공주님이 발끈하며 입을 다물었다. 어린아이지만 눈빛이 사나워서 위압감이 드는 표정이 되었다.

"친구라고 생각했는데. 배신하는 거야?"

"여기를 함락시킬 수 있었던 건 이민족 덕분이에요. 하지만 그들이 싸운 이유는 식량을 위해서죠. 조조군의 병량을 손에 넣은 지금, 그들이 싸울 이유는 없어요. 그들이 없는 상황에서 정말로 조조의 목을 따낼 수 있을 것 같나요?"

"그건 해봐야———."

그렇게 말하려던 손상향 앞에 손가락을 가져다 댔다.

"당신도 알고 있을 텐데요. 더 이상은 너무 지나친 도박이에요. 실패하면 손가에 중대한 화근을 남기게 될지도 모르는데, 당신의 부하는 얼마 안 되죠. 제 비웅군도 지쳤고요."

"적도 지쳤어."

"그러니까 도박이라는 거예요. 장안도, 강동도, 여기에서는 멀지만 조조의 근거지인 허창은 가까워요. 원술에게서 빼앗은 남양은 더 가깝고요. 병사와 병량을 보충해서 다시 들이닥치는 것도 무리하면 불가능한 건 아니에요. 다시 쳐들어온 조조에게는 이번 같은 기습은 통하지 않을 테고요. 훨씬 더 골치 아픈 상대가 되어 있겠죠. 그때 당신이 인질로 잡히기라도 하면 손가는……."

"이제 됐어."

손상향이 말을 가로막았다. 역시 현명한 그녀는 이해한 모양이었다. 감정에 몸을 맡기고 돌진하는 것이 위험하다는 사실을.

"그렇다면 말해줘, 동백. 우리가 아무것도 하지 않아도 조조가 다시 쳐들어올 가능성은 사라지지 않아. 넌 어떻게 그걸 막을 거야?"

"……저도 나름대로 생각하고 있었거든요. 이 싸움에서 제가 어떻게 하면 이길 수 있을지."

"조조의 목을 치는 거야."

"틀린 건 아니지만, 그것뿐만은 아닐 거예요."

"그렇군, 원원, 인가."

마초가 옆에서 그렇게 말했다.

"원원?"

"그래, 동백은 항상……, 손가의 공주님. 다시 한번만 말해줄 수 없겠나. 혀 짧은 느낌으로 다시 한번만……."

왠지 모르겠지만 흥분하기 시작한 마초를 밀쳐내고 나는 손상향에게 말했다.

"일단은 이 상황의 책임자는 저예요. 손가의 입장도 이해해요. 그런 걸 감안하고 부탁드리는 건데……."

나는 손상향의 손을 잡고 호소했다. 감정에 몸을 맡기고 전쟁을 벌여서는 안 되지만, 교섭을 할 때는 감정을 이용하는 것이 당연하다.

"이번 뒤처리, 제게 맡겨주실 수 없을까요? 친구로서."

◇

봉화는 아슬아슬하게 늦지 않았다.

조금만 더 늦었다면 연기가 어두운 밤에 묻혀서 야전이 길어졌을 것이고, 쓸데없는 희생이 늘어났을지도 모른다.

아무튼, 조조군은 요새를 탈출해서 군대를 물렸고, 동백 쪽에서도 그들을 뒤쫓지 않았다.

전쟁은 일단 종결되었다.

한밤중. 남양으로 돌아가는 도중의 야영지.

적의 추격, 야습을 경계하던 하후돈은 평소보다 엄중하게 경비를 지도하고는 조조가 쉬고 있는 막사로 향했다.

"아, 졌다, 졌어."

일찌감치 갑옷을 벗어둔 조조는 하후돈의 얼굴을 보자마자 그렇게 말했다.

"시를 미끼로 삼은 책략도 그렇고, 관우의 습격도 그렇고, 나를 잘 알고 있는 녀석과 싸우는 건 정말 껄끄러워서 견딜 수가 없어. 허저가 분투해주지 않았다면 살해당했을 거야. 요새 그 자체를 함정으로 삼는다는 기발한 발상도 그렇고, 뭔가 토대가 있겠지. 초선에게 물어보면 알 수 있 겠지만……."

하후돈은 그 자리에 가만히 선 채 잠자코 조조의 이야기를 듣고 있었다. 잠시 후, 입을 열었다.

"그래서, 형주 재침공 예정은?"

"어라, 마음이 급하네, 하후돈. 그렇게 조운이 마음에 들던가?"

"호적수로서 인정해 줄 수도 있다. 중간에 흥이 깨졌기에 다시 맞붙고 싶긴 하다만, 그런 이야기가 아닐 텐데. 네가 그렇게 자기 실수에 대해 나불나불 떠들어대는 건 이미 **뒤엎을 책략**을 생각하고 있기 때문이니까. 그걸 말해라."

후후, 조조는 소리 없이 그렇게 웃었다. 촛불이 비추고 있는 조조의 얼굴이 음침한 그림자를 띠었다.

"물론 할 거다. 동백도, 손가도, 이대로 둘 수는 없어. 남양으로 돌아가면 바로 움직인다. 이번에는 시간을 듬뿍 들여서 확실하게 조인 다음 양쪽 다 쳐부순다. 그리고 형주를 손에 넣는 거다."

"복수, 로군."

"그런 것보다 훨씬 중요한 것 때문이다. 그 지역에서 유비가 얻을 것. 그것만 제거하면 천하가 굴러들어올 테니까. 천하삼분지계 따위는 헛소리로 만들어버릴 수 있다고."

"그 이야기는 어려워서 나는 이해가 안 되더군. 하지만 네 미래를 위해 적을 쓰러뜨리라고 한다면 기꺼이 그러마."

"그럼 오늘은 쉬어라. 나도 잘 거야. 패배한 뒤이니 오히려 당당하게 돌아가야지."

"동감이다. 허나 경비를 게을리할 수는 없다. 특히 지금은 허저가 부상을 입었고, 전위도 아직 돌아오지 않았다."

조조는 손을 슬쩍슬쩍 흔들었다. 마음대로 하라는 그 신호는 하후돈도 이미 알고 있었고, 그는 주군에게 등을 돌렸다.

"하후돈."

뒤늦게 목소리가 날아들었다.

"순찰간 뭔가 특이한 점은 없던가."

하후돈은 잠깐 생각하다가 대답했다.

"진 근처에 이민족으로 보이는 소녀가 있던데."

"이민족?"

"소년일지도 모르겠다만, 아무튼 아이였다. 가만히 이쪽을 살펴보고 있길래 말을 걸었는데, 숲으로 돌아갔다. 그것뿐이다."

"그런가."

"그렇다."

그날 밤, 조조가 하후돈과 나눈 이야기는 그것으로 끝이었다.

홀로 남은 조조는 침상에서 하후돈이 말했던 '이민족 아이'에 대해 잠깐 생각했다. 하지만 그 생각이 의미 있는 형태를 이루기도 전에, 지쳐 있던 미래의 위왕은 잠에 빠져들었다.

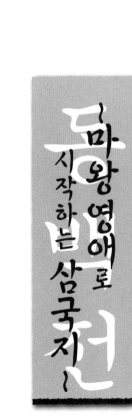

~마왕영애로 시작하는 삼국지전~

11장 동백 쨩과 간웅 군과 천하무쌍.

천하무쌍이 아니게 된 여포는 이제 죽음과 피로 얼룩진 꿈을 꾸지 않는다.

그날 꾼 것은 낙양의 꿈. 반동백 연합과 동백이 벌인 전투로 인해 잿더미가 된 줄 알았던 수도, 여포는 그 과거의 장엄한 궁전 안에 있었다.

황제가 사는 낙양 궁전은 텅 비어 있었고, 여포 말고는 아무도 없었다. 그야 그렇겠지, 이미 멸망한 곳이니까——, 여포는 그렇게 모순된 감상을 품었다.

여포는 아무도 없는 궁전을 걸어갔다. 정처 없이 떠도는 게 아니라 코를 간질이는 향기의 근원을 찾고 있다. 왠지 그리운 복숭아 향기다.

잠시 후, 여포는 정원으로 나갔다. 정자에는 마치 선녀 같은 미녀가 앉아 있었다. 그녀가 여포를 향해 고개를 숙였다.

"오랜만입니다, 여포 님."

"진짜 오랜만이네, 초선 쨩."

동탁의 애인, 초선. 무시무시할 정도의 미녀라서 여포 같은 남자가 그냥 넘어갈 리가 없었다. 동탁 몰래 몇 번이나 추파를 던졌었다.

"가까운 사이가 되고 싶다고는 생각했는데, 설마 이제야 만나게 될 줄은 몰랐네. 지금은 뭐 하고 있어?"

"여전하죠. 상국님을 돌봐드리고 있답니다."

"아, 동탁에서 그 꼬맹이로 갈아탔었던가? 역시 마왕 옆에서 방긋방긋 웃을 수 있는 여자는 담력도 전혀 다르네."

"칭찬으로 받아들이겠습니다."

"실제로 칭찬이거든. 아니, 그건 그렇고……."

공손히 무릎 위에 올려놓고 있는 초선의 손을 내려다보며 말했다.

"이거, 진짜 꿈이야?"

"재미있는 말씀을 하시네요."

옷소매로 입가를 가리며 쿡쿡 웃는다. 저런 구석이 확 땡긴단 말이지. 여포는 그런 생각을 했다. 모든 것이 남자의 시선을 끌기 위한 잔재주로 보이고, 마치 인공적으로 만들어낸 듯한 경국의 미녀.

"여기 낙양의 궁전이잖아? 하지만 내 기억은 이렇게까지 선명하지 않다고. 내 꿈이라기보다는 다른 사람의 꿈에 실례하고 있는 것 같단 말이지."

"……정말 재미있는 분이시네요."

"아, 방금 한 말, 진심이지."

"어머, 저는 언제나 있는 그대로인데요?"

호호호, 다시 인공적인 웃음소리를 냈다. 저건 연기다.

"그건 그렇고, 인연이란 정말 재미있군요. 설마 여포 님께서 그 마을에 가실 줄은 몰랐습니다."

"알아? 거기."

"네. 정말 잘 알지요."

"혹시, 영이나 영감도 알아?"

"그곳은 제 근원과 연관된 금기. 들어가기는커녕, 직접 관여할 수도 없습니다. 그러니 여포 님 같은 분께서 그 두 사람과 친하게 지내주시니 감사히 여기고 있습니다."

"금기란 말이지. 자세히 이야기할 생각은 없는 모양이네."

초선은 남자의 내장을 녹여버릴 것 같을 정도로 요염한 미소를 지었다. 낙양에 있었던 무렵의 여포라면 이런 여자와 단둘이 있을 때 손을 대지 않고 넘어가진 못했을 것이다.

"조조가 형주로 쳐들어간 이유는 그 아이 때문입니다."

"조조가 영 때문에 전쟁을 일으켰다고?"

"네. 애초에 원인을 따지자면 제 잘못 때문이지만요."

그럴 수도 있겠지. 여포는 순순히 그렇게 생각했다. 영은 분명 이상한 아이지만, 여포가 알고 있는 조조도 꽤 특이한 자였다.

"조조는 영을 손에 넣으려 하고 있습니다. 그것 또한 가능성 중 하나라 생각했습니다만, 제 마음이 바뀌었거든요."

초선이 손을 모으고 고개를 숙였다.

"동백 님께서는 조조의 야영지로 가셨습니다. 그런 가운데 천하제일의 무인, 여포 님께 부탁드릴 게 있습니다."

"알겠어."

초선이 침묵과 함께 여포를 바라보았다. 그 진지한 표정이 우스웠기에 여포는 웃음을 터뜨렸다.

"아니, 진짜로 알았다고. 그만큼 이야기를 해줬으니 짐작이 가거든. 뭘 해줬으면 하는지도."

초선은 여전히 여포를 빤히 바라보면서.

"……꽤 많이 변하셨군요."

"내 **앞**이 보였거든. 다른 것도 볼 수 있게 되었어."

어쩌면 천하무쌍이라는 칭호를 완전히 버릴 수 있었기 때문일지도 모르겠다. 지금 나는 이제 그냥 여포다.

"그렇다면……, 예전부터 현인께는 예를 다하는 법. 저는 부탁을 들어주신 보답을 하려 합니다. 뭔가 원하시는 게 있으신지요?"

"나랑 차를 한번 마셔줬으면 좋겠는데."

"알겠습니다."

초선이 다시 손을 모으고 고개를 숙였다.

"이 초선, 반드시 당신 곁을 찾아뵙고 함께 차를 즐길 것을 약속드리지요."

여포는 눈을 떴다.

그곳은 요새 앞. 예전에 원술이 세우고, 동백이 들르고, 여포를 쓰러뜨리고, 조조와 싸웠던 곳.

지금은 전투로 인해 타고 그을려서 무참한 꼴을 드러내고 있지만, 이곳은 여전히 동백의 거점이다.

그 문 앞에 있던 짐수레 위에서 여포는 화물에 몸을 기댄 채 졸고 있었다. 짐수레에 매인 당나귀와 영이 나란히 여포를 바라보고 있었다.

"너⋯⋯, 뭐, 됐어."

초선에 대해 물어보려 했지만, 어린아이에게 꿈 내용을 물어보는 것도 바보 같은 짓이다. 여포는 눈을 비비며 몸을 일으켰다. 요새 쪽을 보니 마침 승노인이 기울어진 문을 지나 이쪽으로 다가오던 참이었다. 승노인이 말을 끌고 오는 걸 보고 여포가 말을 걸었다.

"원군으로 와준 보수가 겨우 말 한 마리야? 쪼잔하긴."

"진짜배기는 이쪽이라네."

노인이 내민 것은 금속제 패였다. 표면에는 동백의 옆얼굴이 새겨져 있었는데, 솔직한 감상을 말하자면 악취미다.

"값어치가 나갈 것 같진 않은데."

"나도 잘 모르겠다만, 상인에게 보여주면 된다는군."

"써먹는 법도 잘 모르는 걸 받아서 어쩌게."

"이게 있으면 나도 한인들 세상을 돌아다니기 편하지. 그리고 선물도 될 게야."

승노인은 그 패를 소중히 품속에 간직했다. 여포는 주술 부적을 소중히 여기던 노인이 떠올랐다.

"동백은 만났어?"

"아니. 자리를 비운 모양이더군. 전쟁의 뒤처리를 하기 위해 적진으로 갔다고 들었다. 어린 몸으로 고생이 많기도 하지."

꿈과 들어맞는 부분———, 초선이 했던 말이 사실과 겹쳐지는데도 여포는 당연하다는 듯이 받아들였다. 내가 바꿔긴 한 모양이다.

"영감이 찾아가려는 녀석들이 제갈 일족이었나? 양양이라는 곳에 있다는……, 진짜로 연줄이 있는 건 맞겠지?"

"이 아이를 받아달라고 부탁할 수는 있지……, 하지만 나까지는 돌봐줄 수 없을 게야. 나는 마을로 돌아갈 거다. 그게 이번 생의 이별이 될 테고."

승노인은 점점 목소리를 낮추며 말했다. 영이 듣는 걸 우려했기 때문일 것이다.

"자네는 어쩔 건가. 지낼 곳이 없다면 나와 함께 마을로 가지 않겠나?"

"아니."

여포는 출발할 준비를 하기 시작한 승노인을 피해 짐수레에서 내렸다. 유일한 짐인 활을 챙기며 말했다.

"나는 여기서 헤어질 거야. 영감이 죽지 않고 살아남았으니 영을 데려다준다는 약속도 없어졌고."

승노인뿐만이 아니라 영도 고개를 들었다.

"어디 갈 곳이 있는 겐가."

"잠깐 동백 면상 좀 보러."

그 말을 듣자 승노인의 얼굴에 주름이 더욱 깊어졌다.

"아직 집착하고 있는 겐가. 자네의 목숨을 어떻게 쓸지는 자유다만, 그런 것 때문에———."

"시끄러워. 내 자유라면 내버려 두라고."

더 이상 뭔가 잔소리를 듣기 전에, 여포는 그렇게 생각하고 다리를 절면서 걸어가기 시작했다. 열 걸음도 가기전에 당나귀와 짐수레가 따라왔다.

"잠깐만."

"그러니까, 시끄럽다고."

"됐으니까 기다리게. 그 다리로 계속 걸어가는 건 무모하지. 말을 줄 테니 타고 가게. 이건 자네에게 줄 생각으로 받아온 것이야."

"응."

짐수레에서 영이 손을 뻗어 옷소매를 당겼다. 여포가 그 손을 뿌리친 순간, 다리의 보조 기구가 소리를 내며 망가졌다.

여포는 엉덩방아를 찧은 채, 짐수레 위에 있는 영을 올려다보았다.

"……너, 뭔가 저지른 거지?"

"으응~?"

영은 눈을 피하고 있었다. 여포는 짐수레를 손으로 짚고 몸을 일으키며 말했다.

"거기 도착하기 전까지는 고쳐라."

"응."

◇

막사가 늘어서 있는 진지, 나와 마초는 그 안을 걸어가고 있다.

병사들의 시선이 따갑다. 우리를 안내해주고 있는 사람은 외눈의 장수, 하후돈.

"설마 이런 형태로 다시 만나게 될 줄이야, 상국 각하."

"어제는 조운이 신세를 진 모양이던데요."

"나야말로. 다음번에는 반드시 결판을 낼 거라고 전해줘라, 뭐……."

하후돈이 멈춰 서서 길을 양보했다.

"네가 살아서 돌아갈 수 있다면 말이지만."

남양으로 귀환하던 조조군을 따라잡는 건 어렵지 않았다.

조조가 딱히 느릿느릿 철수하고 있었던 건 아니다.

우리가 군대를 이끌지 않고, 전투가 끝난 다음 날 열 명정도만 말을 타고 쫓아갔기 때문이다. 우리는 조조군이 남양으로 들어가기 전에 야영지를 발견했고, 면회를 신청했다.

당연하게도 '동백이 왔다'는 말을 믿어주지 않았기에 계속 실랑이를 벌이던 끝에 상황을 살펴보러 온 하후돈이 나를 발견했다. 그는 정색하면서 조조에게 연락을 취해주었고, 지금에 이르게 되었다.

하후돈의 안내를 받아 따라간 곳은 진지를 한눈에 둘러

볼 수 있는 작달막한 언덕. 언덕 위에는 막사가 있었고, 그 앞에 상궤(접이식 의자)가 두 개 있었다. 그리고 남자도 두 명.

얼굴에 상처가 잔뜩 난 미청년과 몸집이 작긴 하지만 눈빛이 이상할 정도로 강한 아저씨다.

"잘 왔네, 동상국. 환영과 함께 칭찬하도록 하지. 오늘 이 행동은 지금까지 봤던 것들 중에서 가장 흥미로워."

"그거 감사합니다. 초세지걸이라 칭송받는 조조 님께 칭찬을 들으니 영광입니다."

"칭찬하지 않을 수는 없겠지. 자칫 잘못하면 사로잡히거나 죽게 되는 책략인데."

조조가 상궤에 앉았다. 다른 하나를 내게 권하며 말했다.

"어떻게 해서 내게 죽지 않을 생각인 건지, 솔직히 전혀 상상이 되지 않아. 너무 기대가 큰 나머지 가슴이 뛰다니, 소년 시절이 생각나는군. 나답지도 않게……, 왜 그러지?"

조조가 나를 올려다보았다. 그 눈은 내가 본 적도 없는 번득이는 의지로 장식되어 있어서, 보고 있기만 해도 등에 땀이 흘렀다. 적의와 살의와 호기심, 그것들이 한데 뒤섞여서 이상한 색으로 나를 포착하고는 놓아주려 하지 않았다.

"앉아라."

"……실례합니다."

앉은 내 뒤에는 마초. 맞은편에는 누구인지 모르겠지만 상처투성이인 청년.

머릿수는 양쪽 다 똑같지만 나는 어린 소녀인 몸, 그리고 적다. 이런 상황에 일부러 뛰어들면 조조 같은 호기심의 괴물이 흥미를 보이지 않을 리가 없다……, 그렇게 생각하고 왔는데, 반응이 예상보다 격렬했다.

"쓸데없는 짓은 하지 마."

"내가 할 말이다."

청년이 말하자 마초가 그렇게 대답했다. 마초는 여포로부터 양도받았다는 방천화극을 가지고 들어오는 것도 허락받았지만, 아군은 그녀 한 명. 나는 싸우지 않게 될 거라는 가능성을 기대하며 왔다.

"따분한 서론이나 인사는 됐다. 자, 말해라."

동백의 혀를 쓰면 단번에 살해당할 것 같네, 그렇게 생각한 나는 자세를 바로잡은 다음 쓸데없는 말을 하지 말자고 자신을 타이른 뒤 이야기하기 시작했다.

"오늘 제가 온 건 당신이 경영하고 있는 회사에 대해 이야기하기 위해서입니다."

"……전쟁에 대한 이야기를 하는 거 아니었나."

조조는 정말로 뜻밖이라는 듯이 그렇게 말했다.

"아뇨, 그건 아닙니다. 전후 영토 처리나 배상금 같은 이야기를 하려는 건 아니에요."

"훗, 전쟁의 승자가 전쟁 이야기를 꺼내려 하지 않다니."

"네. 그건 당신의 전문 분야니까요. 거기서 싸워봤자 이번처럼 서로 쓴맛만 보는 무승부가 한계겠죠. 모두가 납득

할 만한 승리는 거둘 수 없을 거예요. 하지만."

두 손을 모으고 조조의 눈을 정면으로 바라보며 말했다.

"회사와 장사 쪽에서는 아마 제가 이길 겁니다."

조조가 나와 거리를 재는 듯이 눈을 가늘게 떴다.

"내가 장사 쪽에서는 초짜라고?"

"그런 말씀을 드리진 않았습니다. 하지만 당신은 회사라는 걸 이 시대에 끌어들였죠. 하는 김에 지폐나 회사원도요. 회사 경영이라면 그건 제 전문 분야입니다. 당신은 100년에 한 번 나올까 말까 하는 천재일지 모르겠지만, 저는 천년 뒤의 미래를 알고 있는 사람입니다. 전쟁이나 정치라면 당신의 발치에도 미치지 못하겠지만, 이쪽 방식으로 승부하게 되면 최후에는 반드시 제가 이기겠죠."

"자신감이 대단하군."

"실제로 이 시대의 지식을 이용한 전투에서는 제가 이겼습니다. 당신은 형주도, 공명도 얻지 못했고요."

"……그건 인정하마."

목 안쪽에서 쥐어 짜낸 듯한 목소리였다. 패전은 조조에게도 나름대로 충격적이었던 건지도 모르겠다. 그렇다면 그의 자존심을 자극하는 말을 하는 건 별로 좋은 생각이 아니다.

"저는 더 이상 당신과 싸우고 싶지 않습니다. 싸워봤자 얻을 것도, 승산도 별로 없으니까요. 그러니 오늘은 제안을 드리러 왔습니다."

"제안?"

치고 들어갈 때다. 나는 예전에 마초에게 들은 이야기를 떠올리며 실천에 나섰다. 무술의 호흡. 폐 아래의 단전을 의식하고, 들이마시고, 내뱉는다.

"조조 님. 저를 귀사의 컨설턴트──, 경영 자문 담당으로 삼아 주시지 않겠습니까?"

◇

오른쪽 다리의 보조기구 상태를 확인하면서, 여포는 홀로 걸어가고 있었다.

승노인과 영은 없다. 그 두 사람은 눈에 잘 띄기 때문에 행동을 개시하기 전에 헤어졌다. 따라오려던 영을 승노인이 나무라던 동안에 여포는 떠났다.

──부탁이니까 또 불쑥불쑥 나타나지 말라고. 그 녀석, 지금 눈에 띄면 골치 아프니까.

여포는 길에서 벗어났다.

이 방향 너머에 조조의 진지가 있다는 건 이미 알고 있다. 전쟁이 끝난 뒤 근처 주민이 전장을 뒤지러 오는 경우는 그리 드문 일이 아니었고, 그런 사람으로부터 정보를 얻으니 군대의 동향도 예측할 수 있었다.

여포는 그대로 걸어간 다음, 두 사람의 모습이 보이지 않게 되자 무릎을 꿇고는 피를 토했다. 풀이 붉게 물들어

그곳에만 꽃이 피어난 것처럼 보였다.

"아……."

고향에 있던 꽃밭이 여포의 머릿속을 스쳐 갔다. 나는 그곳을 좋아했다. 사냥이나 전투보다는 꽃을 좋아하는 소년이었다고 하면 천하무쌍의 여포를 아는 사람들은 웃어넘길 것이다. 지금의 여포를 보면 눈을 의심할 게 분명하다.

여포는 이제 시간이 얼마 남지 않았다는 것을 얼마 전부터 알고 있었다. 그 두 사람의 치료는 이미 끝나버린 수명을 연장시킨 기적이나 마찬가지였다.

다리에 힘을 주고 일어섰다. 호흡을 확인하고, 완전히 기가 돌지 않게 된 자신의 몸을 억지로 걷게 만들었다. 경맥의 말단이 이미 부패하기 시작한 것 같다는 느낌이 들었다. 이런 몸으로 경력을 뿜어내면 곧바로 산산조각 나버릴 것이다.

그 꽃밭은 지금도 있을까. 멀리 떨어져 있는 형주 땅을 그런 생각을 하며 걸었다.

조조의 야영지는 금방 찾아냈다. 언덕을 둘러싸고 있는 이유는 적습을 곧바로 눈치채기 위해서이고, 근처에는 병사들을 숨겨두기에 안성맞춤인 수풀도 있었다. 남쪽에 대한 경계심이 강하게 드러난 이유는 동백의 추격에 대비하기 위해서일 것이다. 반대로 아군이 있는 남양 쪽은 그렇지 않았다.

우선은 몸을 숨기며 경비가 허술한 곳으로 다가가서 상

황을 살펴 보고……?

"……크큭, 하하하, 하하하하하!"

자기가 한 생각이 우스워서 웃음이 솟구쳤다.

천하무쌍이 아니게 되었다고?

경력을 돌릴 수가 없다고?

이제 곧 죽는다고?

"그래서 어쨌다는 거냐고."

여포는 활과 화살통만을 챙겨서 조조의 야영지로 향해 일직선으로 다가갔다.

전투를 앞두고 이것저것 생각하는 건 내 방식이 아니다. 그런 건 군사가 할 일이다. 전투에 이기려면 정면으로 적을 박살 내면 된다. 오늘은 아군이 나 혼자지만, 딱히 신경 쓸 필요도 없을 것이다.

야영지 문앞에서 여포는 당당하게 활에 화살을 메겼다.

"……네놈! 거기서 뭐 하는 거냐!"

야영지를 지키고 있던 병사가 누구냐고 물었지만, 여포의 의식은 쏴야 할 표적에만 쏠려 있었다.

진지 안쪽, 멀리 떨어진 고지대 위, 사람 그림자를 포착하자———, 크게 들이마신 숨은 온몸의 경맥에 기운을 북돋았다. 배 안쪽에서 힘이 솟구쳤다. 오랜만에 느껴지는 파괴적인 힘이 두 팔에 깃들었고, 여포를 위해 만들어진 강궁이 휘기 시작했다. 활시위가 울리는 소리와 함께 들린 것은 여포의 손톱이 차례차례 터져나가는 소리였다.

"야, 진짜 뭐 하는 거냐고……, 피가……."

피 정도는 흐를 만도 하다. 몸이 힘을 견디지 못하고, 입은 지 오래된 상처부터 차례대로 벌어지고 있으니까.

"닥치고 구경이나 해, 볼만 할 테니까."

여포는 목 안쪽에서 치솟는 피를 다시 삼켰다.

"누구도 흉내 낼 수 없는 천하무쌍, 극치의 화살 한 발. 대대손손 이야깃거리가 될 거다."

◇

조조는 내 제안을 차분히 곱씹고 나서 말했다.

"다시 말해서, 너를 고문으로 맞이하라는 건가?"

"그런 뜻이에요. 저는 장안의 주변에 경제권을 만드는 걸 목표로 삼고 있었는데, 중원에도 창구가 필요했거든요. 그걸 당신이 해준다면 고맙죠. 중원과 장안, 양주, 서역, 이렇게 하나의 경제로 묶인다면 폐허가 된 낙양을 부활시킬 수도 있을 거예요. 그러면 낙양을 완충지대로 삼아서 서로 불가침을 지킬 수도 있고요."

"…………."

"방금 말씀드린 건 제 계획 중 하나에 불과해요. 제 지식과 당신의 재능, 이 두 가지가 합쳐지면 우리 사업은 반드시 성공할 겁니다."

조조는 목뒤에 손을 대고 하늘을 올려다보았다. 조조가

곤란해하는 듯한 순간을 나는 그때 처음 보았다.

"도저히……, 전쟁이 끝난 뒤에 할 이야기가 아닌 것 같군."

"알고 계신대로, 저는 이 시대 사람이 아니니까요. 상대방을 만신창이로 만들고 이쪽도 그에 맞는 대가를 치른다, 그렇게 별로 짭짤할 게 없는 결말을 원하지는 않아요. 목표는 모두가 이익을 얻는 결말이죠. 이런 걸 윈윈이라고 하거든요, 미래에서는."

조조가 침묵했다. 상대 쪽 호위는 깜짝 놀란 표정이었고, 마초는 왠지 납득하고 있었다.

나는 더 이상 말하는 걸 피하며 입을 다물었다. 조조에게 생각할 시간을 주고 싶었기 때문이었고, 조조만큼 지성을 지닌 사람이라면 내 생각을 받아들이는 게 더 이득이라는 사실을 이해할 것이다. 역사를 바꾸는 도박을 할 거라면 공명을 찾고 손가를 박살 내는 것보다는 내 손을 잡는게 더 이익이라는 것을.

"……그렇군."

그렇게 중얼거린 조조의 눈은 부드럽고 잔잔했다.

"네 제안의 의미, 잘 알았다."

그 대답을 들은 순간, 막히던 숨이 흘러나오는 걸 느꼈다.

"싸우지 않아도 된다면 그게 더 좋긴 하지. 결국, 전쟁이라는 건 효율이 안 좋으니까. 아무리 증오스러운 상대라 하더라도 이익을 얻을 수 있는 건 산 자뿐, 죽은 자가 아니다."

나는 손을 내밀었다. 조용한 눈으로 내려다보고 있던 조조에게 말했다.

"그럼, 악수를 하시죠."

"악수."

"거래가 성립된 증거예요."

"그렇군."

조조의 의외로 투박한 손이 내 손을 잡았다. 생각보다 세게, 아플 정도로.

"그럼, 그대로 내 대답을 들어다오."

"네?"

조조가 왼손으로 검을 뽑아 들었다.

"네놈!"

마초가 그렇게 소리 지르며 움직이자 상대 쪽 호위도 움직였다.

옆에서 철봉과 방천화극이 맞부딪혔고, 조조의 칼끝이 나를 향해━━━.

화살이, 나와 조조 사이를 뚫고 날아갔다.

날아온 화살은 막사의 입구에서 안으로 빨려 들어갔고, 가운데 세워져 있던 조조의 갑옷 가슴 부분을 꿰뚫었다. 화살의 충격으로 인해 갑옷은 받침대와 함께 쓰러졌다. 화살 깃 위치로 보아 갑옷을 앞에서 뒤까지 완전히 관통시킨 것 같았다.

순식간에 두 호위가 동시에 앞으로 나서서 주인을 감싼 순간———, 화살이 날아온 방향에서 잘 아는 목소리가 울려 퍼졌다.

"졸개들끼리 속닥속닥 뭐 하는 거야! 기분 나쁘게!"

"……어? 여, 여포?!"

마초 뒤에서 고개를 내밀고 화살이 날아온 쪽을 보았다. 야영지를 내려다보니 병사들이 소란을 피우고 있었고, 입구 근처에 주저앉은 병사와 활을 겨누고 있는 남자가 보였다. 조금 꾀죄죄해진 것 같긴 하지만, 몇 번이나 나를 죽이려 한 녀석을 알아보지 못할 리가 없다.

———아니, 이 거리는 활이라기보다는 저격총 사정거리 아닌가? 저 녀석, 치명상을 입고 재기 불능 상태 아니었어?

옆에 있던 마초는 나보다 더 놀란 것 같았다.

"말도 안 돼……, 힘을 거의 다 잃어버린 사람이 이런 거리를……?!"

"여어, 마초 쨩, 잘 지냈어?"

이렇게 멀리 떨어져 있는데도 목소리가 똑똑히, 바로 옆에서 말하는 것처럼 들렸다.

"나는 그 얼빠진 면상을 다시 보게 되어서 토할 것 같은데. 졸개 주제에 아직 죽지도 않았구나? 생명력만큼은 훌륭하네, 해충 수준이야. 그리고 조조. 꼬맹이 손을 잡고 들뜬 모습을 보니 정말 질색인데. 생리적으로 힘들 것 같으니까 손목 아래쪽을 잘라버려도 되는지?"

조조는 도발을 무시하고 내게 물었다.

"이쪽 정보로는 여포가 무인으로서의 능력을 잃었다고 들었는데, 아닌가?"

"저도 그렇게 인식하고 있었는데……, 어, 좀 전에 저를 찌르려 한 건요……?"

"다시 말해, 저건 네 책략이 아닌 거로군."

……나를 떠본 모양이다. 답 맞추기에 이용당해버렸다.

"그렇다면 우리는 똑같은 거짓 정보를 알게 된 건가……, 허저, 화살이 다시 날아오면 막을 수 있나?"

"나 혼자라면 막을 수 있겠지만, 주군님을 지킬 수 있을지는 운에 달렸어."

"어? 그 사람, 허저인가요?!"

"누가 어떤 꿍꿍이로 여기에 끌어들였는지는 모르겠다만, 저 화살의 기세는 무시할 수 없다. ……다들, 그 남자는 건드리지 마라!"

조조가 자신의 진지를 내려다보며 외쳤다. 원래는 이렇게 외치는 게 당연한 거리다.

"뭐 하러 왔나! 여포! 이 중화의 역사에 이제 네 자리는 없다!"

"높은 곳에서 내려다보니 기분이 좋아진 거야? 꼬마. 졸개 중에서는 머리가 좋은 편인 줄 알았는데 말이지. 바보에게는 정기적으로 떠올리게 해줘야 하는 느낌인가?"

여포가 다음 화살을 활에 매겼다. 그것만으로도 나는 누가 내 등에 얼음을 집어넣은 듯한 심정이었다. 이렇게 멀리 떨어져 있는데도 불구하고.

화살에 직접 노려지고 있는 조조가 느끼고 있을 압박감은 비교도 안 될 수준일 것이다.

"내 무력은 모든 것을 망쳐놓을 수 있는 권리라고. 자리가 없다면 걸리적거리는 녀석을 치우고 앉으면 되잖아. 내가 그럴 수 있다는 건 알고 있겠지?"

"……제멋대로 구는 녀석이로군."

조용히 중얼거린 조조의 목소리는 진심으로 골치 아파하는 듯한 느낌이었다. 갑자기 천하무쌍의 인격 파탄자가 들이닥쳤는데도 용케 그런 반응만으로 넘어가는구나, 하는 생각도 들었다.

조조는 어쩔 수 없다는 듯이 다시 외쳤다.

"요구가 뭔지 말해라! 아니면 진심으로 나와 자리를 놓고 다투려고 온 거냐!"

"그 꼬맹이를 무사히 돌려보내 주고 너도 돌아가라. 그리고 두 번 다시 형주를 침공하지 마. 미리 말해두지만, 이건 부탁이 아니라고. 천하무쌍이 꺼낸 말의 무게, 머리가 좋은 조조 군이라면 이해가 되겠지?"

"바보 같은 요구로군! 거절하면 어떻게 할 거냐!"

"네가 형주에 있는 한, 계속 달라붙어 주마. 두 번 다시 그렇게 주위 경치가 잘 보이는 곳에는 서지 못하겠지. 내 화살을 겁내면서 밥을 먹고 똥만 싸는 생활을 하고 싶다면 시험해보지 그래?"

조조가 허저를 돌아보자 허저는 묻기도 전에 진지한 표정으로 대답했다.

"무슨 일이 생기더라도 나는 몸을 날려서 주군님을 지키겠지만, 지금은 전위가 없어. 잘 생각해서 결정해줘."

"말도 안 돼. 겨우 한 명이 형주에 가세했을 뿐이다. 그것뿐이라고."

조조는 중얼거리면서 여포를 내려다보았다. 화살은 흔들림 없이 조조를 계속 노리고 있었다.

"……군략을 기울게 만드는 개인의 비중……, 그것이 천하무쌍인가."

조조는 조용히 중얼거리고 난 다음, 큰 소리로 외쳤다.

"우리는 형주를 침공하지 않겠다! 동백도 그대로 돌려보내마! 그러면 되겠지!"

"그래, 그래, 참 잘했어요. 그렇게 겁먹지 말라고. 그쪽이 약속을 지킨다면 나도 약속을 어기지 않을 테니까."

여포는 활을 내렸고, 조조는 어깨를 으쓱였다. 나는 조조에게 물었다.

"정말로 형주에서 손을 떼실 건가요?"

"원래 역사에서는 저 녀석이 중원을 헤집고 다니다 죽는 거였지?"

"그럴 거예요."

"결과적으로 저 녀석의 행동은 내게 이익을 가져다준다고 들었다. 하지만 형주에서도 그렇게 될 거라는 보장은 없지. 이쪽 정세는 복잡한 데다 유비라는 골칫거리도 형주 편을 들고 있다. 이 땅에서 녀석들을 상대로 전쟁을 벌이고 싶진 않아. 그렇다면 나는 우선 중원에서 세력을 키우게 되겠다만……, 이제 원래 역사대로 되었나?"

"별로 안타까워하는 것 같지 않네요."

"그렇지."

조조가 씨익 웃었다. 패배하고 나서 분한 느낌이 아니라, 진심으로 즐겁다는 듯이.

"나는 초선에게서 지식을 얻었다. 내게 있어서 숙명을 뒤엎기에 충분한 지식이다. 정해진 역사와 싸운다면 그것도 나름대로 남자로서 가슴이 뛰는 일이지."

"네에, 그러신가요."

"너는 여자애니까."

젠더가 아니라 캐릭터 차이 아닐까 싶은데요. 이 SSR 녀석.

"허나, 기억해두거라, 동백."

조조는 꿰뚫는 듯한 눈빛으로 내게 말했다.

"지금은 형주를 그냥 두겠지만, 남쪽을 병합할 수 있는 힘을 얻게 되면 봐주지 않겠다. 형주에 여포가 있든, 유비가 있든 말이다. 공명, 그리고 손가도 전부 단숨에 삼켜주마. 그렇게 되었을 때 누구 옆에 서는 게 현명할지, 잘 생각해둬라."

조조는 그렇게 말하며 발걸음을 돌렸다. 그 뒤로는 나를 보지도 않고 말했다.

"이야기는 끝났다. 돌아가도록."

"저, 저기, 컨설턴트 이야기는……."

"저렇게 골치 아픈 친구를 둔 사람과 손을 잡을 생각은 없다."

조조는 그렇게 말하고 나서 막사 안으로 들어갔다. 허저라는 청년은 주인과 함께 떠나면서 내 얼굴을 힐끔 보았다.

"친구는 잘 고르는 게 좋을 거야."

"네에……."

거래는 실패. 하지만, 그것보다.

———여포가 내 목숨을 구해준, 건가?

마초 뒤에서 조심조심 여포 쪽을 보았다. 거리가 꽤 멀리 떨어져 있기에 나도 나름대로 소리를 질러야만 했다.

"저기~, 제가 어떻게 해야~? 음, 감사합니다……?"

"…………."

"어……, 왜 아무 말도 안 하는데……."

"자리를 양보한 게 아니다. 내가 버린 걸 너희가 주웠을 뿐이지. 자리를 늘리겠다면 그걸 위해 쓰라고."

———자리? 무슨 소린데?

내 의문을 방치한 채 여포가 등을 돌렸다. 그리고 말했다.

"작별이다, 한의 상국."

여포는 그대로 걸어가기 시작했다. 그 뒷모습을 보고 마초가 조용히 중얼거렸다.

"……저 녀석은 잃은 과거가 아니라 미래를 위해 화살을 날린 거야."

"마초?"

마초는 고개를 저으며 왠지 쓸쓸한 듯한 표정으로 말했다.

"나중에 이야기해줄게. 오늘은 돌아가자."

마초가 재촉했기에 그곳을 떠났다. 떠나갈 때, 나는 돌아보았다.

막사 안에서는 조조와 허저가 화살을 맞고 쓰러진 갑옷을 내려다보고 있었다.

여포가 날린 화살은 누구도 겁내지 않고 날뛰던 천하무쌍의 일생처럼 거기에 박혀 있었다.

◇

여포는 재빨리 그곳을 떠났다.

골치 아플 것 같은 외눈 장수가 이쪽을 노려보고 있었고, 금방 나올 동백, 마초와 마주치는 것도 내키지 않았다.

———자, 어떻게 할까.

목적지도 없이 나아가고 있기만 할 뿐인데, 그것만으로도 몸 전체가 무너져내리는 것을 알 수 있었다.

근육과 뼈가 찢어지고, 경맥이 풀리기 시작했다. 그럼에도 불구하고 신기하게도 기분이 좋았다. 무인으로서 다른 사람들보다 뒤떨어지는 몸으로 천하무쌍을 사칭했던 것은 의외로 마음에 드는 구석이 있었다.

말굽과 바퀴 소리가 다가왔다. 눈의 초점이 거의 맞지 않아서 사람인지 말인지도 잘 알아볼 수가 없었다.

하지만 귀에 익은 목소리였기에 상대가 누군지는 알 수 있었다.

"응! 으으응!"

"……가라고 했는데 왜 오냐고."

여포의 눈에는 사람 그림자가 두 개 있는 것만 보였다. 그림자 중 하나가 말했다.

"자네, 경력을……."

"아~, 영감? 마침 잘됐네. 이거 줄게."

여포가 활을 내밀었다. 승노인은 받아들였지만, 활의 무게를 버티지 못하고 비틀대는 것 같았다.

"말을 준다고 했지? 이거랑 교환하는 걸로 하자고. 지금까지 돌봐준 비용까지 포함해도 충분할 거야. 천하무쌍의 활이니까."

"이런 걸 주지 않아도———."

"됐다고."

여포는 자기 손이 상대 몸의 어디에 닿았는지도 모른 채 말했다. 그러던 동안에도 시간이 새어 나가고 있었다.

"챙겨둬. 거치적거리면 팔고."

"……충분할 뿐만이 아니라 거스름돈까지 생길 터인데."

손을 더듬고 있던 여포에게 승노인이 고삐를 건네주었다. 말 안장 위치를 확인하고 있자니 힘없는 목소리가 이름을 불렀다.

"여, 포……."

깜짝 놀라 돌아보았다. 초점은 여전히 희미해서 그림자로만 보이지만, 그 그림자가 익숙하지 않은 말투로 몇 번이나 똑같은 목소리를 냈기에 여포는 무심코 웃어버렸다.

"……크큭, 하하하하, 너무 늦었잖아. 이제 와서 이름을 부르다니, 빵 터지네."

잘 알아보지 못하면서도 손을 뻗어서 자그마한 아이의 머리에 가져다 댔다.

"야, 영. 너는 이제부터 한인하고 같이 사는 거지? 그럼 이럴 때 한인이 뭐라고 하는지 가르쳐줄게."

여포는 고삐를 잡고 마지막까지 무인다운 몸놀림으로 안장 위에 올라탔다. 그 진동 때문에 입에서 새어 나온 피를 두 사람이 보지 못하게끔 팔로 가리면서 말했다.

"짜이찌엔(또 보자), 이다."

말이 달려가기 시작했다.

천하무쌍이 아니게 된 여포를 태우고, 적토마와는 전혀 닮지 않은 앙상한 말이 나아간다.

누군가와 만나기로 약속했던 것 같지만, 그것조차 생각나지 않는다.

그렇다면 그 꽃밭으로 가자, 여포는 그렇게 생각했다.

두 번 다시 찾아갈 생각은 없었지만, 지금의 나라면 갈 수 있을 것 같다.

꽃밭 건너편. 넘어설 수 없었던 선을 넘어서, 알고 싶었던 세계로.

기억 속의 꽃밭을 향해, 여포는 달려갔다.

희미한 세계가 뒤쪽으로 지나가고, 깜빡이다, 녹아서 사라졌다.

그저, 느껴지는 것은 부드러운 복숭아 향기뿐이었고——.

종장 동백 쨩, 동료들과.

허창 교외. 평지.

병사들을 훈련시키기에 안성맞춤인 땅 위에서 대오를 짠 병사들이 나란히 뛰어가고 있다. 징, 북, 깃발 신호에 맞춰 진형이 자유자재로 모습을 바꾸었다. 그 기세는 엄청나서, 숙련도가 낮은 군대라면 보기만 해도 도망쳐버릴 것이다.

그 모습을 멀리서 바라보고 있는 남자가 두 명 있었다. 상처자국이 남은 눈을 가늘게 뜨고 허저가 중얼거렸다.

"순욱의 지휘, 거칠어졌네~. 주군님이 형주 침공을 그만둔 뒤부터 계속 화를 내고 있잖아."

"어쩔 수 없지."

그렇게 말한 하후돈은 나무 그늘에 있던 바위에 걸터앉아 펼친 죽간을 훑어보고 있었다.

"가장 손에 넣고 싶어 했던 공명은 도망쳤고, 모처럼 단련시킨 병사도 패배한 데다 여포가 무예로 명성을 떨치는 발판이 되어버렸어. 애초에 어째서 맹덕이 형주를 침공한 건지 그 녀석은 제대로 이야기를 듣지 못했으니까."

"왜 주군님은 순욱에게 가르쳐주지 않는 거야~? 그 초선이라는 여자 이야기."

"글쎄다. 순욱에게는 별로 그 이야기를 하고 싶어 하지 않는 모양인데. 그것보다 신입은 어때?"

허저가 발돋움을 하면서 병사들이 일으킨 흙먼지 너머를 바라보았다.

"장료하고, 그리고 누구였지……? 서황? 그럭저럭 강한데. 하후돈보다는 강해."

"얼간아. 그건 최소 조건이고."

하후돈은 죽간을 뭉친 다음, 뒤쪽을 향해 말했다.

"아무튼, 이 명부 덕분에 인재는 모이고 있다. 순욱도 의욕을 보이고 있어. 북쪽의 원소가 어떻게 나올지에 따라 달라지긴 하겠지만, 마음만 먹으면 할 수 있다고, 제2차 형주 정벌."

하후돈이 등을 돌린 쪽에는 개울이 흐르고 있었고, 거기에서는 몸집이 작은 남자가 발을 담근 채 붓을 놀리고 있었다. 펼친 죽간에 열심히 무언가를 적어넣고 있던 참이었다.

"듣고 있나! 맹덕!"

"그래, 듣고 있다. 제2차 형주 정벌 말이지."

조조는 고개도 들지 않고 말했다. 붓은 멈추지 않았다.

"그래도 되겠지만, 지금은 아니다. 지금은 내 안에 소용돌이치고 있는 단어를 모조리 쏟아내지 않으면 다음 단계로 넘어갈 수가 없어."

"너라면 전쟁을 벌이면서도 시 정도는 쓸 수 있을 텐데."

"전쟁이 시상을 자극하는 경우도 있지만, 그것과는 별개다. 물이 넘쳐날 것 같은 항아리에 물을 떠 오라고 시키는 바보가 바로 너 같은 녀석이지."

"아하하, 바보라는데."

허저가 그렇게 기쁜 듯이 말했다.

하후돈은 허저가 자신에게 들이대는 손가락을 짜증 난다는 듯이 쳐냈다.

"정말……, 천하무쌍의 활에 맞아 죽을 뻔했으면서 시를 쓰고 싶어지는 정신머리를 이해할 수가 없군."

"그래, 그건 아름다웠다. 그리고 동백. 그 녀석, 나라는 망하였으나 산하는 그대로 있다고 적어둔 건 좋은데, 어설 프게만 남겨 놔서……, 마지막까지 시를 적지 않아서 내 정열은 어중간하게 식어버렸단 말이다. 하후돈. 나는 반드 시 그 아이를 사로잡을 거다. 감옥에 가둬두고 알고 있는 시를 전부 적을 때까지 꺼내주지 않을 거야. 반드시 그렇 게 할 거다."

후후후……, 조조는 그렇게 붓을 빠르게 놀리며 불길한 미소를 짓고 있었다. 하후돈은 한숨을 쉬었다. 이 세상에 는 아이에게 이해할 수 없는 감정을 품는 녀석들이 있다는 사실은 알고 있지만, 이 녀석 같은 경우에는 더 이해하기 가 힘들다.

두 사람의 대화를 듣고 있던 허저가 하후돈에게 물었다.

"주군님, 동백을 공격할 생각이야?"

"그런 거 아닐까? 나는 이제 모른다."

하후돈은 죽간을 무릎에 내려친 다음 고개를 돌렸다. 조조가 저렇게 되면 그야말로 머릿속의 단어를 전부 시라는 형태로 모조리 끄집어낼 때까지 계속 몰두한다. 오랫동안 알고 지내온 하후돈은 잘 알고 있었다.

짜증이 나기 하지만, 저 녀석을 주군으로 정한 이상 따를 수밖에 없다. 하후돈은 한숨을 쉬었다.

───이러는 동안에도 다른 군웅들은 천하를 향한 길을 나아가고 있는데.

◇

형주. 번성 근처의 가도.

두 여행자가 걸어가고 있다. 예전에 번성의 객장으로서 절대적인 인기를 자랑했던 남자와 그의 의형제.

유비와 장비는 평범한 여행자로서 가도를 걸어가고 있었다.

"아깝잖소, 큰형. 그대로 번성에 남아 있었다면 여자에게 인기도 끌고 술도 마음껏 마셨을 텐데."

"무슨 말을 하는 거냐, 익덕. 우리가 세상을 돌아다니는 목적은 술과 여자가 아니야. 의와 협, 그리고 한을 위해서라면 어디든지 달려가는 게 우리 형제 아니냐."

"술하고 여자도 협에는 빼놓을 수 없는 거 아니오. 모처럼 키운 동료들도 번성에 남겨두고 와버렸고, 예전처럼 빈

털터리가 되었는데."

장비는 텅 빈 술병을 내던지며 투덜댔다.

"아~, 술하고 여자……."

"네가 주색에 빠져서 의협을 잊어버리기 전에 번성을 떠나길 잘했지. 자, 이제 어떻게 할까. 원소하고 조조가 수상쩍다고도 하니, 이제 다시 한번 원소 님하고 이야기를 나눠봐서……."

"그러고 보니 생각났소, 큰형. 나는 아직 납득 못했다고! 나를 번성에 내버려 두고 자기만 조조 상대로 대활약! 자기만 속 시원하게 날뛰고, 너무하잖아!"

"우리는 번성의 객장이었고, 손가에는 개인적인 원군으로 갔다고. 자리를 비운 동안 지킬 사람도 두지 않고 돌아다닐 수 있겠냐."

"변명이야."

"그리고, 조조하고 싸운 건 내가 아니라 관우야."

"아~, 변명 참 지독하네!"

장비는 사모로 땅바닥을 내려친 다음, 진심으로 불만을 드러냈다.

"그런 태도로 괜찮겠냐고! 이 장비 님에게 경비병 같은 따분한 직책이 어울릴 리가 없잖아! 언젠가 쓴맛을 보게 될 거라고!"

"길 한복판에서 당당하게 할 말이냐, 그게. 창피한 녀석이네……."

그렇다, 길 한복판이다. 길을 가는 여행자, 행상인, 근처 주민들이 그 기묘한 2인조의 대화를 보고, 귀를 기울이고, 멈춰 서서 쿡쿡 웃기도 하고 있었다.

형제가 다음에 활약할 곳은 유비의 그런 익살이 끌어당겼다.

"여쭙겠습니다만……, 유현덕 님과 장익덕 님이십니까."

말을 건 사람은 흠집투성이인 갑옷을 걸치고 대도를 짊어진 남자. 이마에 커다란 상처가 나 있고, 도적인가 싶을 정도로 기척이 거칠었다. 유비가 고개를 끄덕이자 그는 손을 모으고 인사를 했다.

"저는 백성들을 위해 싸우시는 유벽 님과 인연이 있는 몸. 이제부터 여남에서 그분과 함께 일어서기 위해 여행하고 있던 참입니다. 혹시 두 분께서 괜찮으시다면 유벽 님을 만나게 해드리려 합니다만."

"그거 바라던 바지!"

유비는 그때까지 보이던 촌스러운 모습을 버리고 시원스럽게 옷소매를 흩날리며 인사했다.

"유벽 님의 이름은 예전부터 듣던 차였소. 저 같은 건 발치에도 미치지 못할 분과 인연을 맺게 해주신다면 하늘의 도움이겠지요!"

"오오, 그럼!"

그 대화 또한 길 한복판에서 벌어진 일이었다.

구경꾼들은 자신들이 역사의 명장면과 마주친 목격자라

는 것을 믿어 의심치 않고 저마다 다른 사람들에게 알리러 갔다. 거물들의 운명적인 연계가 이루어지다, 이것은 천하를 뒤흔들 만한 대사건⋯⋯.

그런 이야기를 들은 혈기왕성한 젊은이는 가만히 있을 수가 없어 낡은 무구를 창고에서 꺼낸 뒤 뛰어왔다. 장비가 말한 대로, 빈털터리가 되어 번성을 떠났던 유비는 어느새 많은 무리를 거느리고 여남으로 들어가게 될 것이다.

하지만 그런 그들에게 눈길도 주지 않고 지나치는 자들도 있었다.

"⋯⋯왜 그러시오, 큰형."

구경꾼들 너머를 보고 있던 유비는 의형제의 질문에도 대답하지 않고, 구경꾼들 중에서 누군가를 찾고 있었다. 기묘한 2인조가 있었다. 얼굴에 문신이 있는 노인과 속세와 거리가 멀어 보이는 분위기의 아이. 소년인지 소녀인지 알 수가 없는 그 아이의 모습이 왠지 모르겠지만 유비의 가슴을 설레게 했다.

그것은 분명히 의의 화신 관우로서는 느낄 수 없었던 무언가.

인애의 협, 유비만이 느낀 위화감이었다.

"⋯⋯뭐, 내가 알 바 아니지."

"오, 왜 그러는 거요, 큰형."

"인연이 있다면 또 만나게 될 테니까. 그것뿐이야. 안 그래? 익덕.”

“오오, 그렇긴 하지! 여남에서 또 새로운 여자들과 술이 기다리고 있을 테니! 크하하하하하하하하하!”

이민족 노인을 따라간 소년과 의협의 영웅.

다음 만남이 언제 이루어질지, 그것은 아무도 모른다.

◇

형주. 장강의 어떤 물가. 흘러든 폐선에 만들어진 악당의 은신처.

예전에 해적들이 자리 잡고 있었던 그곳은 지금, 새로운 주인을 맞이했다.

이름은 감녕. 그는 인색해서 부하들의 평가가 지극히 안 좋았던 두목을 장강 바닥에 가라앉히고 그 자리를 손에 넣었다.

딸랑.

방울 소리가 울렸다. 둘러앉은 해적들의 중심에서 유령 같은 감녕이 혀를 놀리고 있었다.

“……그러니까, 나는 친구였던 동백을 떠나려 했던 거야. 반짝거리는 장군이 되려면 누군가가 장군을 시켜줘야만 하니까. 그거 알고 있었어?”

감녕이 말을 건 해적은 잠깐 생각하고 나서 고개를 저었다. 감녕이 방긋 웃는 걸 보니 정답이었던 것 같다며 안심했다.

"조운은 동백 밑에서 장군이 되는 게 결정되었대. 그래서 그렇게 반짝거렸던 거겠지. 하지만 주군은 친구가 아니니까."

"그럼 두목은 새로 주군이 되실 분을 찾고 계신지?"

약간 뒤집힌 듯이 번득이는 감녕의 눈이 그 말을 한 사람 쪽을 보았다. 그는 비명을 지를 뻔했지만, 감녕은 곧바로 방긋 웃었다.

"맞아. 그래서 너희에게 물어본 거야. 이 근처에 내 주군이 될 만한 사람이 누구냐고. 그랬더니 다들~, 똑같이 대답하더라."

"그야 그렇겠죠. 두목 같은 사람을 장군으로 대우해줄 만큼 기량이 뛰어난 사람은 별로 없으니까요. 유표, 유요, 원술, 전부 말도 안 되겠지만……, 그분이라면 두목의 주인으로 어울릴지도 모르지요. 강동에서 제일가는 젊은 호랑이니까."

응, 응, 그렇게 말하며 고개를 끄덕이던 감녕은 칼날이 군데군데 빠진 칼을 꺼낸 다음, 황홀한 듯이 중얼거렸다.

"손책이라는 사람……, 반짝거리면 좋겠네."

장안. 동백 저택. 상국의 집무실.

원술이 토라진 표정으로 책상 앞에 앉아 있었다.

"……어째서 내가, 이런 곳에서, ……이런 일을……."

투덜거리던 원술 앞에 채염이 죽간을 추가로 내려놓았다.

"자, 자, 조용히 일을 하지 않으면 이각찡이 화낼 거야~."

"으음~, 딸뻘 되는 아이가 친근하게 혼내는 것도 신선하군. 자네, 독신이었나? 원가는 꽤 명가인데 아는지?"

찰싹, 채찍이 바닥을 때리자 원술이 깜짝 놀라며 움찔거렸다. 채찍을 휘두른 사람이 성큼성큼 다가왔다.

"일을 잔뜩 쌓아두고 색에 정신이 팔리다니, 꽤 여유가 있으신 모양이군요, 원술 님. 역시 명가 출신이십니다."

"골치 아픈 게 왔네……."

"소인도 열심히 해보도록 하지요. 채찍을 맞는 건 익숙합니다만, 채찍질을 해본 경험은 처음이기에."

"골치 아픈 데다 특수하단 말이지, 이 녀석. 대체 무슨 직장이 이러냐고."

"직무에 고민이 있으신 모양이로군요. 그렇다면 소인의 신앙 이야기라도……."

"싫은데……."

신참이 종교 권유를 받고 있던 무렵, 바깥에서는 희정이 사람 수에 맞게 찻잔을 쟁반에 담아 옮기고 있었다.

평소보다 찻잔의 숫자가 많다. 평소와는 다른 무게 때문에 비틀대다가 쟁반을 엎을 뻔했던 희정의 가녀린 어깨와 쟁반을 무인의 투박한 근육질 손이 붙잡고 받쳐주었다.

"괜찮나."

"네, 네. 감사합니다, 고순 님."

고순은 화상을 입은 얼굴에 부드러운 미소를 드리웠다.

"그렇게 예의를 차릴 필요 없다. 나는 네 주인이 아니야."

"그래도, 아가씨께서 자리를 비우신 동안 저택을 지켜주고 계신 분이시니까요."

희정의 말에 고순의 표정이 약간 어두워졌다.

"자리를 비웠단 말이지. 가능하다면 조금 더 옆에서 지켜보고 싶었다만. 내가 동백 님과 나눈 말은 결코 많지 않다만, 많은 것을 깨닫게 되었다."

후훗, 희정이 웃음소리를 냈다.

"고순 님께서도 분명히 아가씨께 좋은 영향을 끼치신 것 같아요. 낙양 천도 때 그런 말씀을 하셨으니까요."

"천도? 아, 잠깐 이야기를 하긴 했다만……, 훗, 그렇다면 좋겠군."

"와!"

그때, 뒤에서 몰래 다가온 채염이 두 사람을 깜짝 놀라게 하며 끌어안았다.

희정은 '꺄악!'이라며 비명을 질렀고, 이미 눈치채고 있던 고순은 태연하게 희정이 쟁반을 엎지 않게끔 받쳐주고 있었다.

"너희들, 여기서 무슨 수다를 떨고 있는 거야~? 땡땡이는 이 염염이 용서하지 않을 겁니다~?"

"채염 님, 내가 희정 님을 불러세워 버렸기 때문이다."

"염염."

"실례, 염염 님."

"좋아요! 그럼 염염은 자리를 비운 백냥 대신 책임자로서 모두의 작업 효율을 올리기 위해 한동안 휴식할 것을 제안하겠어요. 다 같이 모여서 다과회 같은 건 어떨까냐?"

"들도록 하지. 희정 님도 함께 어떤가."

"아, 저기, 저 같은 게 있어도 방해가 되지 않는다면……."

희정이 그렇게 말했을 때는 이미 채염이 두 사람의 옷소매를 끌어당기고 있었다.

"오히려 대환영이야. 왜냐하면 이 직장에는 아저씨들밖에 없으니까! 라이라이(어서 와)!"

그런 그들을 소년이 정원석 그늘에서 고개를 내민 채 바라보고 있었다.

척 보기에는 평범한 소년이었다. 화려한 차림새를 보면 상류 계급 출신이라는 점은 의심할 여지가 없지만, 동백의 저택에 몰래 올 수 있는 사람은 별로 없다. 그 뒤에서는 소년의 시종이 저택을 지키고 있던 병사들에게 뭔가 명령을 내리고 있었다.

"……폐하께서 오셨다는 건 부디 비밀로. 아시겠지요?"

"네, 네엣!"

완전히 긴장해서 굳은 병사들의 대답을 들은 시종은 소년의 귓가에 뭔가 귓속말을 했고, 소년은 어깨를 늘어뜨렸다.

"그런가……, 역시 동백은 이미 떠난 뒤였나."

소년———, 한을 다스리는 황제, 유협은 하늘을 올려다보며 중얼거렸다.

"동백, 너는 지금 어디 있는 거냐……———."

21세기 일본도, 고대 중국도, 일단 하늘은 푸르다.

비웅군과 함께 양주에 도착한 나는 하늘을 올려다보며 그렇게 당연한 감상을 품고 있었다.

"야, 함부로 건드리지 말라고, 죽인다."

"얌전히 있어라, 염행. 포로 주제에 잘난 척하지 말고."

"말 힘으로 이긴 녀석이 우쭐대기는. 다음에 붙으면 내가 박살 내주마. 분명히 그렇게 될 거야."

"저기~, 두 분, 같은 곳 출신이시지요? 모처럼 귀향하는 거니 좀 더 사이좋게……."

"넌 또 누구야? 너부터 죽여줄까?"

———마차 뒤쪽이 시끄럽네.

구속된 상태로도 반항심이 투철한 염행, 악연이 있는 마초. 그리고 중재해주느라 고생이 많은 홍선이다.

"이봐."

조운이 그렇게 말하며 말을 타고 다가왔다. 절박한 표정으로 물었다.

"저 염행이라는 사람, 여자야?"

"저도 잘 모르는데, 조운도 모르나요?"

"으음~, 조금 더 가까이 다가가면 알 수 있을지도 모르겠지만, 다가가고 싶진 않고……, 성격도 잘 맞지 않을 것 같고……, 아니, 어째서 동백이 양주에 가는 건데? 사자를 보내면 되잖아?"

"서역 교역을 안정적으로 지속시키기 위해서예요. 마대가 왔을 때는 염행 때문에 문제가 생겼으니까요. 한 번 정도는 직접 마등과 이야기를 해두고 싶거든요."

"그렇다고 해도 인선이……."

조운이 곁눈질로 뒤쪽을 힐끔 보았다. 마침 백호 한 마리가 조운 말 옆을 지나치려던 참이었다. 겁을 먹은 말이 휘청거렸다. 호랑이 등에는 소녀가 타고 있었다.

"동백. 미미가 커다란 쥐를 잡았어. 봐."

"됐어요. 그리고, 물어보고 싶은 게 있는데요……."

"뭔데?"

"손가의 공주인 당신이 강동에서 멀리 떨어진 양주까지 따라와도 정말 괜찮은 건가요?"

"괜찮아. 우리 병사에게 편지를 들려 보냈으니까 오라버니도 허락해줄 거야. 나는 견문을 넓혀서 관우 님께서 반할 정도로 멋진 여자가 되어야만 해."

"목적은 그렇다 치고, 사후승낙인데……."

———이거, 최악의 경우에는 내가 손가의 공주님을 유괴했다는 혐의가 걸리지 않을까.

"저, 저기, 손상향, 역시 지금이라도 돌아가지 않을래요? 가족분께 걱정을 끼치는 건———."

"음, 왜 그래? 미미. 저건 토끼? 좋아, 가라!"

백호가 소녀를 등에 태운 채 뛰어가기 시작하자 나는 머리를 감싸 쥐었다. 손상향은 멋대로 장안까지 따라온 데다 양주행에도 참가하겠다고 했다. 그녀가 조금이라도 다치면 손가와의 관계가 악화될 것은 불가피하다. 폭탄이나 마찬가지였기에 지금 당장 강동으로 돌려보내고 싶지만…….

'뭐, 저 애도 그렇지만 말이지', 조운이 그렇게 말을 이었다.

"나까지 동행할 필요가 있었어? 이 양주행 사절단에. 그냥 장안이나 지키고 있는 게 낫지 않았을까."

"그럴 순 없어요. 조운은 믿음직스러운 제 장군이니까요."

헤벌쭉, 조운의 얼굴이 칠칠치 못하게 늘어졌다. 방금 한 말은 빈말이 아니었고, 조운은 형주에서 장안으로 돌아온 뒤 정식으로 조정에서 장군위를 받았다. 물론 내가 힘을 쓴 결과이기도 하지만, 이제 조운은 명실공히 장군님인 것이다.

쑥스러워하며 고개를 돌린 조운에게 '여! 호위장군!'이라고 말을 걸었다.

"잠깐만, 그만하라고. 그만하라고~."

"있지~, 동백 쨩."

내 옆에 앉아 있던 미녀가 애교 섞인 목소리를 냈다. 그 순간, 조은은 그 여자와 눈이 마주치는 걸 겁내며 눈을 내리깔고는 급하게 멀어져갔다. 작별이에요, 호위장군.

"이 시대의 이동은 너무 따분하지 않아? 나, 질려버렸어."

"그럼 돌아가면 되잖아요……."

이번 양주행의 인선 중에 가장 뜻밖이었던 게 초선이다. 왜 있는 건데.

"그래도 내게는 당신의 결말을 지켜볼 의무가 있으니까."

"딱히 이제 와서 서역으로 도망치겠다는 말은 하지 않을 거예요. 일부러 감시할 필요까진."

"그럴 수는 없지. 이번 전생은 지금까지 본 것 중에 가장 큰 이레귤러니까. 영걸이라 할 수도 없는 어린애로 환생시켰는데 이런 형태로 역사를 일그러뜨리게 되다니……, 그리고 다른 사람의 최후를 지켜본 것도 오랜만이야."

"최후를 지켜봐요? 누구를?"

"그냥 약속을 지켰을 뿐이야. 평원에 피어난 꽃도 소박하고 멋지던데."

의미심장한 미소를 짓고 있는데, 전혀 이해가 안 된다. 이런 상황에서도 정보를 완전히 전달하지 않는 버릇은 여전했다.

그때, 마초가 포로를 괴롭히던 걸 멈추고 돌아왔다. 그녀가 타고 있는 말은 천하제일의 명마, 적토마다. 평소보다 눈높이가 높다.

"동백. 염행과 이야기를 마쳤다. 조조와 한수의 관계에 대해 아버님 앞에서 자백하겠다는군."

"너무 거칠게 대하진 말아주세요. 양주가 불안정하면 공사 업무에 악영향이 생기니까."

"나도 양주에서 전쟁이 일어나는 건 원하지 않아. 소규모 충돌 정도라면 환영이지만."

"가능하면 환영하지 않았으면 좋겠는데……, 뭐, 됐어요. 양주에서 진행할 교섭, 부탁할게요."

"내게 맡겨다오. 이래 봬도 나는 아버님의 딸이니까."

"우선 그것부터 불안한데요……, 그런 부녀의 정 같은 게 통할 상대인가요?"

"하하하, 그럴 리가 없잖아. 동탁에게 자객으로 딸을 보낸 사람인데."

말하는 것 좀 보게.

그런데, 그런 이야기를 나누던 와중에 문득 생각난 게 있었다.

"마초. 그러고 보니 당신, 여동생 있지 않나요?"

"……어째서 그렇게 생각하지?"

마초의 여동생은 삼국지 콘텐츠에 가끔 나오니까. 하지만 그렇게 대답할 수는 없다.

"아뇨, 있다면 만나보고 싶어서요."

"……만날 수 있을 거야, 분명히. 그쪽이 먼저 자기소개를 할 테고."

그녀는 뭔가 의미심장한 표정으로 그렇게 말했다. 자매 사이가 미묘하기라도 한 건가?

──뭐, 딱히 상관없겠지.

내가 휘말려든 것은 부조리한 망겜 환생. 이제 와서 골칫거리 한두 개 정도는 아무것도 아니다.

오늘도 나는 삼국지 세계에서 마왕의 손녀로서 악명을 이어나가며.

무슨 일이 생기더라도 살아남을 것이다.

후기

 '5권(고칸)하고 후한(고칸)은 비슷하지', 그런 삼국지 공감 말장난을 할 수 있게 된 이자키 쿄스케입니다. 4권 이후로 꽤 뜸을 들이게 되었습니다. 시작이 있으면 끝도 있는 법입니다만, '동백전 ~마왕 영애로 시작하는 삼국지~'는 이번 5권으로 일단 마무리를 짓게 되었습니다.

 삼국지의 끝이라고 하면 정사든 연의든, 어떻게 끝나게 되는지 알고 나서 진심으로 납득한 사람은 별로 없지 않을까요? 삼국지인데 위, 촉, 오, 전멸 엔딩이라니, 그게 뭐야! 진나라가 뭔데! 게다가 진나라도 멸망한다고?! 그런 느낌으로요.

 그런 마음 또한 삼국지가 전 세계에서 다양한 형태로 사랑받아온 이유가 아닐까 하는 생각이 듭니다. 이어져 내려온 다양한 이야기와 자료가 이 작품을 쓰게 된 모티베이션이 되었고, 도움이 되어주었습니다. 마무리를 하게 되었으니 시리즈를 진행하며 읽었던 책도 참고문헌에 추가로 덧붙였습니다.

 감사의 말씀 드립니다.
 담당 편집자이신 이와아사 님. '이거, 지금까지 중에서 제일 위험하지 않나?'를 매번 갱신하며 달려온 시리즈였던 것 같습니다. 셀 수 없을 정도로 폐를 많이 끼쳐드렸는데도 불구하고 지금까지 함께 달려주신 점, 진심으로 감사드립니다. 정말 감사합니다.

칸자린 님. 아저씨가 너무 많이 나오는 시리즈였지만, 매력적인 일러스트로 지탱해주셨습니다. 정말 감사합니다. 역시 동백 쨩이 제일 좋네요.

'청춘 절대 파괴남인 내게 구원은 필요없다.'의 작가이자 동기 작가인 사카이다 요시타카 님. 여러모로 함께 의논해주셔서 감사합니다. 쓰라고.

마지막으로 독자 여러분. 인터넷으로 감상을 검색해보니 저보다 삼국지에 대해 잘 아시는 분의 감상이 잔뜩 나와서 겁을 먹어버렸습니다. 그렇게 같은 이야기, 역사를 사랑하는 여러분을 조금이라도 즐겁게 해드릴 수 있었다면 한 명의 삼국지 팬으로서 진심으로 기쁠 것 같습니다.

지금까지 함께 해주셔서 정말 감사합니다.

이자키 쿄스케

참고 문헌

『삼국지연의』 이나미 리츠코 옮김(코단샤 코단샤학술문고)

『정사 삼국지』 진수, 배송지 주, 이마타카 마코토, 이나미 리츠코, 코미나미 이치로 옮김(치쿠마 쇼보, 치쿠마학예문고)

『후한서 제9책 열전7(권66 ~ 권74)』 요시카와 타다오 훈주(이와나미 쇼텐)

『실크로드와 로마 제국의 흥망』 이노우에 후미노리(문예춘추 문추신서)

『위진남북조』 카와카츠 요시오 (코단샤 코단샤학술문고)

『장안』 사토 타케토시 (코단샤 코단샤학술문고)

역자 후기

안녕하세요, 천선필입니다.

『동백전 ~마왕 영애로 시작하는 삼국지~』 5권, 재미있게 읽으셨는지 모르겠습니다.

아쉽게도 이 작품은 이렇게 이번 5권으로 마무리를 짓게 된 것 같습니다. 모양새만 보면 1부 끝, 2부 시작이라는 느낌도 드는데, 앞으로 어떻게 될지는 저도 잘 모르겠네요. 개인적으로 삼국지라는 콘텐츠를 좋아하는 편이기에 아쉬운 마음이 더 크게 느껴지는 것 같습니다. 게다가 이 작품의 번역을 하기 전에 마감한 작품 또한 다른 시리즈의 마지막 권이었기에 아쉬움이 연달아 찾아오니 기분이 조금 이상하기도 하네요.

아무래도 마지막 권이다 보니 그동안 밝혀지지 않았던 내용이 어느 정도 나오기도 했죠. 초선의 정체, 환생의 이유, 여포의 과거 등등. 특히 마지막은 속된 말로 세탁(……)이라는 느낌도 어느 정도 들긴 합니다만, 그래도 천하무쌍이라는 이름에 걸맞는 활약을 보여주고 퇴장할 때도 나름대로 여운을 남긴 여포가 이번 5권에서는 가장 인상 깊었던 것 같습니다. 4권부터 등장했던 무표정 로리 손상향도 계속 귀여운 모습을 보여주었고요.

일본의 전국 시대도 그렇지만, 삼국지도 결국 인기가 많은 부분은 초반, 중반까지라고 할 수 있을 겁니다. 이 작품은 그중에서도 초중반에 해당되는 부분에서 마무리된 것 같아 삼국지의 메인 이벤트라고도 할 수 있는 적벽 전투가 다뤄지지 않아서 약간 의아하기도 합니다. 만약에 이 시리즈가 계속 이어졌다면 이 작품 특유의 약간 이상하게 바뀐 (?) 적벽 전투를 볼 수 있었을 텐데, 그런 생각이 들 수밖에 없는 것 같네요. 독자 여러분께서는 이 작품에서 삼국지의 어떤 부분을 보고 싶으셨을지 궁금하기도 합니다.

이런 생각을 하면서 이번 『동백전 ~마왕 영애로 시작하는 삼국지~』 5권을 번역하였습니다. 매번 그랬듯이 감사의 말씀 드리고 후기를 마치려 합니다.

항상 신경을 많이 써주시는 담당 편집자분, 그리고 책을 내는 데 도움을 많이 주신 소미미디어 관계자 여러분, 그리고 가족 여러분. 감사합니다.

그 누구보다 감사드리고 싶은 분은 독자 여러분입니다. 제가 이렇게 무사히 번역을 마치고 후기를 쓸 수 있는 것도 독자 여러분 덕분이라 생각합니다. 진심으로 감사드립니다.

다시 찾아뵙게 될 때까지 행복한 하루 보내시길 바랍니다.
감사합니다.

천선필

TOHAKUDEN - MAOU REIJO KARA HAJIMERU SANGOKUSHI- Vol.5
by Kyosuke IZAKI
©2019 Kyosuke IZAKI Illustrated by KANZARIN
All rights reserved.
Original Japanese edition published by SHOGAKUKAN.
Korean translation rights in Korea arranged with SHOGAKUKAN
through Shinwon Agency Co.

동백전 5 ～마왕 영애로 시작하는 삼국지～

2023년 7월 15일 1판 1쇄 발행

저　　　자 이자키 쿄스케
일 러 스 트 칸자린
옮 긴 이 천선필
발 행 인 유재옥
본 부 장 조병권
담당편집 박치우
편집 1 팀 김준균 김혜연
편집 2 팀 정영길 조찬희 박치우 정지원
편집 3 팀 오준영 이해빈 이소의
편집 4 팀 전태영 박소연
미　　　술 김보라 박민솔
라이츠담당 김정미 맹미영 이윤서
디 지 털 박상섭 김지연
인쇄제작처 코리아피앤피
발 행 처 ㈜소미미디어
등　　　록 제2015-000008호
주　　　소 서울 마포구 토정로 222, 403호 (신수동, 한국출판콘텐츠센터)
판　　　매 ㈜소미미디어
마 케 팅 한민지
영　　　업 박종욱
물　　　류 허석용
전　　　화 (02) 567-3388 Fax (02) 322-7665

ISBN 979-11-384-7937-0 [04830]
ISBN 979-11-6611-114-3 (세트)